三題噺 示現流幽霊

馬春師匠六十五歳の誕生日のお祝いに、
亮子たちは師匠夫妻の住む館山を訪れた。
病気のため高座から遠ざかっていた馬春
の復帰独演会について、意思確認をして
ほしいと紅梅亭のお席亭から頼まれてい
たのだ。渋る師匠に福の助が画策してや
っととりつけた独演会の約束。みな復帰
を望んでいる。そんななか馬春がネタ出
ししたのは、『海の幸』という晩年の彦
六が最後に演じる予定だった、誰にも内
容がわからない謎の噺で……。独演会は
無事に開催できるのか?! 落語を演じて
謎を解く! 本格落語ミステリ集第四弾!

神田紅梅亭寄席物帳

三題噺 示現流幽霊

愛 川 晶

創元推理文庫

THE THREE TOPIC MYSTERY

by

Aikawa Akira

2011

目次

神田紅梅亭寄席物帳

三題噺　示現流幽霊

本書は二〇一一年、原書房より刊行された作品の文庫版です。

多賀谷

まずは、本日のお噺《はなし》の舞台となります両国橋《りょうごくばし》についてですが、そもそも大川に架かる橋というのは、ずっと上流の千住大橋《せんじゅおおはし》以外にはなかったんだそうでございます。これはつまり、敵に攻められた時のことを考え、幕府が許可しなかったわけですな。ところが、明暦《めいれき》三年の一月、江戸に振り袖火事という大火がございまして、橋がなく、逃げ場を失った人々が火に呑まれ、大勢亡くなりました。その数、十万人とも言われておりまして、事態を重く見ました幕府は新たな橋の建設を決断。両国橋や永代橋《えいたいばし》が架けられたのでございます。

幅が四間、長さ九十四間と申しますから、八メートルと二百メートルくらいでしょうか。当時はもちろん木の橋です。その後、大水や火事で何度も代替わりをいたしまして、明治八年に最後の木製橋が造られました。ところが、明治三十年八月、花火見物に集まった群衆の重みに耐えきれず、この橋の欄干《らんかん》が崩れ落ち、死傷者を出してしまいました。そこから、両国橋は鉄の橋へと姿を変えまして、関東大震災後の昭和五年に架けられましたのが、現在皆様がご覧になっているこの橋でございます。

ええ、先ほど、『花火の見物人の重みで橋が落ちた』と申しましたけれど、江戸の年中行事の中で、両国の川開きと申しますと、そりゃもう、大層なにぎわいです。その昔、江戸には玉《たま》屋《や》と鍵屋《かぎや》、二軒の花火屋がございましたが、この玉屋の方は天保《てんぽ》十四年、時の将軍家慶《いえよし》公が日《にっ》光《こう》へご参詣をされる前夜に自火《じか》を出して丸焼けになり、それがために、お取り潰しになってしまいました。

けれども、江戸っ子は判官《はんがん》びいきでございますから、玉屋がなくなってからも、花火というと、『たまやーい』としきりに声がかかる。狂歌にも、『橋の上　玉屋玉屋の声ばかり　なぜか鍵屋と言わぬ情《じょう》なし』。

「……ええい、不埒《ふらち》なやつ。切り捨てい！」

声がかかるてえと、お供の二人が刀を抜いた……はずだったんですが、これが貧乏侍の刀だから、簡単には抜けない。『抜けば玉散る氷の刃《やいば》』じゃなくて、『抜けば粉散る赤いわし』。ガサ、ガサッ、ガサッと抜くてえと、「無礼者ぉ！」てんで振り下ろした。

たが屋は怖いから、首を引っ込める。刀が空《くう》を切って、供侍《ともざむらい》の体が流れた。そこへ近寄り、相手の利き腕を手刀でピシーッ！　普段、桶の底を引っぱたいてるから力は強《つお》い。侍の手がしびれて、思わず刀を落とした。

その腕をたが屋が引っ張り、トントンと前へのめったところを、落ちてた刀ぁ拾って、後ろから袈裟《けさ》がけに切った。「うわーー！」てんで、一人倒れる。

「おう。やった、やった！　偉いもんだね。あのたが屋は俺の親戚だ」

「嘘《うそ》をつきやがれ！」

野次馬はもう大騒ぎ。

「おのれ、同役の敵《かたき》！」

供のもう一人が横に払ってきたけれども、たが屋はもう一人切ったから、度胸がついている。さっと体《たい》をかわすてえと、相手の伸びきった腕を「やっ！」てんで切っちゃった。刀ごと手を切り落とされ、橋の上に倒れてもだえ苦しんでいる。

こうなると、馬上のお殿様も黙っちゃいない。すぐに馬から飛び下り、仲間《ちゅうげん》に持たせていた槍を取ると……。

1

「『……ご隠居さん、床の間の掛け軸《じ》、今日のは変わってますねえ。こいつは笹《ささ》っ葉《ぱ》の塩漬けですか？』

『何てえ見方をするんだよ。そんな絵があるかい』」

高座の様子が楽屋にも届いていた。若々しく、張りのある声音《こわね》だ。

「『これは雪折れ笹だ』

『上に、何か字が書いてありますね』

『うん。「倒されし　竹はいつしか　起き上がり　倒れし雪の　跡形もなく」』

『一体《いってえ》、どんな意味なんです？』

『どんなって……そのまんまさ。竹は雪の重みで頭《こうべ》を垂れるが、その雪が解けてしまえば、元々通りになる。つまり、人間、何事にも辛抱が肝心だということだ』

『なるほどねえ。よおよお、音羽屋《おとわや》！』

『何だい、そりゃ？』

『ほめたんです』

『そんなほめ方があるもんかい！』」

畳みかけるような調子に、笑い声が起きる。ほぼ満員の客席が暖まってきた感じだ。

「……なかなか、いい間《ま》じゃないか。こんな噺も演《や》れるようになったんだねえ」

感心したように、お席亭が言った。

「『勘定板《かんじょういた》』や『こい瓶《がめ》』ばかり続いて、あたしが亀蔵《かめぞう》さんに苦情を言ったのは……ありゃ、去年の四月だ。その時から比べると、かなりの進歩だよ」

千代田区内神田《うちかんだ》二丁目にある落語・色物定席《じょうせき》、神田紅梅亭《こうばいてい》の楽屋で、平田《ひらた》亮子《りょうこ》は席主の梅村《うめむら》勝子《かつこ》さんと向かい合っていた。

一月十三日、土曜日。時刻は午後零時四十六分。

新たな年を迎えた紅梅亭。入口の両脇には大きな松飾りがでんと据えられ、こもかぶりの酒《さか》樽《だる》、さらに、大きなしめ飾りも飾られていた。

高座を務めているのは万年亭亀吉《まんねんていかめきち》。寄席の人気者・万年亭亀蔵師匠のたった一人の愛弟子である。

「『……こんな時には、「いい讃《さん》でございます」と言うんだ』

『そう言ったら、何《なん》か得をしますか』

『普段、お前さんのことを「八公《はちこう》」と呼んでいた人たちが、ちゃんと「八五郎《はちごろう》さん」と呼ぶようになる』

『へえ。じゃあ、今、あたしのことを「八五郎さん」と呼んでる人はどうなります？』

『八五郎様さ』

『八五郎様と呼んでる人は？』

『八五郎閣下だろうな』

『カッカ？　うふふ。だったら、八五郎閣下は――』

『もうおよしよ。きりがない』」

演目は『一目上《ひとめあ》がり』。

季節感は落語の重要な要素だが、『掛け取り』『にらみ返し』『言い訳座頭《ざとう》』『狂歌家主《いえぬし》』、あるいは『富久《とみきゆう》』『芝浜《しばはま》』と、暮れの噺が盛りだくさんなのに対し、正月の……となると、『御慶《ぎよけい》』『かつぎや』『羽団扇《はうちわ》』など、あるにはあるが、数が少ない。やはり、『おめでたい』と『おもしろい』を両立させるのは至難の業《わざ》なのだろう。

そんな中、『一目上がり』は縁起のいい噺として、初席《はつせき》や二の席で、よく演じられる。つまり、運が尻上がりになるというわけなのだ。ちなみに、『初席』は元日から一月十日まで、『二の席』は十一日から二十日までの興行を指し、特に初席は出演者が豪華で、数も増えるため、どこの寄席も大入りとなる。

万年亭亀吉は二十二歳で、千葉県の出身。高校卒業後、六代目山桜亭馬春《さんおうていばしゆん》のもとに入門したが、四年前、師匠が脳血栓で倒れたため、亀蔵門下へと移籍した。亮子の夫・寿笑亭福《じゆしようていふく》の助《すけ》は前名が山桜亭馬八《うまはち》。当時、はる平《へい》といった亀吉は弟弟子にあたり、現在でも家族同様の親しい交際が続いていた。

紅梅亭の楽屋には、二人のほかに、前座さん、鳴り物担当の下座《げざ》さん、そして、次が出番の佃家《つくだや》三三蔵《みぞう》師匠が控えていた。去年真打ちに昇進したばかりの新鋭だ。

亮子が今日ここを訪れた目的は、料理を届けること。足立区竹《たけ》の塚《つか》で食堂を経営している両親が普段お世話になっているお礼に、去年の暮れ、お節《せち》料理を何種類か紅梅亭に届けた。その中の、干し柿なますが予想外の好評だったため、追加を持参したというわけだ。

干し柿なますとは、千切りにしたダイコンに熱湯をかけ、冷まし、細く切った干し柿を加えて、酒六・しょうゆ四を合わせたものをかけ、一晩置くだけ。簡単な料理なのだが、ダイコンの歯応えと柿の自然な甘みが合って、幼い頃から亮子の大好物だった。

本来、噺家の妻というのはあまり寄席の楽屋に出入りしないもので、今日も亮子は楽屋口で失礼しようとしたのだが、勝子さんが承知をしない。理由は不明だが、彼女はお席亭に、いたくはまっているのだった。

「ところでさ、話は変わるんだけど……」

勝子さんが言った。年齢は六十五、六。お正月なので、今日は唐草模様の大島《おおしま》を着ている。昔風に結った髪がよく似合っていた。

「亀吉のおっ母《か》さんの具合はどうなんだい？　あたしも一度見舞いに行ったきりで、その後どうしたろうと、気になってたんだよ」

「ああ、はい。わたしと福の助は一月の二日に病院へ伺いましたが……もうほとんど寝たきりのようでした。私たちが行った時は少し体調がよさそうで、ベッドの上で編み物をなさっていましたけど」

「そうかい。まあ、病気が病気だからねえ。だけど、先へ進まないだけでも結構だよ。こうやって、無事に年を越せたわけだしね」

万年亭亀吉の本名は熊澤雄司《くまざわゆうじ》。その母・京子《きょうこ》さんは現在、高田馬場《たかだのばば》の病院で闘病生活を送っている。病名は癌。すでに末期だが、幸い、このところ、病状は安定していた。

そんな会話をしている間にも、高座は続いている。

隠居の家を出た八五郎は、大家のところへ押しかける。そこにあったのは『近江《きんこう》の鷺《さぎ》は見難し、遠樹《えんじゅ》の烏は見やすし』と書かれた掛け軸。読んでもらった八五郎が『ははあ、金公《きんこう》が蛹《さなぎ》を食ったら、実《み》が硬《かて》えんですか。いい讃ですな』と言うと、『讃てえ奴があるか。これは詩だよ』と、またばかにされてしまう。

首を傾げながら、その次に向かったのが藪井竹庵《やぶいちくあん》という医者の家。出てきたのは『仏は法を売り、祖師《そし》は仏を売り、末世《まっせ》の僧は祖師を売る』で始まる長文の掛け軸。今度こそはと思い、八五郎が『これは結構な詩だ』とほめたところ、『いや、これは一休禅師《いっきゅうぜんじ》の悟《ご》だ』と、またやりそこなってしまう。

「『……ちょいと待っとくれよ。何なんだぁ？　こっちが「サン」だと言えば「シ」、「シ」と言えば「ゴ」と来やがる。サン、シイ、ゴ……ああっ！　そうか。三、四、五と、一日《ひとめ》ずつ上がってるんだ。そんなならそうと、最初《はな》っから言ってくれりゃあいいのに！』」

勢いよくポンと膝を打つと、とんでもない勘違いに、場内は大爆笑だ。

亀吉の八五郎はここぞとばかり勢い込んで、

「『よし。辰兄《たつあに》ぃんとこへ行こう。あすこなら、掛け軸の一本くらいあるだろう。ええと、兄い、いますか？』

『おう、何だ、ガラか』

『いくら何でも、ガラはひでえなあ。ガラッ八《ぱち》って言われてるのは知ってたけど、せめて八の字をつけて……まあ、いいや。そのうちに、「八五郎閣下」と呼ぶようになるんだ。あのね、掛け軸があったら、見してください』

『掛け軸ぅ？　そんなら、自慢のがあるぞ。ほら、これだ』

『へえ。小さな船に大勢、人が乗ってらぁ。引っくり返《けえ》ったら大変《てえへん》だな。あれ？　女が一人いる。野郎の中に一人っきりじゃ、危ねえぞ。あと、上に何か能書きが……』

『能書きてえやつがあるか。初春《はつはる》にはつきもんだろう。「長き夜《よ》の　遠《とお》の眠りの　みな目覚め波乗り船の　音のよきかな」。これは回文といってな、上から読んでも下から読んでも同《おん》なしなんだ』

『へえ。こいつは結構なロクですね』

『ばかを言え。シチキョ……あっ』」

どうしたことか、ほんの一瞬言葉に詰まる。

「『いや、その、七福神《しちふくじん》の宝船さ』」

態勢を立て直して、サゲを言い、亀吉は深々と頭を下げた。

2

下座さんの三味線、前座さん二人の鉦《かね》と太鼓。三三蔵師匠の出囃子《でばやし》が流れる。

自分が脱いだ羽織を手に戻ってきた亀吉は、「お先に勉強させていただきました」とお辞儀をして、先輩を高座へ送り出した。

そして、楽屋に亮子がいるのを見つけると、

「あっ、姐《ねえ》さん。いらしてたんですか」

口元をゆるめかけたが、すぐに表情を引き締め、お席亭の前に正座をする。

「申し訳ございません。サゲを言い間違えてしまいました」

「うん。そのようだったけど、一体、何と勘違いしたんだね?」

「いや、その……実は、あたくしが習ったのが、たまたまシチキョウオチの型だったものですから」

「ああ、そうなのかい。それでね」

お席亭はすぐにうなずいたが、亮子には何のことか、わからない。

(シチキョウオチなんて、あったかしら?)

噺家は『サゲ』という言い方を好むが、落語のオチにはさまざまな種類があった。シャレで

落とす『地口《じぐち》オチ』、ばかばかしい結末の『間抜けオチ』、すぐにはわからない『考えオチ』など。『一目上がり』は典型的な『とんとんオチ』だ。調子よく展開し、最後にストンと落ちるところからついた呼び名である。

しかし、『シチキョウオチ』というのは聞いたことがない。首を傾げ、考え込んでいると、お席亭が笑いながら教えてくれた。

漢字で書けば『七卿落ち』。幕末に京都で起きた八月十八日の政変で、御所を追われた尊王《そんのう》攘夷《じょうい》派の公家たちが、長州へ逃れた史実が元になっているサゲだという。

「あたしの説明なんかでわかりっこないんだから、ほら、本職が見本を見しておあげ」

お席亭に促され、亀吉が口を開く。

「ええと、ですから、辰兄ぃの家で出てきた掛け軸に、お公家さんの絵がたくさん描《か》いてあったんです。それを見た八っつぁんが、

『天神様が大勢いるねえ。亀戸《かめいど》天神、湯島《ゆしま》天神、五条《ごじょう》天神……お賽銭の勘定でもしてるのか』

『そうじゃない。ご維新の時、お骨折りになったお公家様方で、三条実美《さんじょうさねとみ》様、四条《しじょう》様、東久世《ひがしくぜ》様、壬生《みぶ》様、三条西《さんじょうにし》様、錦小路《にしきこうじ》様、澤《さわ》様』

『いい六だ』

『なあに、これはご維新の七卿落ち』……と、まあ、こうなります」

「へえ、知らなかったわ。私が今まで聞いたのは『七福神の宝船』か、でなければ『九《く》』まで行って、サゲていたから」

『一目上がり』という噺には、実はもう少し先があった。『七』でやりそこなった八五郎が、『もっとほかにねえんですか』ときくと、兄貴分が出してきたのが、池とカエルの絵が描かれている掛け軸。

『ほら、ここに字が書いてあるだろう。「古池や、蛙《かわず》飛び込む　水の音」』

『それはハチかい？』

『いいや、芭蕉《ばしょう》の句《く》だ』

と、これがサゲになる。

「あたくしも、普段は『九』まで演るんですが、お正月ですから、『ク』を嫌うお客様もいらっしゃるかもしれないと思いまして」

『ク』は『苦』に通じるという意味である。

「それで、いつもとは変えて、わかりやすく七福神でサゲようとして、つい言い間違えちゃったというわけなのね」

「まことに面目次第もございません」

「まあ、それはしょうがないよ。お客様の運気を慮《おもんぱか》ってのことなんだから」

お席亭が亀吉を慰める。

「似たようなことはよくあるんだよ。例えば志《し》ん生師《しょう》匠も、正月に『火焔《かえん》太鼓』を演る時には、別なサゲに言い替えてたしねえ」

「へえ。それは存じませんでした」

名人と呼ばれた五代目古今亭《ここんてい》志ん生師匠だ。『火焔太鼓』は古今亭のお家芸である。お席亭によると、通常、『半鐘《はんしょう》はいけないよ。オジャンになるから』とサゲるのを、縁起を担ぎ、『太鼓はいいよ。ドンドン儲《もう》かるから』に変えていたという。

「それにしても、『七卿落ち』の型なんて、今時珍しい……そうか。お前さん、『一目上がり』を最初《はな》の師匠に習ったね」

「はい。倒れられる直前、最後にお稽古《けいこ》していただきました」

「最後に？　ああ、そうか。倒れたのが……あれ、年の瀬だったものねえ」

お席亭の口調がしんみりしたものになる。

「初春《はつはる》に備えて、弟子の持ちネタを増やしてやるつもりだったんだ。いかにも、馬春さんらしい気遣いだね」

「はい。師匠は、先代から膝詰めで教わったそうです」

先代、つまり五代目の馬春師匠は、昭和五十一年に八十歳で亡くなっているが、志ん生師匠、そして先代の桂文楽《かつらぶんらく》師匠と並び称されるほどの大看板だった。

「大師匠《おおししょう》って方は、名人だけに無精なところがあって、直伝《じきでん》の噺は少ないと伺いました。ですから、あたくしも、普段は教わったまんまで演っております」

「それが師弟の絆ってもんさ。いい話じゃないか」

ちょっとした高座の言い間違いから、意外な事実が明かされた。これだから落語は奥が深いと思う。一つの噺を代々継承する中で、演者たちの思いが積み重なっていくのだ。

落語は大衆芸能であるから、時代とともに変化し、移り変わっていく。それを端的に示すのがサゲの部分で、一つの噺に複数のバージョンが存在する例はざらである。『一目上がり』の七卿落ちのサゲは、おそらく、明治の初め頃に作られたものだろう。そういう古い型を継承したり、あるいはすでに忘れられていたものを掘り起こしたりするのも、すべて演者の裁量に委ねられていた。

「『……お前さん、出かけるんだったら、金坊も連れてっとくれよ。あの子がいると、悪さばかりして、掃除が終わんないんだから』

『嫌《や》だよ。あいつを連れてくと、何か買え買えって、うるせえんだから』」

楽屋での会話がとぎれると、三三蔵師匠の声が聞こえてきた。演目は『初天神《はつてんじん》』だ。

3

「……『ねえ、おとっつぁん、出かけるんだろう。おいらも連れてっとくれ』

『だめだよ』

『そんなこと言わずにさ。ねえったらあ……あのね、おとなしく頼んでるうちに連れてった方が、身のためだと思うよ』

『この野郎！　親を脅かしやがる。わかった。連れてくよ。その代わり、何にも買わねえからな』」

『初天神』とは読んで字のごとく、その年最初の天神祭りのことだ。一月二十五日の朝、熊五《くまご》郎《ろう》が湯島《ゆしま》天神の参詣を思い立ち、女房に一張羅《いっちょうら》の羽織を出すよう命じると、息子を連れていけと言われ、渋々一緒に出かける。ところが、息子の金坊は悪ガキの見本のような子で、『あれを買え、これを買え』とせがまれて、四苦八苦……。これも正月の噺だ。

「それはそうとさ、馬春さんとこへは年始に行ったんだろう。調子、どうだったい」

「えっ？　いえ……それが、実はまだ伺っていないんです。以前は元日に必ず一門が集まったのですが、お倒れになって以降、『初席の間は出入り止めだ。新年会の司会か余興でもやって、せいぜい稼げ』とおっしゃって……」

「ふうん。いかにも山桜亭らしいねえ。寂しがり屋のくせに、格好をつけたがるんだから」

お席亭の言葉を聞き、亮子は危うく吹き出しそうになった。さすが、馬春師匠の性格をものの見事に言い表している。

「じゃあ、いつ館山《たてやま》へ行こうってんだね」

「うちは、明日、夫婦でお伺いすることになっています。亀吉さんは……」

「はい。兄《あに》さんとこと足並みを揃《そろ》えたかったんですが、女房の仕事の都合で、来週の火曜日になりました」

奥さんの早織《さおり》さんは看護師をしている。

「そうかい。だったら、お前さんたちで、馬春さんに発破かけてきとくれ」

お席亭は楽屋内を見回し、ぐっと声を潜め、

「まだ誰にも内緒にしてるけど……三月の晦日《みそか》の独演会。夢で終わらなければ、紅梅亭始まって以来の大入りは疑いなしだからね」

四年前に倒れてから、一度も高座に……いや、厳密に言うと、ほんのわずかな例外はあるのだが、一席の落語も喋っていなかった馬春師匠が、ひょんなことから、紅梅亭で独演会を開くことになった。

二月以降の定席の興行は、一日から十日までが『上席《かみせき》』、十一日から二十日までが『中席《なかせき》』、二十一日から三十日までが、『下席《しもせき》』と呼ばれる。そして、余った大の月の最終日はいわゆる『余一会《よいちかい》』として、各寄席が特別番組を組んだり、誰かに貸し出したりするのだ。

三月の余一会の独演会がもしも本当に実現すれば、お席亭の言葉通り、落語界のみならず、全国的な大ニュースになるのは間違いなかった。

ただし、何しろ開催が決まったのが去年のクリスマスイブ。総領弟子の福の助も、まだ馬春師匠と具体的な相談をしていない。だから、お席亭が『発破をかけてこい』とけしかけているのだ。

「とりあえず、リハビリは再開したようです。それは、おかみさんから伺いました」

そう言ったのは亀吉である。

「専門のスタッフの方の指導も受けているそうです」

「へえ。山桜亭もやっと、その気になってくれたかねえ。そう来なくっちゃいけないよ。年だって、六十四、五だろう?」

「はい。来月の十日で、満六十五です」

「だったら、噺家としちゃ、まだまだ若い。あと十年やそこらは立派に演れるよ。それにしても……」

お席亭は視線をすっと天井へ向け、

「高座復帰の最初の噺には、一体何を選ぶつもりなのかねえ。それを考えただけでも、何だか気が高ぶってくるよ」

亮子も気持ちは同じだった。いくらリハビリに精を出しても、自力で歩くのは無理だろうから、いったん緞帳《どんちょう》を下ろし、板つきの状態から高座を務めることになるだろう。

『さつまさ』の出囃子が場内に流れ、緞帳がするすると上がっていく。その場面を想像するだけで、亮子の胸は熱くなってくるのだ。

「『ねえ、凧《たこ》買っとくれよ』

『だから、連れてきたくなかったんだ。しょうがねえなあ。じゃあ、その一番小《ち》っちゃな凧だぞ』

『大《お》っきいのを買って！』

『大っきいって……ああ、あれは売らねえんだ。看板だもの。なあ、凧屋、そうだろう』

『いえいえ、何でも売りますよ。何でしたら、奥にもっと大きいのも――』

『よけいなことを言うな、この野郎！』」

軽快な高座に、大きな笑い声が起こる。

「そうだ。亮ちゃん、聞いてるだろう。うちの来月の下席、お前さんのご亭主が食いつきだってこと」

「えっ？　あ、はい。伺いました」

急に話を振られ、あわてて座り直す。

「ただ、何だか信じられなくて……あの、本当にありがとうございます。お礼が遅れてしまい、申し訳ありません」

「いや、いいんだよ。頭を上げとくれ。これは、うちで競演会をすると決まった時からの、常《つね》吉《きち》さんとの約束だったんだから」

松葉家《まつばや》常吉師匠は、福の助が所属する東京落語協会の現会長。その会長自身の発案により、去年の十月に『第一回東京落語協会若手落語家競演会』という催しが開かれた。二つ目の噺家のコンクールである。その時に入賞した舞遊亭歌丈《ぶゆうていかじょう》と福の助の二人が、二月中席、下席の食いつきとして、出演が決まったのだ。

『食いつき』は中入り後最初の出番のことで、まだざわついている客席を静める役目も担っているから、若手が担当することが多いが、紅梅亭のような伝統ある寄席で二つ目がここを務めるのは、まさに大抜擢《だいばってき》だと言えた。

それを聞いて、悔しがったのが兄弟子の福太夫《ふくだゆう》である。福太夫もまだ二つ目だが、福の助より一つ年上で、噺家としては三年先輩にあたる。弟弟子に出世で先を越されるのを恐れ、福太夫はこれまで何度も福の助を陥れようとしてきたのだが、昨年の競演会の時にも卑劣な罠を仕掛けた。結局、悪巧みは失敗に終わったが、その事情が紅梅のお席亭の知るところとなり、恐れをなした福太夫はそれ以来、福の助を避けるようになった。おかげで、兄弟子からいじめを受けることもなくなり、亮子はほっとしていた。

楽屋の入口のドアが開き、グレーの事務服を着た若い女性が顔を出す。

「……あのう、おかみさん」

「ああ、美樹《みき》ちゃんかい。何だね」

フルネームは船田《ふなだ》美樹で、二十五歳。お席亭の遠縁にあたる彼女は、紅梅亭の客席内の売店、いわゆる中売りを任されていた。色白で、お人形さんのようにかわいらしいため、『紅梅亭のマドンナ』とも『小町《こまち》』とも呼ばれている。

「田村《たむら》様がお見えですけど、お通ししてもよろしいでしょうか」

「ああ、ヒシデンさんか。かまわないよ」

「わかりました」

「お席亭、お客様のようですから、私、これで失礼します」

部外者の長居は迷惑だと思い、亮子は腰を上げかけたが、

「何だね。まだいいじゃないか」

強引に座らされてしまう。

「お客ったって、ヒシデンさんだよ。亭主の贔屓《ひいき》筋《すじ》がやってきたってのに、挨拶もせずに姿を消したら失礼じゃないか」

「それは、確かにそうなんですけど……」

『ヒシデン』は屋号だ。名前は田村栄吉《えいきち》さんといって、日本橋《にほんばし》にある食品関係の卸会社の社長で、紅梅亭の常連。福遊《ふくゆう》師匠とも親しいため、亮子もすでに顔なじみになっていた。

「あのう、ところで、お席亭」

亀吉が、口を開く。

「ん……？　何だい」

「去年も一昨年も、二の席まで、美樹ちゃんはずっと和服でしたよね。今年はなぜやめてしまわれたのですか」

「えっ？　あ……ああ、そのことかい」

さっき、亮子もちらりとそれを考えた。和裁の専門学校を卒業している美樹ちゃんは、着物の着つけなど、お手のもの。超美形の彼女が振り袖姿で客席の隅にいるだけで、いかにもお正月らしく雰囲気が華やぎ、それを目当てに来場する客まで出たほどだ。

「まあ、別に、これって理由は……」

言いかけたお席亭がなぜか黙ってしまう。

高座では、三三蔵師匠の『初天神』が大詰めを迎えていた。

「『……いいか、金坊。ひの、ふの、みぃで手を離すんだぞ。ひの、ふの、みぃっ……と、ほら、見ろ！　上がっただろう。どうだい、この引きの強いこと』

『あの、おとっつぁん、あたいにもやらして』

『ちょっと待て、てんだよ。おおっ、どんどん糸が出てくぞ。値段の高《たけ》えのは違《ちが》わあ。いい気分だなあ。ほら、どうだ』

『おとっつぁん、あたいに……』

『うるせえなあ。子供はあっちへ行ってろ！』

『そんなのあるかい。あたしの凧じゃねえか。あーあ、こんなことなら、おとっつぁんなんか、連れてくるんじゃなかった』」

サゲは『逆さオチ』。盛大な拍手とともに、次の出演者の出囃子が鳴る。

美樹ちゃんが再び現れたのは、その時だった。

「田村様をご案内し……あ、あの、ううっ！」

美樹ちゃんは突然両手で口を覆うと、その場にしゃがみ込んでしまった。

前座さんが、あわてて駆け寄り、流しへ。そこで、彼女は胃の中のものを吐いてしまう。

「あ、あの……」

困ったように顔をしかめているお席亭に向かって、亮子が言った。

「お正月なのに、美樹ちゃんが着物を着なかった理由って、もしかしたら、帯を締められなかったせいなんじゃ……」

4

館山湾越しに見える雪を頂いた富士山を眺め、ベランダからリビングに戻ると、大声で話す夫の声が聞こえた。

「……ああ、その一件、師匠のお耳にも入ってましたか。いや、もう、今のひろ吉《きち》の野郎の有様ったら、ばかばかしくって、見ちゃいられませんよ。まるで『紺屋高尾《こうやたかお》』の久蔵《きゅうぞう》、そのまんま。『来年の二月十五日ってのは、一体いつなんでしょう？』てなもんです」

福の助こと平田悦夫《ひらたえつお》は、亮子より六つ年上の三十二歳。彼女が事務職員として勤務する高校の同僚の紹介で知り合い、五年前に結婚した。子供はまだいない。

面長で色白。仲間内では、典型的な『若旦那面《わかだんなづら》』と言われている。

「楽屋でからかわれても、喜んでニタニタ笑ってるんだから、始末に負えません。高尾太夫ならぬ美樹太夫に恋い焦がれて、気もそぞろってやつですね」

十四日の日曜日。時刻は午後二時半。二人は十分ほど前にこのマンションに着いた。

『紺屋高尾』は郭噺《くるわばなし》の名作だ。吉原《よしわら》で全盛を極めていた三浦屋《みうらや》の高尾太夫。その錦絵を見て恋煩《こいわずら》いになった染め物屋の職人・久蔵が三年分の給金をため、身分を偽って、会いに行く。その誠意が通じ、翌年の二月、年季の明けた花魁《おいらん》は久蔵のもとを訪れ、女房となる……。

紅梅小町のハートを射止めたのは、協会会長の弟子である松葉家ひろ吉。年は二十八歳。去年の十一月に前座から二つ目へ昇進したばかりだが、地方出身というハンデもあって、今のところ、楽屋内の評価はイマイチだ。

そんなひろ吉と美樹ちゃんが、密かに交際していたというだけでも驚きなのに、美樹ちゃんはすでに妊娠していて、来月中には入籍する予定だという。その事実を知り、業界内はそれこそ蜂の巣をつついたような騒ぎになった。

「まあ、あの清純無垢な美樹ちゃんを、女郎《じょうろ》なんぞと一緒にしちゃまずいだろうけど」

福の助が先を続ける。

「あの二人、いくら何でも不釣り合いですよ。紅梅亭に出入りする若手芸人あまたいる中で、どうして、ひろ吉なんぞにさらわれなくちゃいけねえんだと思いましてね」

「ははあ、なるほど。よくわかりました」

いつになくむきになっている夫を、亮子は少しからかってみたくなった。

「つまり、若手芸人のお一人である寿笑亭福の助さんも、船田美樹ちゃんに思いを寄せてらっしゃったわけですね」

「お、おい、よせよ。ばかなことを言うな。師匠の前じゃねえか」

夫が覿面《てきめん》に顔を引きつらせる。図星とまではいかなくても、いくらかは後ろめたい気持ちをもち合わせていたようだ。

「……まあ、『女は芸の肥やし』ってえ、くらい、だからな」

車椅子にかけた馬春師匠が口を開く。

「別嬪《べっぴん》に、色目使ったくらいで、そう、目くじら立てなさんな。耶蘇教《やそきょう》の、教祖様じゃあるめいし、心ん中で思うだけなら、いいだろう」

「それは、そうなんですけど……」

師匠が喋り出すと、内容よりも、舌の回り具合が気になってしまう。

何しろ先月まで、おかみさん以外の人間の前では、文字盤を指差していた師匠だ。しかし、今日はごく自然に、話に加わってきた。

独演会の開催が決まり、気持ちが吹っ切れたのかもしれない。喜ぶべき兆候だ。

ただし、言語機能の回復ぶりはまだ完璧とは言えない。言葉自体はすべてきちんと聞き取れるものの、いくらか舌がもつれるし、息継ぎもやや不自然。高座復帰へ向け、課題は多かった。

師匠の服装は、アイボリーのスウェットの上下に黒のカーディガン。毛糸の帽子を被り、厚めの膝がけをかけている。

えらの張った顔、ぎょろりとした両眼と太い眉。左頬の大きなほくろ。落ちた体重が近頃はかなり戻ってきていた。

脳血栓の後遺症は人によってさまざまだが、馬春師匠の場合、左半身に麻痺が残った。顔は反対に右半分の筋肉がうまく動かない。けれども、右眼の表情などはすでにほとんど違和感がなくなっていた。

「あのう、さっきのひろ吉の件ですがね」

福の助が会話を再開させる。

「実は明日の晩、草加《そうか》で独演会があるんですよ。まったくの偶然なんですが、そこへひろ吉を助演《スケ》として呼んでましてね」

亮子の職場近くのお寿司屋さんを会場として開かれる地域寄席で、これまでに、福の助も何度か呼んでもらっている。

「ですから、明日は奴を目の前に置いて、師匠直伝の『紺屋高尾』をみっちり演ってやろうかと思ってるんですよ。どんな顔するかと思いましてね。へへへ……ええ、ところで、師匠。話は変わりますけど、例の三月の晦日の独演会の件なんですが」

いよいよ、福の助が本題に入る。

「おかみさんから、『リハビリを再開した』と伺いましたけれど……いかがですか? まあ、その、ご本人の感触とでも申しますか」

そう尋ねると、馬春師匠は露骨に嫌な顔をした。弟子をじろりと睨みつけ、

「ばかばかしいったら、ねえ。犬の了見《りようけん》になんぞ、なれるかってんだ」

吐き捨てるような口調だった。

「えっ? い、犬の、了見ですか」

意味がわからず、二人で顔を見合わせていると、キッチンからおかみさんがやってきた。

「STさんの指導に腹を立ててるのよ。まったく、子供と同《おな》しなんだから」

そう言って、笑う。由喜枝《ゆきえ》さんは六十二歳。浅草《あさくさ》で江戸時代から続く足袋の老舗《しにせ》・桔梗屋《ききようや》の一人娘だ。

「エス、ティ……?」

「ええと……ほら、言語聴覚士とかいって、言葉の訓練をしてくれる人のこと」

テーブルに、お茶の道具と菓子鉢が載った盆を置く。

「ああ、はい。わかります」

「裏のホームへ通い出してさ、少しずつリハビリの仕方を習ってるんだけどね」

マンションの裏の小高い丘の上に、老人ホームがあり、デイケアも受け入れていた。

「最初にやらされたのが、舌の訓練だったんだって。呂律《ろれつ》が回らない原因は、早い話、舌や口の周りの筋肉がちゃんと動かないからでしょう。『まずは口から舌を突き出して、次に、できるだけ上へ持ち上げてください』って言われたんだけど、この人、恥ずかしいもんだから、おざなりにやってたの。それを見て、STさんが『ああ、大山《おおやま》さん。ダメダメ。犬になったつもりで、ご自分の鼻の頭をなめようとしてください』って」

「あ……ああ、なるほど。それで」

福の助がうなずく。

滑稽噺の名人だった先代の柳家小《やなぎやこ》さん師匠は、『狸賽《たぬさい》』の稽古を弟子につける際、『タヌキの了見になれ』という名言を残したが、こちらはまさに『犬の了見』だ。

「でもねえ、その先生にも言われたけど、左半身の麻痺ってのは不幸中の幸いらしいのよ」

急須に茶葉を入れ、お湯を注ぎながら、おかみさんが言った。

「これがもし逆だったら、失語症になっちゃったかもしれないんだって」

「ああ、はい。左脳に言語を司る中枢があるんだそうですね。で、そこが右半身の運動を司っている」

「そう聞いたわ。で、左の片麻痺の場合、性格変容とかいって、穏やかだった気性が急にわがままになったりするそうだけど……まあ、この人はもともとわがまま放題だから、そっちの心配はいらないわね」

「こ、こいつ。黙って聞いてりゃ、好き勝手なことを……」

おかみさんの憎まれ口に、師匠が顔色を変えて反応する。

「まあ、まあ。よかったじゃありませんか。最悪の事態にならず、こうやって、ちゃんと話せるようになられたんですから」

夫婦の間に、総領弟子が割って入る。

「師匠、あと少しの辛抱です。再来月の独演会めざして、ぜひともリハビリに精を出してください。それが、おかみさんはもちろん、弟子一同の願いなんでございます」

詰め寄られた馬春師匠は、顔をしかめながら考えていたが、しばらくして、

「……別に、やらねえなんて、言っちゃいねえよ」

小声で、そうつぶやいたのだった。

5

亮子の職場のある草加市は、人口約二十四万人。埼玉県内六番めの都市である。

現在住んでいるのは北千住《きたせんじゅ》だが、そこから東武《とうぶ》伊勢崎《いせさき》線の準急を使えばわずか十分で着く。

それに彼女の実家は、草加駅から二つ手前の竹ノ塚。子供の頃からなじみのある町だった。

駅の東側の繁華街の一角にある寿司屋、店名が『弥助《やすけ》』。ご主人の奥様の実家が築地で中卸《なかおろし》をしているそうで、そのルートを使い、活きのいい魚介類が格安で手に入る。主人夫婦の人柄も気さくなため、店は繁盛していて、亮子も宴会などで、何度か訪れていた。

ちなみに『弥助』とは江戸言葉で、寿司のこと。落語にも頻繁に登場する。日本橋生まれの主人は、もちろんそうと知って名づけたのだ。語源がわからないので、蘊蓄《うんちく》好きの夫に尋ねたところ、さすがは商売人だけあって、即座に答えてくれた。『義経千本桜《よしつねせんぼんざくら》』という浄瑠璃に『鮨屋《すしや》の段』というのがあり、その中に出てくる下男の名が『弥助』なのだという。

小ぢんまりした造りで、一階はカウンターと小上がり、二階に座敷がある。ここを会場として、若手芸人を招いた演芸会が不定期に開かれていた。

寄席文字の看板は『第九回クワイチップス特選演芸会』。草加名物といえばもちろん煎餅《せんべい》だが、農業も盛んで、特にクワイの生産では全国的に有名だ。クワイチップスは十年ほど前から売り出された新たな特産品である。

一月十五日、月曜日。午後八時五分前。

亮子は会場の奥の壁際に立っていた。

二間続きの会場には、畳の上に座布団が並べられ、三十人ほどが腰を下ろしていた。

その向こうに高座。色鮮やかな朱毛氈《しゆもうせん》と分厚い紫色の座布団、白い屏風《びようぶ》。地域寄席のそれとしては、なかなか立派だ。

ただし現在は、高座の手前で、ロープを使った手品が行われていた。演じているのは初老の男性で、右手のめくりには『奇術　バロン迎《むかい》』とある。黒のモーニングと蝶ネクタイ、胸ポケットには真っ赤なバラ。服装には一分の隙もないが、風貌に若干の問題があった。

背が低くて、小太り。頭はきれいに禿げ上がり、紫外線と酒で焼けた肌。ギョロ眼に大口。正直なところ、蝶ネクタイは似合っていない。

それに加えて、肝心の奇術の腕前もはなはだ怪しい。切断したはずの白いロープがいつの間にかつながっているというおなじみの演目だが、違う箇所を切ってしまったり、ハサミを取り落としたりしては客の失笑を買っていた。

それもそのはず。ご大層なのは芸名だけで、この男性、プロの奇術師でも何でもない。早い話が単なる素人なのだ。それがなぜ、まだ二つ目とはいえ、プロの噺家と一緒の会に出演できるのかというと、理由は簡単で、彼が本日の会の主催者だからだ。

フルネームは迎礼次郎《れいじろう》さん。年齢は知らないが、おそらく還暦に近いだろう。もとは農業に従事していたが、特産物のクワイに眼をつけ、薄くスライスして、ポテトチップスのように揚げ、売り出したところ、これが大当たり。砂糖を絡めたり、ガーリック味を出したりと、瞬く間に地元の有力企業へと成長した。

『クワイチップス特選演芸会』というのは、迎社長が自費で若手芸人を呼び、開いている会なのだ。したがって、木戸銭は無料。それでは、いくら惨憺《さんたん》たる出来栄えであろうと、客が苦情を言うわけにはいかなかった。

最後は、しどろもどろになってロープ切りを終えた迎社長。

「それでは、次にお札を用いた手品をご覧に入れましょう」

口上だけは堂に入っていた。

ワニ革の札入れから一枚抜き取り、それを客席に示しながら、

「さて、取り出《い》だしましたるは一枚の千円札。これを八つに折り畳みまして、再び広げます時には、なぜか、いちまん……」

そこで突然、絶句してしまう。

手元からポロリと何かが畳に落ちた。見ると、折られたお札だ。しかし、迎社長はまだ左手に千円札を持っている。

客席から失笑……というより、けたたましい若い女性の笑い声が起きた。かなり悲惨な状況で、さすがに気の毒になってくる。

これは亮子でも知っている簡単な手品で、要するに、お札が二枚重ねになっているのだ。両手で千円札を広げた時、掌《てのひら》に隠しておいた一万円札を後ろにあてがう。そして、千円札を八つに折り、両者が同じ大きさになったところで、さりげなく前後を逆にして、おもむろに一万円札の方を開く……のだが、はるか手前で、肝心のタネを床に落としてしまった。

演者は苦笑しながらそれを拾い上げたが、まさかそこからやり直すわけにもいかない。どうするのかと思い、見ていると、

「ええ……それでは本日の締めとして、とっておきの不思議をご披露いたしましょう」

また、大きく出たものだ。

めくりの脇に、奇術の道具を載せた台があった。迎社長は黒いシルクハットに手を入れ、中から真っ赤なリンゴを取り出す。

「では、どなたかにお手伝いをお願いしましょう。ええと……ああ、一番後ろの壁際にいらっしゃる黄色いセーターをお召しになった美少女。あなた、こちらへおいでください」

（び、美少女って、まさか、この私のことなの⁉）

左右を見たが、黄色のセーターを着ているのは自分だけ。お世辞にしても、度が過ぎる。

（そもそも、打ち合わせなんか、何もしてないのに……）

福の助がこの会に出演するのは四回め。亮子はすでに主催者さんと顔なじみになっていて、今夜も開演前に挨拶をしたが、その時には特に何も言われなかった。

（……そうか。きっと社長さん、自信を失っちゃったんだ。知らない人だと緊張して手元が狂うから、それで私を指名したんだわ）

この会は通常の地域寄席とは客層が大きく異なり、七割以上が二十代前半の女性。彼女たちはすべて迎社長の奥様の知り合いだ。ちょうど一回り年下の彼の妻は、市内でブティックを経営していて、若い世代に猛烈に顔が広く、抜群の集客力を誇っていた。

夫のご贔屓から指名されては仕方がない。亮子は座敷の端を通り、高座に近寄った。

迎社長はリンゴをいったん台の上に置き、上着のポケットから、百円玉と黒のマジックインキを取り出す。そして、両者を亮子に改めさせると、マジックで硬貨にカタカナ一文字を書けと言う。

とにかく、指示に従うしかない。亮子は少し迷ってから、百円硬貨に『シ』と書いた。『寿笑亭』の頭文字の『シ』である。

それを伏せて手渡すと、迎社長はいつの間にか、左手にリンゴを持っていて、右手の人差し指と中指でコインを挟む。

「いいですか？　よおく見ていてくださいよ」

そう言いながら、伏せたままで徐々に近づけていき、微かにうなり声を発すると、硬貨のちょうど半分ほどを、リンゴにぐっと押し込んだ。

そして次の瞬間、亮子は心の中で叫び声を上げた。何と百円玉が煙のように消えてしまったのだ。

さらに押したようには見えなかった。右手はまったく動かず、硬貨が自分から果物へ吸い込まれていった感じだ。

しかし、リンゴをぐるりと回すと、赤い皮には傷がついていないし、畳の上にも落ちてはいなかった。

「ええっ⁉　ウッソー……！」

「ゼーンゼン、見えなかったわ！」

舌足らずの嘆声が上がる。

（確かにこれは、とっておきの不思議だ）

ほかの演目との差が激しいため、よけいにそう感じる。

盛んに首をひねっていると、迎社長はリンゴを両手で持ち、いきなりバリッと左右に割った。

(あぁっ! まさか……)

何と、果実の中心部から銀色のコインが現れたのだ。

アマチュア奇術師・バロン迎氏は目を白黒させている亮子の顔を満足げに眺めると、右手の二本の指で硬貨を挟み上げ、果汁を切るような仕種をしてから、おもむろに引っくり返す。

コインの裏には黒い『シ』の字。筆跡を確認したが、自分がさっき書いたものだとしか思えなかった。

「どうです? お嬢さん」

「……ま、間違いありません」

深くうなずくと、客席から盛大な拍手と歓声が湧いた。

6

本来なら、ここで出番はおしまいだが、そこはさすが主催者だけあって、あちこちからアンコールの声がかかる。

コンサートではなく、演芸会、しかも途中でというのは異例中の異例だが、バロン迎氏は嬉々としてリクエストに応じ始めた。

お客様の目障りになるといけないので、亮子はそのままそっと廊下へ出る。

「姐さん、お疲れ様でございました」

縞柄の着物を着た松葉家ひろ吉に声をかけられる。昇進からまだ二カ月だから、黒紋付きの羽織がどこかぎこちない。

「あら、間に合ったのね。どうもご苦労様」

ひろ吉は前の仕事が延びてしまったため、中入り後に駆けつけてきたのだ。

「ご迷惑をおかけしました。ところで、さっきのあれですが……事前に、何か打ち合わせでも?」

「えっ？　ああ、コインの手品ね」

襖《ふすま》の間から見ていたらしい。

「いいえ、全然。急に指名されたの」

「へえ、そうなんですか！　こりゃあ、今夜は大雪になるかもしれないなあ」

ひろ吉が笑う。二十八歳で、鹿児島県の出身。肌が浅黒く、眉が太い。いかにも南国生まれらしい、男っぽい風貌だ。美樹ちゃんとの交際が明るみに出てから、楽屋雀《がくやすずめ》が『美女と野獣』と評していたが……まあ、あたらずといえども遠からず、である。

「そんなことより、ひろ吉さん。昇進、本当におめでとうございます」

「ありがとうございます。ただ、『二つ目貧乏』てえやつを、早くも実感しておりまして……」

ひろ吉が顔を曇らせる。

「そんなに、ひどいの？」

「現実は厳しいですよ。お披露目で四十日間、寄席で出番を頂戴しましたが、終わった途端、きれいさっぱり仕事がなくなりました」

『二つ目貧乏』という言葉は、亮子も何度か聞いていた。例えば、ある真打ちの独演会を催す場合、その人だけを呼ぶということはまずない。楽屋内のさまざまな仕事をしてもらうため、前座さんの存在が不可欠なのだ。

だから、昇進すると、この手の仕事はなくなってしまう。もしプログラムに二つ目を一人入れるとしても、声がかかるのはベテランばかり。仕事が激減した新米二つ目の窮状を、『二つ目貧乏』などと称するのだ。

そんな話をしていると、

「こら、久蔵。本当は幸せいっぱいのくせしやがって、同情を買おうったって、そうはいかねえぞ」

福の助もすでに高座着に着替えていた。

「そ、そんな、兄《あに》さん。別に、幸せいっぱいなんてこたありませんよ」

ひろ吉は首を横に振ったが、この話題になると、自然に口元がゆるんでくる。

「まったく、高嶺の花に手を出しやがって。身のほどを知らねえってな恐ろしいよ」

先輩だけあって、口撃には容赦がない。

「だから今日は、『高尾』をみっちり聞かしてやる。いいか。ちっとは、お前も……」

さらに続けようとした時、襖の向こうから拍手が聞こえ、バロン迎氏が廊下へ出てきた。

「あっ、どうも、社長。お疲れ様でございました。相変わらず見事なお腕前ですねえ」

ひろ吉がお愛想を言いながらCDプレイヤーのスイッチを押す。今日は前座さんがいないから、出囃子はセルフサービスだ。

どこかほっとした表情だった。

『おはら節』の旋律が流れる中、会場へと入り、拍手がやんだところで、福の助がお囃子をフェードアウトさせる。

「ええ、松葉家ひろ吉と申します。本日はお招きいただきまして、まことにありがとうございます。どうか、おあとを楽しみに、一席だけおつき合いをお願い申し上げます。

まあ、ご存じの方もいらっしゃると思いますけれども、我々の世界には前座、二つ目、真打ちという階級がございます。実はこのあたくし、昨年の十一月に前座修業を終え、昇進したばかりのホヤホヤでして。だから、久しぶりにお会いしたお客様に、『二つ目になりました!』てえと、『何だい。爪を切りすぎたのか?』なんて……『二つ目』と『深爪《ふかづめ》』を間違えている人がある」

よく聞くマクラだが、若い女性客のツボにはまったらしく、けたたましい笑い声が起きた。

「亮子さん、さっきはいきなり呼び寄せたりして、申し訳なかったね」

ハンカチで首筋の汗を拭きながら、迎社長が言った。

「その前が失敗続きだったから、つい心細くなったんだ」

「いいえ、そんな。お役に立てて光栄です。それにあの手品、すごく不思議でした」

「本当かい？　実はあれ、ごく最近覚えたやつで、あまり自信がなかったんだ」

「えっ、そうなのですか。信じられません。まるで魔法みたいでしたよ」

「魔法は、いくら何でも、言いすぎだよ」

口では謙遜《けんそん》するものの、迎社長はまんざらでもなさそうな表情だ。

「ねえ、福の助君。君は目が肥えているから、すぐにトリックを見破っただろう」

「は……？　あ、申し訳ございません。あたくし、着替えをしておりまして、社長様の高座は拝見できませんでした」

「そうかい。それは残念だった。まあ、とりあえず、今晩はちょっとはうまくビールが……ああ、そうだ。再来月また会を開くつもりなんだが、その時、竹二郎《たけじろう》君に出てもらいたいと思って。声をかけてもらえるかな」

「はい。もちろんです。喜ぶと思います」

寿々目家《すずめや》竹二郎は二十九歳。人気落語家・寿々目家竹馬《ちくば》門下だが、以前は芸名を山桜亭馬坊《うまぼう》といい、福の助の弟弟子だった。彼は去年の八月にここで独演会を開いている。

社長が階段を下りていくと、また高座の声が聞こえてきた。すでに、噺に入っていた。

「……ええ、江戸も終わりの頃となりますと、あちこちで戦《いくさ》が起こりました。上野《うえの》の山に彰義隊《しょうぎたい》が立てこもって、夜となく昼となく大砲の音が響くという、まことに物騒な世の中です。

町人たちはびくびく暮らしておりましたが、これがご大身《たいしん》の旗本となると、呑気《のんき》なものでして……これは、あるお殿様。世間の様子を眺めようと、家来の三太夫《さんだゆう》を従えて、屋敷の中にこしらえてある物見へと上がります」

あまり聞いたことのない噺だなと考えていると、脇で夫が、

「こりゃ、悪《わり》いことをしたな。ひろ吉に気を遣わせちまった」

「気を遣うって……どういうこと？」

「俺が『紺屋高尾』をみっちり演るなんて言ったから、遠慮して、『首屋』なんて短い噺を選んだんだ」

「クビヤ……？　ああ、これがそうなの」

有名な落語だから、筋は知っていたが、実際の高座に接するのは初めてだ。

『首屋、首屋ぁ』と自分の首を売り歩く、不思議な行商人が、ある武家屋敷に呼び込まれる。代金の七両二分を渡した殿様が新刀の切れ味を試すため、今まさに切り落とそうとした瞬間、間一髪《かんいっぱつ》で身をかわした彼《か》の男。懐から取り出した張り子の首を放り出して、その場から逃げ出す。

『これこれ、首屋。こりゃ張り子だ。そっちのだ』

『へへへ。こりゃあ、看板でございます』

と、これがサゲになる。演り方にもよるが、どちらかといえば、小噺に近い演目だ。

「それはそうと、社長さんが言ってた『リンゴの手品』って、一体どんなやつなんだ？」

「ああ、そのことね。いや、お世辞じゃなくて、本当にびっくりしちゃったのよ。まずは百円硬貨とマジックを取り出し……」

と説明しかけた時、誰かが一階から上がってくる気配がした。迎社長が戻ってきたのかと思ったら、そうではない。現れたのは制服姿の女子高生だ。

アイボリーのブラウスに赤いリボン、紺色のブレザーとプリーツスカート。それは何と、亮子が勤務している高校の制服だった。

(えっ？　そんな……)

まじまじと見る。小柄な体。長く伸ばした黒い髪を無造作に後ろで縛っていた。ややうつむいてはいるが、色白で端整な顔立ちをした、驚くほどの美少女だ。

(あれは……琴乃《ことの》ちゃんだわ。へえ。落語会なんかに来るんだ)

亮子はその生徒を知っていた。安田《やすだ》琴乃。情報科の二年生だ。

誰か廊下にいることに気づき、琴乃が顔を上げる。そして、亮子と視線を合わせ、ぎょっとしたように立ち止まった。

しかし、言葉は発さずに、軽く会釈をすると、二人の脇を通り、後ろの入口から会場へと入っていった。

「……お前の学校の、生徒さんらしいな」

襖が閉められてから、福の助が言った。

「ええ、そう。綺麗な娘《こ》でしょう」

「うん。今時、珍しい。一昔前の学園ドラマのヒロインてな感じだ」

などと話している間にも、高座の『首屋』は先へ進んでいた。

「……三太夫が刀を持参し、殿様はたすきがけで、庭へと下りてまいります。

『こりゃ、首屋。そこに直って、念仏でも唱えておれ』

『いえ、念仏には及びません。どうせ地獄へ落ちる身の上。早いとこ、やっておくんなさい』

殿様は新刀を抜くと、手桶の水で湿して、ビュッと一振り。首屋の後ろへと回ります。

『覚悟はよいか！』

『へい。ただいま、遅れ毛をかき上げますから、ちょいとお待ちになって……さあ、すっぱりとどうぞ』

『よし。ヤアッ！』

声とともに、刀を切り下ろしますと――』

「キャー！」

突然、二間続きの境目あたりから、甲高い女性の悲鳴が聞こえた。

「や、やめて！　やめてぇー！」

同じ声で、何度も立て続けに。

こうなると、もう落語どころではない。福の助があわてて襖を開け、騒然となった会場へ飛び込んでいった。

7

「……ははあ、そりゃ、とんだ災難だったわねえ。その若い噺家さん」

袋から出したマカロンを花模様の皿に盛りつけながら、野村鮎美《のむらあゆみ》が言った。

「『首屋』は特に残酷な落語というわけでもないけど、まさか、お客さんの中に深刻なPTSDを抱えている女《ひと》がいたなんてねえ」

「はい。まるで想定外ですよね。白眼をむいて気を失ってしまったから、高座はメチャクチャ。本当にひろ吉さん、気の毒でした」

自然とため息が漏れてしまう。『PTSD』は『心的外傷後ストレス障害』の略語。大災害や凶悪事件を体験したあとに、長く続く心身の病的反応のことで、問題となるその出来事を鮮烈に思い出す、いわゆるフラッシュバックを特徴としている。

今回はそれが、何と落語を聞いている最中に起きてしまったのだ。

翌日の火曜日、時刻は五時十分。場所は、亮子が勤めている高校の職員室の奥に設けられている来客用のスペース。ガラスの衝立《ついたて》二つで仕切られた三畳ほどの狭い場所だが、勤務時間が終わると、ここが若手の女子教職員の交流の場に変貌するのだ。

古びた応接セットで、二人は向かい合っている。間のテーブルにはマカロンの皿のほかに、紅茶のカップが二つ置かれていた。

野村鮎美は夫と同い年……というより、大学の同級生で、そもそも、亮子が寿笑亭福の助こと平田悦夫と知り合ったきっかけも、彼女からの落語会への誘いだった。

鮎美は三年生の担任で、教科は国語。女子バレーボール部の顧問で、百七十五センチという長身。校内では常にジャージ姿なので、生徒の中には、彼女を体育の教師だと勘違いしている者が大勢いた。

色白で、丸顔。やや茶色い髪をショートボブに整えていた。

「まあねえ……考えてみれば、無理もない話ではあるのよ」

マカロンを一個口に入れ、紅茶をすすりながら、鮎美が言った。

「あの通り魔事件は、朝のラッシュ時に起きたでしょう。目撃者の数もそれだけ多かったわけだもの。しかも、昨日失神した女《ひと》の場合、一緒にいた友達が首の後ろを刺されて、大けがをしてしまった。ちょっと間違えば、自分が……そりゃ、トラウマになるわよね」

問題の事件が起きたのは去年の九月。犯人は三十一歳になる無職の男性で、果物ナイフを手に、駅の改札から出てきたばかりの人たちを無差別に襲った。幸い死者は出なかったものの、五人が重軽傷。そのうちの一人、市内の書店に勤めていた二十三歳の女性は首を刺されて、一時は意識不明の重体に陥り、今もまだ入院中である。

落語会に来ていたのは、彼女の同僚だった。事件後、心身に異常が生じ、ずっと自宅で静養していた。その状態を見兼ねた友人が『きっと気晴らしになるから』と言って連れてきたのだが、とんだ裏目に出てしまった。

救急車が呼ばれ、一時は大騒ぎになったが、精神的なものなので、やがて落ち着きを取り戻した。

「落語はやっぱり歴史がある分、漫才やコントよりもずっとリアルでしょう」

鮎美が腕組みをした。彼女は落語についても、亮子よりはるかに詳しい。

「『首屋』だって、刀を構えている殿様に、『遅れ毛をかき上げますから、待ってください』なんて言う場面は、サゲを知らないで聞けば、かなり怖いと思うわ」

「ええ、確かに。ぞっとする落語って、結構多いですよね。本格的な怪談噺は当然ですけど、『もう半分』とか『死神』とか……」

「私が驚いたのは『ふたなり』ね。単なるストーリーの都合で、何の罪もない人を殺して、それを笑いの種にしちゃうんだもの。

ああ。ところで、旦那様の『高尾』の出来はどうだったの？　私、すごく好きな噺なのよ」

「まあ、そんなことがあった直後でしたから、最初はひどく演りづらそうでしたけど……」

高座の上の夫の顔を思い出し、亮子は苦笑した。

「美女のハートを射止めたひろ吉さんへの面当《つらあ》てなんだと思いますけど、『二月の十五日』って件《くだり》をやたらと強調してました。お客さんにも結構ウケてましたよ」

流山《ながれやま》のお大尽《だいじん》という触れ込みで登楼《とうろう》した久蔵に対して、高尾太夫は吉原の言葉で、『主《ぬし》は今度、いつ来てくんなます』と尋ねる。適当な嘘をつけばいいのに、根が正直一方な久蔵は自分の本当の身分を明かし、『丸三年稼がなければ、再び来ることができない』と打ち明ける。これを聞いた高尾は、その情に打たれ、『来年の二月十五日に年季《ねん》が明けるから、女房にしてほしい』と告げる。

『それからってものは、久蔵、朝起きると、「ああ、二月の十五日ぃ」、瓶にまたがっては「二月の十五日ぃ……」。

「何でえ、あの野郎、どうかしてるな。おう、飯だよ。おい、二月の十五日！」

「へえ」

「こいつ、返事をしてやがるぜ」』

福の助の口演が耳元に蘇ってきた。

「……そうだ、鮎美先生。二年四組の授業をもってらっしゃるでしょう。昨日の会に、安田さんが来ていたんです」

「安田さんて……ああ、琴乃のこと？」

「はい、そうです」

「へえ。それはまた、不思議なところで会ったものねえ」

教員とは違って、事務職員の場合、生徒と直接触れ合う機会は限られているが、たまたま二年四組は事務室の清掃担当であったため、顔と名前を覚えていたのだ。

「安田さんて、掃除に来ても、いつも独りでぽつんとしていますけど……普段、教室でもああなんですか？」

「ええ、そう。何せ暗くて。笑った顔なんて、見たことないわ。頭もいいし、かわいい娘《こ》なんだけどねえ」

　鮎美はそう言ってから、軽く眉を寄せ、

「まあ、あの家も、何だかいろいろあるらしくて……」

　亮子も多少は聞いて、知っていた。彼女がまだ幼い時、両親が離婚し、現在は母一人子一人。母親は美月《みづき》という名前で、草加市内で小さなカラオケスナックを経営していた。独身だが、これまでに交際した男性は少なくないらしい。

「お母さんもまだ四十二、三だから、恋愛は自由だけど、相手を自宅へ引っ張り込んじゃうらしいのよ。半同棲というやつ。娘が多感な年頃なんだから、もっと考えてもらわないとねえ。今つき合っている人は同い年くらいの、まるでハーフみたいなイケメンですって。手をつないで歩いているところを、同級生が見てるの。その人、大阪の出身で、経営コンサルタントを名乗ってるんだけど、何だか地元で評判が悪くて、あちこちで借金を……え？　あ、はい。私ですか」

『野村先生』と呼ぶ教頭の声がして、鮎美が立ち上がる。職員室の入口に誰か来ているらしい。受験に関する生徒の相談かもしれない。

　長引くかもしれないから、帰った方がよさそうだ。そう思い、紅茶を飲み干して、腰を上げた時、

「ちょっと、亮ちゃん」

「えっ……？」

戻ってきた鮎美が誰か連れていた。ガラス越しに、制服姿の上半身が見えている。

「私じゃなくて、一緒にいるあなたに用事だそうよ」

「私に、ですか。でも、授業料の窓口納付は終わっちゃったし……あら？　まあ」

つぶやきながら応接コーナーを出た亮子は、思わず眼を見張った。

噂をすれば、ナントヤラである。鮎美の後ろに、安田琴乃が立っていたのだ。

8

野村鮎美は自分のカップとお菓子の皿を手に、自分のデスクへと戻っていく。

亮子と女子生徒はテーブルを挟んで向かい合った。

用事があるというのだから、すぐに話を切り出してくるかと思ったら、相手は視線を下へ向け、黙りこくっている。

もともと口数が少ないのだが、今日は何か、困ったような表情を浮かべていた。

（それにしても、この娘《こ》、しみじみ美形だわ）

改めて見直してみて、亮子は思った。

自分の頃とは違い、今時の女子高生が化粧をするのはあたり前だが、安田琴乃はノーメイク。

それでも、肌は透けるように白く、少女らしいふっくらした頬と整った顔立ちがどこかアンバランスで、この年代だけにしか得られない不思議な魅力を醸し出していた。

「昨日は、どうもありがとう。うちの主人の落語を聞きに来てくれて」

「えっ……？　ああ。いえ、そんな」

亮子がお礼を言うと、安田琴乃が顔を上げ、首を振る。

「こちらこそ、ありがとうございます。とても楽しかったです」

「一人で来ていたみたいだけど、あの会のことをどこで知ったのかしら」

「母からチケットをもらいました。『お客様の一人が手品で出演するんだけど、自分は都合があって行けないから、代わりに顔を出しなさい』と言われて……」

「ああ、なるほどね」

彼女の母親が経営するカラオケスナックに、迎社長も通っているらしい。それは大いにあり得ることだ。

「生で聞くのは初めてだったんでしょう。どうだった？　まあ、『首屋』はともかく、最後の落語なんかは？」

「染物屋さんの、お話ですよね」

「そう」

「ええと、それは……」

美少女は小首を傾げ、しばらく考えていたが、

「すごく新鮮でした。職人さんが自分の気持ちを素直に告白して、それに感動した女性が結婚を決意するなんて。今ではちょっと考えられませんから」

「考えられない？　でもそれは、別に時代に関係ないような気がするけど……。あなただって、男の子にコクられたこと、あるんでしょう」

「いいえ、ありません」

「えっ？　本当に『好きだ』って言われたことが一度もないの」

「というか、つき合ってほしい相手に『好きだ』と告白する男の子なんて、誰もいないと思いますよ」

「はあ……？」

亮子は困惑した。放課後、二人連れで下校する姿などはいくらでも見られる。『好きだ』と言わずに、一体どうやって交際を申し込んでいるのだろう。

その点を問いただしてみると、明かされた実態は彼女の想像を絶するものだった。

つき合いたい相手ができた時、男子はその娘のアドレスを聞き出し、次のようなメールを送信するのだそうだ。

『○○さん、誰かつき合っている人いる？』

これを受け取った女子は、もし交際してもいいと思った場合、こう返信する。

『誰もいないよ』

すると、折り返し、

『じゃあ、ちょっとつき合ってみない？』

『いいよ』

これで、めでたくカップル成立となる。

では、交際したくない場合はどうするか。

最初の問いに対し、『いるよ』または『いないけど、好きな人がいるの』と返信すればいい。それを受け取った男子はあっさり諦め、別な女の子を物色するのだという。

（……そ、そんなだったんだ！）

さすがに仰天してしまった。恋愛に関して、誰も傷つかない巧妙なシステムがすでに構築されている。今時、誰も告白なんかしちゃいないのだ。

しかし、女子にしてみれば、欲求不満だろう。真剣に『好きだ』と言われたくないはずがない。おそらくそのせいだと思うが、生徒たちの男女交際の期間は呆れるほど短いのだ。

（だったら、『紺屋高尾』を聞いて、新鮮に感じるのも無理ないわ。少し世代は違うけど、ひろ吉さんが美樹ちゃんのハートを射止めたのも、たぶん押しの一手だったんでしょうね）

いったん口がほぐれると、琴乃は意外なほどよく喋った。表情も明るく、初めて見る笑顔は格別に愛らしかった。これも、同じ会場で落語を聞いた効果かもしれない。

「ところで、安田さん、私に何か用事だったんでしょう。それをまだ聞いてなかったけど」

「えっ……？　あ、ああ。そうでした。あのう、実はお願いがあるんです」

「ええ。どんなお願いかしら？」

「ご主人……その、福の助さんに、落語を演っていただきたいんです」

「落語を？　へえ、そうなの」

意外だった。知り合いから、夫の仕事の注文をもらったことは何度もあるが、こんな可愛らしい依頼者は初めてだ。

「いいけど、プロだから、頼むとお金がかかるわよ」

「それは大丈夫です。私が払うわけじゃありませんから。本当の依頼主は母の知り合いの男の人で、昨日の落語会にも来ていました」

「ああ、そういうことなの。わかったわ。だけど、主人にもスケジュールがあるから……ええと、まず、いつ、どこで演るの？」

「今度の土曜日の夜。場所は浅草《あさくさ》です」

「浅草……？」

「というか、そこから動きます。屋形船の上ですから」

「へえ。屋形船でねえ」

ずいぶん粋な会場だ。屋形船というと、夏、あるいはお花見時分のものと思われがちだが、年間通して運航されていて、時には船内で一席伺う催しも行われている。

「じゃあ、早速今晩、きいてみるわ。あとは出演料の件があるけど……」

「それは私ではわからないので、直接、依頼主から電話が行くと思いますけど……ただ、それ以外に、一つ条件があるんです」

「条件？」

「演っていただく落語です」

「ああ、噺の注文なの。それはかまわないわよ。ただ、主人のもちネタかどうかわからないけど。それで、その落語の名前は?」

尋ねると、安田琴乃はちょっと視線を宙へ泳がせてから、

「あのう、『たがや』って落語、本当にあるんですか?」

そう言ったのだ。

9

「はあ? 『たがや』の注文て……この冬の最中《さなか》にかよ」

亮子の話を聞いた福の助は、いかにも不快そうに眉をひそめた。

「まあ、高座にかけたことは何度かあるし、屋形船の上で演るにはもってこいだけど……ありゃ、夏の噺の典型だぜ。正月に聞こうだなんて、とんでもねえへそ曲がりだ」

「それは私も同感だけど、主催者のたっての希望なんですって。その代わり、ギャラは言い値で払うそうよ」

「言い値で? だからって、まさか『たがや』一席で百万取るわけにもいかねえだろうけど……とんだ物好きがいたもんだよなあ」

口では悪く言いながらも、少し声の調子が変わった。そこはやはり、『猫にカツブシ、噺家にご祝儀』である。

同じ日。午後の八時を少し過ぎている。

二人がいるのは自宅。足立区日ノ出《ひで》町に建つアパートの一室だ。

仕事から帰ってきた夫は、入浴と食事を済ませ、かりんとうをつまみながら、ほうじ茶を飲んでいた。仕事柄、酒席が多いが、もともとは甘党で、晩酌の習慣はなかった。

「おタロの件は後回しにしてさ、依頼主はどこの何て人なんだい？」

『タロ』とは、業界符牒でギャラのことだ。

「名前は菅原永太郎《すがわらえいたろう》さんといって、年は六十くらい。八潮《やしお》市に住んでいるそうよ」

八潮は草加の東隣の市だ。

「で、稼業は？」

「産廃処理ですって」

「サンパイって……産業廃棄物の処理か。まあ、世間の役に立つ仕事ではあるが、玉石混淆《こんこう》というか、中には不法投棄でたんまり儲けてる手合いもいるそうだからな」

「念のため、地元に詳しい先生にきいたら、悪徳業者とかじゃなくて、大手企業を顧客に抱えて、堅実にやっているみたい。業績は好調らしいわよ。そして、実はその菅原さんて人も、琴乃ちゃんのお母さんの店の常連さんなんですって」

亮子が落語家の妻だと生徒たちに教えたのは、野村鮎美だった。その情報が琴乃から母親へ、そして菅原へと伝わっていったのだ。

「菅原さんはもともと落語に興味なんてなかったんだけど、スナックで会った迎社長に誘われ、例の会に行くようになって、そのうち、自分も同じことをしたくなったらしいの」

「ははあ。早《はえ》え話が、ものまねか」

「その通り。だから土曜の会は、昨日のお寿司屋さんと、お客様がかなり重なっているみたい」

「お客が？　そいつは、難儀だなあ」

夫が渋い顔になる。

「どうか、したの？」

「だってさ、『たがや』ってな、『首屋』の何倍も……いや、何百倍も残酷な噺だろう。本当に首をちょん切っちまうんだもの」

「ああ、それは確かに……ただ、まさかあの本屋の店員さんがまた来たりはしないでしょうから、そんなに心配しなくても大丈夫よ」

『たがや』の粗筋はこうである。

季節は夏。川開きの当日、両国橋の上は花火見物の人また人で大混雑だが、そんな中を、本《ほん》所《じょ》側から馬に乗った侍が三人の供を連れ、強引に通り抜けようとしていた。

するると、今度は反対側から一人のたが屋が渡ってきた。『たが屋』とは、弾けたり、ゆるんだりした桶のたがを修理する職人のことである。

ねじって輪にした竹製のたがを引っかけた道具箱を担ぎ、人込みの中を縫うようにしてやってきたが、誰かに押された拍子に巻いてあったたがが外れ、ツツツッと伸びて、馬上の侍が被っていた笠をはね飛ばしてしまう。

恥をかかされたと、侍は激怒。『無礼討ちにしてくれる』といきり立つ。最初は懸命に詫びていたたが屋だが、許してはもらえないとわかると、開き直って啖呵《たんか》を切り始める。侍は家来に成敗を命じるが、このたが屋がなかなか手強《てごわ》く、刀を奪うと、三人を血祭りに上げてしまう。このあたりの立ち回りの描写が、この噺の聞きどころだ。

いよいよ侍が馬から降り、槍を手に立ち向かってくるが、さすがは殿様だけあって、家来とは腕が違う。たが屋はじりじりと追い詰められるが、最後に槍先をかわし、捨て身の攻撃をしかける。相手の懐に飛び込んで、横一閃《よこいっせん》に払うと、切られた侍の首が中天高くポーンと……。

それ見た見物人たちが声を揃え、『上がった、上がった。たがやーい！』。

江戸時代、玉屋《たまや》と鍵屋《かぎや》という二軒の花火店があり、前者は火災を出して、追放されてしまったが、今でも見物時のかけ声にその名を残している。それを踏まえたサゲだが、武士階級に対する民衆のレジスタンスを感じさせる一席だ。

昨日、亮子は安田琴乃に請われるまま、この粗筋とサゲを説明してやった。最後まで聞いた琴乃は、なぜかひどく驚いた顔をしたが、特に感想は漏らさなかった。

「……まあ、話は元に戻るんだが」

福の助はかりんとうを嚙《か》みながら、

「その菅原って男は、なぜこんな時期に『たがや』の注文なんかするんだろうな」

「それは……やっぱり、川に浮かぶ船の上で聞くには最高の噺だと思ったからでしょう」

「だったら、『夢金《ゆめきん》』の方がもっとぴったりじゃねえか」

『夢金』の舞台は屋形船。しかも、こちらはあたり一面雪景色だ。

「だからきっと、まだ知ってる噺の数が少ないのよ。その中から選んだから、季節とはチグハグになっちゃったんだと思うわ」

「なるほど、そうか。だけど、こいつは厄介だなあ」

福の助が右手で後頭部を軽く叩きながら、顔をしかめる。

「気が、進まないの?」

「だって、北風に吹かれ、凍えながらやってくるんだぜ。川開きの噺を聞かせたって、実感が湧きゃしねえ」

「だけど、八ちゃん、前に言ってたじゃない。橘家圓喬《たちばなやえんきょう》師匠が真夏に『鰍沢《かじかざわ》』を演ったら、お客様が着物の襟を合わせたって」

「よせやい。住吉町《すみよしちょう》と俺と、一緒になるわけがねえだろう」

例として挙げた橘家圓喬は、たしか四代目。明治時代を代表する大名人だ。『鰍沢』は彼の師匠である初代三遊亭圓朝《えんちょう》作の傑作である。

身延山《みのぶさん》に参詣に行った戻り道、雪のために道に迷った新助《しんすけ》という男が、一軒のあばら屋に泊めてもらう。この家の女主人は月の輪《つきのわ》のお熊《くま》という名前だったが、実は以前吉原《よしわら》で売れっ子の花魁《おいらん》だった。それが好きな男と心中をしそこなって、こんな雪深い山の中に隠れたのだ。

新助が一夜の宿のお礼にと小判を差し出したのが災いして、お熊は卵酒の中に毒を入れ、彼を殺そうとする。だが、酒を買いに出た隙に戻ってきた夫の伝三郎《でんざぶろう》が誤ってこれを飲み、命を落としてしまう。

驚いた新助は逃げ出すが、雪に足を取られ、なかなか進めない。そうしているうちに、お熊が火縄銃を手に追いかけてきて……と、スリルあふれる展開になる。冬場の代表的な噺の一つだ。

「まあ、いいや。せっかく声をかけてもらったんだから、引き受けようじゃねえか。で、今度の土曜日だそうだが、船はどこから、何時に出るんだい？」

「出船は午後六時。船宿の場所は浅草橋《あさくさばし》だそうよ」

「浅草橋てえと、総武線《そうぶせん》か地下鉄だな」

自分の携帯電話を取り出し、スケジュールを確認する。

「ええと、その日は……あっ、弱ったぞ」

「前に、何か仕事が入ってるの？」

「うん。遊松《ゆうしょう》兄さんの会のゲストなんだけど、場所が横浜なんだ」

寿笑亭遊松は、福の助のすぐ上の兄弟子である。あまり芸熱心とは言えないが、穏やかかつ飄々《ひょうひょう》とした人柄で、一門内の誰からも好かれていた。横浜市戸塚《とつか》区の出身である。

「横浜から浅草橋だと、四、五十分はかかるわね」

「開演が三時だから、俺の上がりが四時過ぎとして……着替えずに、そのまま向かって、ぎりぎりだなあ。高座やマイクのチェックをしている暇がねえぞ」

「ああ、それはちょっと心配ねえ」

落語は繊細な話芸だから、会場の事前チェックは欠かせない。福の助は以前、それを怠ったために、悲惨な体験をしていた。ある地方のヘルスセンターの余興に呼ばれたのだが、満員の宴会場の入口で、支配人からハンドマイクを手渡され、『さあ、派手に演ってください！』と言われたのだそうだ。ロックバンドじゃあるまいし、『みんなぁ、乗ってるかい⁉』と叫ぶわけにもいかない。

「じゃあ、誰か前座さんでも頼む？」

「いや、それには及ばねえさ。だって、向こう様の注文は『たがや』一席だけなんだろう。前座を連れていくのも変な話だ。お前が少し早めに行っててくれよ」

「ええっ？　私が……？　そんな、無理よ」

亮子はあわてて辞退しようとしたが、

「無理ってこたねえさ。何とかなるだろう。会の段取りとかは、俺が電話で話をつけとくから、会場のセッティングのチェックだけでいいんだ。この仕事はお前も関わり合いなんだから、逃げちゃずるいぜ」

そこを突かれると、首を横に振り続けることは、もうできなかった。

10

寿笑亭福の助の、にわかマネージャーを務めることになってしまった。落語会の受付や会計を手伝ったことは数えきれないほどあるが、こういうお役目は初めてだ。

屋形船の名前は大川丸《おおかわまる》。そして、それを運航している業者の名前が大川屋。『大川』は、隅田川の古名である。

電話での打ち合わせは福の助本人が水曜日に済ませ、スタンドマイクや朱毛氈などの用意を船宿側に頼んだという。

一月二十一日の日曜日。亮子は地下鉄日比谷《ひびや》線と総武線を乗り継いで、午後五時十五分前に浅草橋に着いた。

夏の噺を演じるのだから、雪など降らないようにと祈っていたところ、願いが天に通じたらしく、まるで春のように暖かく、穏やかな陽気になった。

高座着のまま横浜から移動してくると夫は言っていたが、冬とはいえ、暖房の効いた会場で熱演すれば汗をかく。亮子は出囃子のCDとともに肌襦袢《はだじゅばん》をトートバッグに入れ、持参してきていた。

船宿を旅館と勘違いする人がいるが、これはつまり『船の宿』なのであって、人間は泊めない。『夢金』や『船徳《ふなとく》』などで、落語ファンには先刻おなじみ。昔の江戸は運河が発達していたため、船宿の数も多かった。

駅名と同じ浅草橋のたもとにある大川屋は、三階建てのビルだった。ただし、堤防があるため、道路側からだと、二階より上しか見えない。

一階が船の待合所で、二、三階がお座敷。落語と同様、ここで一杯やりながら、船が出るまでの時間をつなぐ客もいるらしい。

すぐ脇は船着き場で、大小二艘の屋形船がもやってあった。

受付で来意を告げると、応対に現れたのは四十代の男性。服装は紺地に白刺子《しろさしこ》のシャツと黒い腹がけ。つまり、祭りの衣装だ。

彼は大川丸の接客主任だそうで、早速、船の中を案内してもらうことになった。

大川丸は二艘あるうちの、小さな方の船で、落語に出てくるような屋根船ではなく、スカイデッキを備えたモダンな印象だった。船体の色はワインレッド。

舳先《へさき》の部分に設けられたエントランスを入ると、お座敷があり、テーブルが二列に七つ並んでいて、それぞれに座布団が六枚。

周囲には腰板が張られ、雪見障子が配してある。そして、奥には調理場とトイレ。

入口を入ってすぐのところに、仮設の高座が作られていた。テーブルに毛氈を掛けただけのものだが、高さはほどよく、マイクの感度も良好。出囃子のボリューム調整もすぐに済んだ。

今日のクルーズはお台場まで片道約四十分のコースで、福の助が高座に上がるのは出船し、乾杯が終わった直後。そして噺が終わると、すぐさま高座は片づけられ、壁際に通信のカラオケのセットが出現するという段取りだ。

さすがは商売だけあって、受け入れ態勢は完璧。あっという間に、すべての準備が整ってしまった。

これなら大丈夫だなと安堵《あんど》していると、和服姿のおかみさんがやってきた。「主催者さんもお着きになってますけど、ご挨拶されますか?」。無視するわけにはいかない。彼女に連れられ、亮子は船宿の二階へと上がった。

川沿いに座敷が並んでいる。案内されたのは、一番奥の部屋だった。

「失礼します。落語家さんのマネージャーさんをお連れしました」

襖を開けると、中は八畳ほどの部屋。中に、二人の男性がいた。

まずは、後者。床の間を背にしているのは肩幅の広い、なかなか立派な体格で、ドスキンのダブルを着込んでいた。赤ら顔、七三分けにした白髪交じりの頭、口ひげ。あぐらをかき、煙草をくわえている。年齢は六十代前半だろう。

明らかに本日の会の主催者である。

そこで、まず彼に挨拶をすると、

「いやあ、すまなかったねえ。わざわざこんなところまで来てもらってさ。私はこういう者です」

名刺を取り出し、亮子に手渡してきた。

両手で恭しく受け取り、視線を落とす。

『産業廃棄物処理業及び収集運搬業

一般廃棄物処理及び収集運搬業

資源リサイクル事業

ISO一四〇〇一認証取得事業所

八潮総業株式会社
代表取締役社長　菅原永太郎』

思わず拝みたくなるような、すごい名刺だ。

「この間の月曜の落語会、聞かせてもらいましたよ。あの女郎の噺はなかなかよかった」

「どうも、ありがとうございます」

話を聞いてみると、菅原はそれまでに三回、弥助の演芸会を見ていたが、福の助の高座には出会わなかったという。また先日の会の打ち上げも、用事があって欠席していた。

「で、まあ、急で申し訳なかったが、今日、お願いすることにしたんだ。よろしく、頼みますよ」

やや呂律があやしい。どうやら、すでに酔っているらしい。彼の前だけ、テーブルにグラスが置かれていたが、中の透明な液体は水ではなく、酒だったのだ。

「私の場合、趣味といえば子供の時から続けている剣道くらいで、お笑いなんて見向きもしなかったんだが、迎さんに誘われて足を運んでみると、結構おもしろい。とうとう、自前でお客を集めるはめになっちゃった」

菅原はそこで、なぜか小声になり、

「それはそうと、今回は無理な注文をして、申し訳なかったね」

「えっ……？　あ、いえ、それは全然かまいません」

「あの噺は、去年の夏、寿司屋の二階で一度聞いてるんだ。ええと……竹二郎とか言ったな。彼が演った」

「ああ、そうだったのですか。寿々目家竹二郎さんは以前、うちの主人の弟弟子でした」

「へえ、知らなかった。じゃあ、あんたは福の助君の奥様というわけか。とにかく、それでおもしろいなと思ってて、頼むことに……おい。黙ってないで、お前も挨拶くらいしたらどうなんだ」

菅原が自分の左脇に声をかけた。

当然、亮子の視線もそちらへ向く。

部屋に入る時には意識しなかったが、改めて見ると、そこにいたのはちょっと異様な風貌の人物だった。

年は四十代前半だろう。グレンチェックのスーツを着て、こちらは座布団の上にきちんと正座していた。すぐ脇には、小さめのジュラルミンのトランクが置かれている。

スリムな体付きで、色白。顔立ちは彫りが深く、眼のあたりの感じなど、ちょっと西洋人を思わせた。髪は茶色で、長めに伸ばしている。

男性は亮子に深々とお辞儀をして、

「それはそれは、どうも。本日はご苦労様でございます」

その口から飛び出したのは、強烈な関西弁のイントネーションだった。

(あれっ？　ひょっとすると、この人、琴乃ちゃんのお母さんの交際相手じゃないかな)

亮子は反射的にそう考えた。

年頃も合っているし、イケメンで、関西出身……。まず間違いない。菅原社長もカラオケスナックの常連らしいから、二人の間に、面識があるのは自然だ。

（だけど、鮎美先生は、何だか地元で評判が悪いって……失敗したなあ。ちゃんと最後まで話を聞けばよかった）

「初めてお目にかかりますが、私はこういう者でございます」

相手が名刺を差し出してくる。見ると、

『中小企業診断士
埼玉未来経営コンサルタント事務所
所長　多賀谷幸広』

「ええっ？　あのう、このお名前……失礼ですが、『たがや』さんとお読みするのですか」

「はい、そうです。どうかよろしくお願いいたします」

裏を返すと、確かにそこにも『YUKIHIRO　TAGAYA』と書いてあった。

戸惑いながら顔を上げ、主催者の方を向く。すると何と、菅原は口元に笑みを浮かべ、亮子に向かってウインクして見せたのだ。

（ど、どういうことだ……？）

真冬にもかかわらず、『たがや』の注文。そして、会場にやってきた『多賀谷』という人物……。

その時、脳裏に閃きが走った。

（あ、わかった！　つまり、接待なんだ）

たが屋が大活躍するあの落語を多賀谷さんが聞けば、それは悪い気はしないだろう。だとすると、これは相当凝りに凝ったご接待だ。

（なるほどぉ。そういうことか）

亮子は納得しかけたのだが、次の瞬間、

「おい、多賀谷。落語家さんの奥様の前で、例のあれをやってお見せしろ」

菅原が言った。ひどく荒い口調だった。

「ええっ？　それは……ちょっと、まずい思いますけど」

多賀谷は顔をしかめ、難色を示すが、

「かまうもんか。座興だ、座興！」

菅原が灰皿で乱暴に煙草の火を消す。

「奥さんねえ、この多賀谷ってのはとんでもない男なんだよ。何たって、一億円の現ナマを、二千万円で俺に売りつけたんだから」

11

（い、一億円の現金を、二千万円で売る……？　何のことだ）

古い紙幣や硬貨が額面以上の値段で売り買いされる場合があるそうだが、その逆は知らない。たとえどんなにしわくちゃになろうが、お札はお札。価値が減ずることはないはずだ。

「いけまへんがな、社長。酔《よ》おてはりまっせ」

狼狽しているらしく、イントネーションに加え、多賀谷の言葉遣いまでが関西弁むき出しになる。

「ここで、そないなこと、でけまっかいな」

「かまうもんか！　お前が嘘つきじゃないという証人を、一人や二人作っておいた方がいいだろう。ほら、早く準備をしろ」

（……何だか、様子がおかしいぞ）

現金を格安で売ると言った言葉も依然として不明だが、二人の関係も、亮子の想像から明らかにずれている。

（この雰囲気からすると、多賀谷さんが菅原社長を接待するのなら、わかるけど……その逆は考えられない。でも、だったらなぜ、わざわざ『たがや』を注文したんだろう？）

考えているうちにも、事態は進展していく。

多賀谷は思いとどまらせようと懸命に説得するが、菅原は耳を貸さない。結局、押し切られてしまった。

「しょうがおまへん。社長にはかないまへんわ。ただし、平田さんとかおっしゃいましたな。あんたがこれから見はることは、絶対他言無用に願いまっせ。わかりましたな」

気味が悪くて仕方なかったが、亮子はうなずくしかなかった。

多賀谷が脇に置いていたジュラルミンのトランクを持ち上げ、自分の膝の上に載せる。

スーツのポケットから鍵が取り出され、ロックを解除。何か、よほど大事な品物が入っているらしい。

蓋が開く。茶封筒や書類が詰め込まれた中から、多賀谷が取り上げたのは一本のペットボトルだった。

どこにでもある三百五十ミリリットルのボトル。外側のラベルは取り去られている。七分めほど入った中身は、何やら黄色い液体だ。

「あのう、それは……?」

尋ねようとすると、菅原は軽く手で制し、

「ちょっとおもしろい見せ物をご覧に入れるから、黙ってそこに……ああ、テーブルが邪魔だなあ。おい、これをどけろ」

多賀谷に命じて、座卓を部屋の隅に移動させ、それから改めて手招きをする。

亮子はトートバッグを手にしたまま歩み寄り、二人のすぐ脇に座った。

「ふふふふ。実はねえ、奥さん。秘密というのはこれなんですよ」

菅原社長は含み笑いをしながら、背広の内ポケットに手を入れる。出てきたのは、大手銀行のロゴの入った封筒だった。獲物を丸呑みした大蛇のお腹のように、パンパンにふくらんでいる。

「ほら、よく見てくださいよ」

菅原が封筒を逆さにして、軽く振る。落ちてきたのは、まさに手の切れるようなお札……ではなかった。

畳の上に散らばったのは大量の黒い紙。ただし、大きさは通常の紙幣と似通っている。

「どうぞ。改めてみてください」

菅原が言う。訳がわからないが、亮子は手を伸ばし、何枚か引っくり返してみた。

結果は両面とも真っ黒な、ただの紙だ。

「ちょっと信じられないかもしれませんがね、これ、全部一万円札なんですよ」

「は、はあ……?」

あまりにも突拍子もないことを言われ、亮子は絶句してしまった。

冗談かとも思ったのだが、菅原の眼は真剣だ。

どうしていいかわからず、黙り込んでいると、

「信じられないのも無理はないが、実はこれ、全部上に塗ってあるんだよ」

「塗って、ある?」

「カモフラージュのため、コーティングされているわけさ。要するに、ここにあるのは某金満家がマルサに踏み込まれるのを恐れ、極秘の処理を施して隠匿していた金なんだ。それが回り回って、今はこんなところにある」

『マルサ』は国税庁査察部のこと。脱税を摘発するためのプロフェッショナル部隊だ。

(ははあ。するとつまり、これは脱税したお金だというわけか)

やっと、おぼろげに事情が見えてきた。

「だけど、考えてもみてください。裏表をせっかく黒く塗っても、没収され、簡単に落とされてしまったのでは元も子もない。だから、特殊な剝離《はくり》剤がなければ、絶対にはがせない塗装がほどこされている。その薬がこれだ」

多賀谷が持っているボトルを指で差す。

「これがなければ、たとえマルサであろうと、手をこまねいているしかない。ただ、こいつが高いんだ。特別な薬品だから仕方ないんだが、二千万円も払わされた上に、あと五百万出せと言いやがるから、値引きの交渉をしている最中なんだ。せめて半値にはさせようと思ってね。あはははは！」

豪快に笑った菅原は左右を見渡し、テーブルの上からグラスを取る。酒が切れてきたのだ。どうもこの産廃会社の社長さん、相当ひどく酔っているらしい。

そんな様子を、多賀谷は眉間にしわを寄せながら眺めていたが、

「ほら、準備をしろよ！」

きつい口調で命じられ、今度はケースの中から樹脂製の四角いバットを取り出す。

そして、ペットボトルの蓋を開け、中の液体をすべてそこに注いだ。

ぷうんと酸っぱいにおいが鼻をつく。

「じゃあ、奥さん、この中からどれでもかまわないから、一枚抜いてください」

否も応もない。亮子は少し迷ってから、端の方の一枚を抜き取った。

「いいですか。ここにある約二百枚は、トランクにぎっしり詰まった中から、私が無作為に抜

いてきたんだ。もしそれが本物の一万円札なら、残り全部が本物と断定していいことになる。違いますか？」

「ええ、まあ……そう、でしょうね」

「うん。これで証人は準備完了。じゃあ、その札をこの男に渡してください。そして、やつの手元をよく見ていてくださいよ」

言われた通りにすると、多賀谷は亮子から黒い紙を受け取り、右手の指先でつまんで、バットに近づけていく。

息を呑み、じっと目を凝らす。

多賀谷が紙を黄色い液体に浸し、軽く揺すると、

（わわわっ！　な、何なの、これえ……？）

亮子は危うく声を上げるところだった。

表面の黒が見る見るうちに消えていき、その下から、自分がよく見慣れた模様や数字が出現した。けれども、不思議なことに、液の方は少しも濁っていないのだ。

「はい。この通りでおます。濡れとるから、気ぃつけてくださいよ」

多賀谷が返してくれたものを手に取り、念を入れて、調べてみる。

……間違いない。透かしやホログラムも確認したが、どこにも不審な点は見つからなかった。

「どないです？」

「おっしゃる通りです。一万円札でした」

「やっぱりね。あははは。そうでしょう」

菅原は満足そうに笑いながら、

「じゃあ、奥さん、その札はこっちへください」

それを聞いて、多賀谷が腰を浮かせた。

「あの、社長、ちゃんと乾かしてから、差し上げまっせ」

「いい、いい。よけいなことをするな。濡れてたって、かまうもんか」

菅原はティッシュを広げ、濡れたお札を大事そうに挟んでいたが、

「おい、多賀谷！　これ、ほんのちょっとだが、黒いところが残っているぞ」

「えっ？　あ、指でつまんでいたとこや」

見ると、本当に豆粒一個分くらい黒く残っていた。

「すんません。今、そこも洗います」

「いや、これくらい、どうってことはない。誰かが間違って、マジックでも塗ったと思うだけさ。俺はいったん手に入れたものは出さない主義なんだ。あははは」

豪快に笑いながら、ティッシュで包んだお札をさらにハンカチで挟み、上着のポケットに入れる。

畳の上に落ちていた札は、全部自分で封筒に詰め、元通り、内ポケットにしまった。

そして、バットの片づけなどの作業が、ちょうど終わった直後だった。

いきなりガタガタッと音がして、まず畳の上に置かれていたグラスが真横に倒れ、中のお酒

がこぼれた。

　大波にでも遭ったのかと思ったのだが、違う。まだ船には乗っていない。

「わっ！　じ、地震だわ」

　激しい横揺れ。それが数秒でやんだと思ったら、次の瞬間、その倍ほどもある猛烈な震動が襲いかかってきた。

　地震が苦手な亮子は生きた心地がしなかった。逃げようとしたが、怖くて立ち上がれない。

……やがて、ようやく、揺れが収まる。

　廊下を駆けてくる足音がして、さっき案内してくれたおかみさんが、襖を開ける。

「いやあ、ひどい地震でしたけど、お体はご無事でしたか？」

「まあ、何とかね。ただ、この奥様はずいぶんとまた怖かったらしいな。そんなものにまですがるんだから」

「えっ……？」

　はっと気づくと、亮子は床から座布団を拾い上げ、バッグと一緒にひしと抱き抱えていた。顔が赤くなるのを感じる。

「まあ、いい。酒も畳にこぼれてしまったし、そろそろ会場へ移動しようじゃないか」

　菅原社長が立ち上がる。

「向こうの座敷で一杯やりながら、船が出るのを待とう」

　続いて多賀谷が立ち、亮子も腰を上げたが、菅原がすぐ廊下に出たのに対して、多賀谷は困ったような顔で、畳の上をあちこち見回している。腰を屈めて、テーブルの下を覗き、さらに、視線は床の間へ。明らかに、何か捜している様子だ。

「多賀谷さん、落とし物ですか？　私でよかったらお手伝いしますけど」

「ええっ……？」

声をかけると、ぎょっとしたように背筋を伸ばす。

「いや、別に何も捜してなんかおりまへんよ。ほ、ほな、行きまっか」

そう言ったものの、多賀谷はまだ諦めきれない様子で、視線を床に走らせながら、仕方なさそうに座敷をあとにした。

12

「……へえ。そんなことがあったのか。そいつはおもしれえなあ」

亮子から事情を聞いた福の助が言った。

「おもしろがってちゃ困るわよ。黒い紙が一万円札になっただけでも驚いたのに、その直後に地震まで。もう、パニクっちゃった」

楽屋として指定された船宿・大川屋の二階の小座敷だ。時刻は五時四十五分。

移動の時間に余裕がなく、遅刻が心配されたのだが、五時半前にはやってきた。前の仕事が早く終わったのだそうだ。

早速この部屋に案内した亮子は、自分が見聞きしたことを大急ぎで語って聞かせた。

二人は畳の上で向かい合っている。

「だけど、お札に特殊な塗料を塗って、マルサの追及を逃れるなんて……そんなこと、本当にあるのかしら?」

「まあ、決して表に出せない金というのは、世間にいくらもあるそうだからなあ。ほら、一億円だか二億円だか拾って、落とし主が現れなかったなんて事件があったじゃないか」

「ああ、わかるわ」

「あれなんか、まさにそのケースさ。マンションや土地を買ったりすると、どこから来た金かを追及されるから、結局は現金とか金の地金にして持っているしかない。だけど、査察官ては名うてのプロだから、それこそ、天井裏から床下まで調べ尽くす。特別な手を使って、連中をごまかそうとする手合いが現れても不思議はねえよ」

「それで、何らかの事情で現金がすぐに必要になり、たとえ二割にしかならなくてもいいから、売り払おうと……そんなところかしら。なるほど。信憑性はありそうよね」

「信憑性も何も、だってお前、その目で見たんだろう。二百枚もある中から抜いた一枚が本物の札に化けたのなら、ほかも同様と考えるしかないさ」

「それは、そうなんだけどね」

「しかもその二百枚はトランクにぎっしり詰まった一万枚の中から、無作為に選んだってんだから。もしも俺たちが金持ちなら、菅原社長と多賀谷がぐるになって……なんてこともあり得るけど、こちとらみてえな貧乏人をだましてみたって始まらねえもの。

そんなことより、問題は今日俺が『たがや』を演る理由だ。なぜ、こんな時期に。それについちゃ、多賀谷さんへのヨイショってのがお前の考えなんだろう?」

『ヨイショ』は『お世辞』とか『お取り持ち』という意味。『たが屋』は『たがや』、名字の『多賀谷』は『たがや』と、音《おん》は同じでもアクセントの位置が違うので、聞いた時、容易に判別できる。

「まあ、最初はそう思ったけど……違うみたいよ。菅原さんの多賀谷さんに対する態度って、ものすごく横柄なんですもの」

「ああ、確かに。さっき俺が顔出しした時にも、そんな感じだったな」

夫はすでに二人への挨拶を済ませていた。

「でも、だったら、なぜなんだ? 『たがや』と『多賀谷』は単なる偶然で、本当は純粋に噺が聞きたかったのかな」

「ああ、それも絶対ないとは言い切れないわね。一度聞いたことがあるそうだから」

「そりゃ、注文したんだから、一度はなきゃおかしいが……いつ、誰の『たがや』を聞いたんだ?」

「去年の八月、この間の会で。坊ちゃんの高座だったそうよ」

竹二郎の以前の名前は『馬坊』。後輩などを、親しみを込めて昔の名で呼ぶのはこの世界の慣習だ。

「えっ、馬坊の……？」

一瞬、夫はきょとんとしたが、

「ちょいと待ってくれよ。だって、あいつの『たがや』は……ああっ！　た、大変だ」

突然、夫が大声を出す。

「どうしたのよ？　こっちが驚くじゃない」

「お前は知らねえから、そんなに落ち着いていられるんだ。いやあ、こいつはとんでもねえことになったぞ」

福の助は明らかに狼狽していた。右手を頭へ持っていき、短く刈った髪をかき回す。

「あのなあ、俺が今高座にかけている『たがや』は馬春師匠の型なんだ。ところが、馬坊は遅れて入門してきたから、稽古をつけてもらっていない。やつが演っているのは、ありゃ、竹馬師匠から習った『たがや』だ」

寿々目家竹馬は四十代後半。若い頃、テレビの演芸番組の大喜利メンバーとして世間に顔を売り、現在はその知名度を生かして、全国規模で独演会を展開している。古い落語を現代的に再構成する手腕に優れ、この師匠の手によって生き返った噺がいくつもある。

「すると……馬春師匠と竹馬師匠で、『たがや』の演じ方に違いがあるというわけね」

「その通りさ」

「どこが違うの？」

「サゲんとこ」

「サゲ……？　じゃあ、竹馬師匠のは『たがやーい』と終わらないのね」

「いや、そこは同じだけど……ええい！　もう、じれってえな」

福の助は次第にいらだってきた。

軽く息を吸い込むと、自分の女房を睨むように見据え、

「だから、その前がまるっきり違うんだ。いいか、よく聞け。竹馬師匠の『たがや』は、お終《しめ》えのとこで、馬に乗ってた侍じゃなく、たが屋の首がポーンと天高く飛び上がるのさ！」

13

「……たが屋の首が飛ぶ？　な、何よ、それ」

言われたことの意味がしばらくわからなかった。

「そんなわけ、ないじゃない。最後に殺されるのは、馬に乗った殿様のはずでしょう」

「お前に向かって講釈したって始まらねえけど、噺ってな、時代によって、変わるもんなんだ。『たがや』はその極端な例で、もともとは噺家がお侍にヨイショするための落語だった。『武士に逆らったところで、結局は殺される。長いものには巻かれた方が利口だ』ってな。考えてもみろよ。サゲのとこだけ取っても、たが屋の首が宙へ飛んで、『たがやーい』と声がかかる方がずっと自然だろう」

「そ、それは……そうかもしれないわね」

まるで考えてもみなかった点だ。

「ところが、幕末に安政《あんせい》の大地震てのが起きて、その復興に携わった大工や左官の手間賃が上がり、余裕のできた職人が寄席に押しかけてくると、今度は、噺家が連中におべっかを使い出した。それで、最初とはあべこべに、侍の首が飛ぶサゲができたのさ」

(……つまり『一目上がり』と同じなんだ)

亮子は、紅梅亭の楽屋で聞いた会話を思い出していた。あれも幕末以降、オチが変化した一つの例である。

「すると、今は竹馬師匠だけが、昔通りの『たがや』を演じていらっしゃるわけなのね」

「そう。あとは当然、弟子たちもな。その考えにも、もちろん一理あるんだ。たが屋が『善』で侍が『悪』じゃ、あまりにも構図が単純すぎるからな。しかし……こいつは面倒なことになったぞ」

福の助が難しい顔で腕組みをする。

「会の主催者である菅原社長は、俺が竹馬師匠の型で演ると思い込んでるはずだ。ああ、そうだ。あの社長、趣味は剣道だって言ってたよな。ひょっとすると、自分をあの噺の侍になぞらえているのかもしれない」

「そんなことを、考えていたのか。ねえ、どうするつもりなの?」

「どうするったって……弱ったたな。まさか、教わった通りにはできねえし」

「今日だけ、こっそり竹馬師匠の型で演るわけにはいかないの?」

「簡単に言うなよ。無断借用はこの際、眼をつぶってもらうにしても、サゲだけ取り替えれば済む話じゃねえ。竹馬師匠の型では、たが屋がとんでもない飛び上がり者で、しかも酒に酔っていたという設定になってるんだ」

『飛び上がり者』は『お調子者』という程度の意味である。

「そのあたりの細かい描写は、二、三度聞いただけだから、覚えちゃいねえよ。もし何とか演れたとして……どうも、気が進まねえなあ。社長の悪だくみに、俺が荷担することになるもの。うーむ」

福の助がしきりにうなっていると、廊下に人の気配がして、襖が細めに開いた。

「あの、申し訳ありません」

若い仲居さんだった。

「安田様という方がお見えで、福の助さんと奥様にご挨拶がなさりたいそうです」

「安田さん……?」

「ああ、琴乃ちゃんとお母さんだわ。どうぞ。かまいませんから、お通ししてください」

二人が部屋に招き入れられる。

安田琴乃と母親の美月。琴乃はもちろん私服で、デニムのシャツにジーンズだったが、驚いたのは母親の方で、目の覚めるようなピンクのシャネルスーツを着ていた。娘とは違い、野性味漂う美形で、メイクもばっちり。ちょっと近眼の人なら、二十代に見えるだろう。

「平田さんですか？　いつも娘がお世話になっております。その上、今回はご主人にまで、ご無理なお願いをいたしまして、本当に申し訳ありません。いえ、萱原社長さんがうちの店にいらした時、私がつい、琴乃が通っている高校に、福の助さんの奥様がいらっしゃると漏らしたら、『だったら、頼みに行かせろ』と言われてしまって……」

娘が仕事の注文に来た経緯については、ほぼ想像通りだったようだ。その琴乃は母親の背後にいたが、困ったように脇を向き、口を開こうとしない。

一方的に喋りまくった安田美月は、強烈な香水のにおいを残し、去っていった。

襖が閉まり、しばらくしてから、

「……あれなら、『たがや』を注文したくなるのもわかるよな」

福の助がぽつりと言った。

「えっ？　それ、どういう意味？」

「だって、あの色っぽさだもの。還暦を過ぎた萱原社長までが首ったけってわけだ。ところが、『トンビに油揚《あぶらげ》』で、美女をまんまとかっさらってったやつがいる。儲け話が現在進行形だから、表面上は嫌みを言うくらいで我慢しているが、はらわたは煮えくり返ってるんだろう。早え話、今日の会自体が、多賀谷さんへの面当《つらあ》てなのさ」

「じゃあ、つまり、『多賀谷』ならぬ『たが屋』の首が切り飛ばされるのを見て、溜飲《りゅういん》を下げようというわけね。それはまた、変なことに巻き込まれちゃったわねえ」

「さて、どうするか……あっ、そろそろ船に乗り込む時間じゃねえか」

「あ、そうだったわ」

携帯で時刻を確認すると、六時十分前。貸し切り船だから、多少の融通は利くはずだが、遅刻はやはり失礼だ。

「じゃあ、私は帰るけど、一応着替えを用意してきたの。これ、どうする?」

「せっかくだから、肌襦袢は替えようか。横浜の会場の暖房が効き過ぎで、汗になっちまった」

「わかったわ」

脇にあったトートバッグを引き寄せ、中から襦袢を取り出そうとした時、微かな音とともに、何かが畳の上に落ちた。

「えっ……?　これ、何かしら」

拾い上げてみると、それは直径五センチ、厚みが一センチほどの金属製の円盤だった。

最初、亮子はその物体がキーホルダーか何かだと思った。円の中心部に、ベルトに引っかけるためと思われる金具がついていたからだ。

しかし、それに付属しているのは、鍵を通す輪ではなく、金属製のクリップだった。試しに、そのクリップを引っ張ってみると、円盤から細い糸が伸びる。

「……これ、巻き尺よね。でも、目盛りがついてないわ。どうやって計るのかしら?」

そんなことを言っていると、

「おい。そのバッグの中を、もう一度調べてみろ」

「えっ……?」

前を向くと、夫が怖いほど真剣な表情で自分を見つめている。

「ほかに、何か入っていやしねえか」

「ほかに？　いえ、別に何も……えっ？　あらら！　何よ、これ」

思わず声を上げてしまった。

トートバッグから出てきたのは、何と、黒い塗料が塗られた例の一万円札だった。

「こんなものが、いつ、バッグに入ったのかしら？」

いくら考えても、わからなかった。

ところが、

「でかした！　さすがは、俺の女房だ」

福の助は手を叩いて喜んでいる。

「いや、違う。お前は『野ざらし』の八公だ。まさか、動かぬ証拠をつかんでくるとは思わなかったぜ」

「ちょっと待ってよ。独りで喜んでないで、ちゃんとわかるように説明して」

「まあ、まあ。その前に一つだけ確認したいんだが、多賀谷が黒い紙を浸したという液体は、ひょっとして、黄色くなかったか？」

「えっ？　ああ、そこまでは説明してなかったけど……確かに、黄色かったわよ」

「よし。これで決まったな！」

福の助は満足げに笑い、軽く拳を握ってガッツポーズをする。

「その黒い紙、俺の噺が終わるまで、社長に返しちゃだめだぜ。いいか。謎は高座の上で解いてやる。おまけに、新しい『たがや』のサゲまで浮かんだんだから、こいつは一石二鳥ってやつだな」

「ええっ？　『たがや』の新しいオチまで、思いついちゃったの」

「ああ。考えてみりゃ、何も首まで飛ばさなくたってよかったんだ。どうして、こんな簡単なことに気づかなかったのかなあ」

14

亮子は頭が混乱してしまった。

塗料を剝離する液が黄色いと、何か意味があるのだろうか？　あの奇妙な金属製の円盤の正体も不明だし、黒く塗られた一万円札がトートバッグの中に入り込んでいた理由、さらには夫が『動かぬ証拠』と言った意味も、亮子にはまったく見当がつかなかった。

しかし、それらにも増して不可解なのは、夫が極めて唐突に、『たがや』のサゲを思いついてしまったという点だ。ついさっきまでは、あれほど悩んでいたのに。

（『首を飛ばさない』って……じゃあ、どうやってサゲるつもりなんだろう？　主催者の菅原社長を納得させる必要があるわけだし……あ、そうだ。変なことを言ってたわね。私が『野ざらし』の八公だとか）

隣の隠居の家に深夜、女性が訪問しているのを見た八五郎が、その正体だと教えられた幽霊に会いたさに釣竿を借り、向島《むこうじま》まで出かける。それが『野ざらし』の粗筋だ。八五郎は女好きの粗忽者《そこつもの》、職業は大工。どこが自分と似ているのか、さっぱりわからなかった。

それにそもそも、『高座の上で謎を解く』などと言われていても、部外者である亮子はその場にいられない。そう思ったのだが、わずか数分後、状況が一変する。

船宿の二階から道路側へ階段を下りかけた時、スカイデッキにいた菅原社長に呼び止められ、強引に船内に招き入れられてしまった。

「平田さん、私のテーブルにお宅のご主人の席を用意してあるんだが、向かい側が一つ空いている。乗りなさいよ」

「ええっ？　いえ、そんな。とんでもありません」

もちろん、固辞しようとしたが、

「遠慮しないで。屋形船は初めてなんだろう」

「それは、そうなんですけど……」

「だったら、乗りなさい。こっちも若い女性は大歓迎。まあ、いいから、いいから。ほら、早く。船が出ちまうよ！」

背中を押されるようにして、座敷へ。菅原社長の勧め方が強引なせいもあるが、亮子も心の底で、夫の今日の高座を見てみたいと思っていたため、つい誘いに乗ってしまった。

すでにほとんどの席が埋まっていた。お客は先週の演芸会と似ているが、若干年齢層が高く、男性の割合がやや高かった。

導かれたのは特等席。高座に向かって左側の並び、一番前のテーブル。通路側に前から安田美月、琴乃、亮子の順で並び、窓側が菅原社長、空席、多賀谷だ。空席には一席終えた福の助が座る。

菅原は噺家の接待を名目にして、自分と美月が向かい合い、多賀谷の席を少し離すようにした。さもしい魂胆《こんたん》が見え見えである。

雪見障子はすべて下半分が上がっていて、川沿いに建つビルが見えている。テーブルの上には、鶏の空揚げやソーセージ、枝豆などのオードブル、新鮮な刺身、酢の物など、おいしそうな料理がずらりと並んでいた。

やがて、エンジンが重々しく始動する。

出発前に、接待主任さんから挨拶と簡単な説明があった。

急に揺れることがあるから、気をつけること。トイレは奥の通路の左手に四つ並んでいる。その通路の突きあたりにもう一つ階段があるが、そこはスタッフ用の乗り降り口だから、緊急時以外は使用禁止。あとは、簡単なコースの説明だった。

続いて、主催者の挨拶。演芸会を開いた先輩である迎社長が今日は不在なこともあり、菅原社長は得意満面。今後の落語界の発展は俺に任せろと言わんばかりの演説だった。

飲み物が運ばれてくる。帰ってくるまでフリードリンクで、それも、ビール、日本酒は言うに及ばず、各種焼酎、ウィスキー、コーラ、オレンジジュース、ジンジャエール、緑茶にウーロン茶と、何でもござれだ。

注文してもよいが、座敷の一角にコーナーが設けられていて、勝手に取ることもできる。そこには生ビールのサーバーもあり、また、自分でレモンサワーが作れるよう、炭酸水や氷、瓶入りのレモン果汁の用意までされていた。

まずはビールで乾杯をする。

「……ねえ、平田さん」

乾杯が終わり、船内がざわめく中、左隣の安田琴乃が小声で話しかけてきた。ジンジャエールのグラスを持っている。

「私、平田さんの向かいにいる人……大嫌いなんです」

「えっ……？」

多賀谷のことだ。手持ちぶさたそうな顔で、枝豆を食べている。

「それは、どうしてなの？」

「だって、嘘つきなんだもの」

琴乃は眉をひそめた。

「嘘つき……？」

「ええ。自分を飾るために、平気でいくらでも嘘をつくんです。それに、私がずっと黙っているもんだから、調子に乗って、どんどん家の中で態度が大きくなるし……」

多賀谷がちらりと視線を向けてきたため、会話が一時とぎれる。

その視線が逸れてから、

「この間、今日の落語がどんなストーリーか、説明してくださいましたよね」

「ええ、したわ」

「その最後のところ……ええと、『オチ』でしたっけ」

美少女は横目で多賀谷を睨みながら、

「だから私、今日、平田さんのご主人と一緒に、オチを大声で叫んでやろうかと思ってるんです」

「えっ……？　ああ、なるほど」

つまり、名字を呼び捨てにしてやるというわけだろう。

「いけませんか？」

「いえ、それは……」

どう返事をすればいいか迷っている間に、船内に『あやめ浴衣』の出囃子が流れ始めた。

15

エントランスを花道に見立てて、福の助が入ってくる。

明るい茶の紬《つむぎ》に黒の羽織と半襟、細めの角帯を締めている。高座扇を手ぬぐいでくるみ、右手に持って出る、いつものスタイルだ。

座布団に座ると、扇子を自分のすぐ前に置いて、丁寧にお辞儀。

「よっ！　待ってました ぁ」

何と、菅原社長から声がかかった。やはり酔っている。今日は前座もなしだから、場違いなお世辞だが、とがめるわけにもいかない。

顔を上げると、愛想よく笑い、

「ええ、お招きいただきまして、まことにありがとうございます。寿笑亭福遊の弟子で、福の助と申します。短いお時間ですが、一生懸命相勤めますので、どうかよろしくお願いいたします。それにしましても、本日は実に結構なご趣向でございますねえ。屋形船の上で一席。しかも、主催者様からのご注文が……その、『たがや』という落語でございまして」

演目名を告げると、ビールのグラスを傾けていた多賀谷幸広が「うっ」と低くうめき、小さくむせた。

それを指差し、菅原は早くも高笑い。多賀谷の名前を知っている客も多いらしく、いわゆる悪ウケをしてしまった。

福の助は素知らぬ顔をして、

「『たがや』というのは落語の方では名作とされておりますが、ただ、これ……夏の噺の代表でしてねえ。まあ、今日は春のようにお暖《あった》かですけれども、まさか一月に演ろうとは思いませんでした」

苦笑しながら頭を抱えると、何人かが笑う。こちらはおそらく落語通の客だ。

（あれえ……？　でも、変だな）

ふと気づくと、船はエンジンがかかったまま、ずっと停まっている。

（おかしいわね。まだ動き出さないのかしら）

首を傾げていると、

「その昔、名人と呼ばれました四代目の橘家圓喬という師匠が、夏の盛りに寄席で『鰍沢』という落語を演じましたら、吹雪の場面で客が一斉に着物の襟を合わせたそうでございます。ですから今日、この噺をお聞きになりまして、服を脱いで裸になったり、川へざぶんと飛び込むお客様がもし出ましたら、あたくしも『名人』と仲間から呼んでもらえるわけでして……どうか、よろしくご配慮をお願い申し上げます」

大真面目な顔で、とぼけたことを言いながら、羽織を脱ぐ。

それから、急に声を張り上げ、

「では、船頭さん！　船を下手《しもて》へやってもらいましょう。

『へーい。かしこまりましたぁ』」

扇子を両手に持ち、棹《さお》を差す仕種をする。二回、三回とくり返すうちに、ゆっくりと船が動き出した。

何とも粋な演出に、客席からどよめきと拍手が起こる。夫が電話で打ち合わせしたのは知っていたが、こんな細かいところまで決まっていたとは知らなかった。

「ええ、この大川丸の遊覧には二つのコースがございます」

棹を使い続けながら、福の助が語り出す。

「まずはお花見時分、ここから上流へ向かい、浅草と向島の桜並木を愛《め》でます。俗に隅田川十五橋と申しますが、この時には蔵前橋《くらまえばし》、厩橋《うまやばし》、駒形橋《こまがたばし》、吾妻橋《あづまばし》、言問橋《こといばし》、桜橋《さくらばし》と潜ってまいります。

これに対して、本日は……おっと、そんなことを申し上げております間に、船は神田川《かんだがわ》から隅田川、当時の呼び名で大川へと出てまいりました」

ここで棹から、櫓《ろ》を漕ぐ仕種へと変わる。扇子を細めに開き、軽くひねるようにして、ギギッと音を出す。

窓の外の川幅が何倍にも広がる。その向こうには、都心の高層ビルの群れ。ただし、普段とは違い、低い位置から見ているせいか、とても新鮮な眺めだ。

大川丸はゆっくりと右へカーブを切る。

「志ん生師匠の有名なマクラで、『隅田川も昔は綺麗で、あたしなんざ、よく泳いだもんですよ』」

珍しく、昔懐かしいものまねが入った。亮子はもちろん録音でしか知らないが、案外、似ている。

「『泳いでるてえと、目の前をチョロチョロッと、白魚が横切っていく。そいつを指でつまんで、そのまま泳ぎながらしょうゆをつけて食う味なんざ、何とも言えませんな』……てんですけどね。手でつまんで食うのはまだいいんですが、こうやって泳ぎながら、一体どこにしょうゆの瓶を持ってるんでしょう？　あたくしのような凡人には想像もつきません。

さて、早速前方に見えましたのが、両国橋。本日申し上げる『たがや』の舞台でございます。では、船頭さん、申し訳ありませんが、ちょいと船を停めてもらえますか。

『へい。承知をいたしました』」

静かにエンジンが停止する。福の助は客席を見渡して、うれしそうに笑い、

「お花見や夏の盛りなど、船で込み合っている時分には、こんなことはできないそうですが、本日は大川も菅原社長さんの貸し切りでございます。ここで少々、生意気な講釈を聞いていただきとう存じます」

福の助は主催者の自尊心をうまくくすぐりながら、

「本日のクルーズコースについては、先ほどご説明がありましたけれども、ここから両国橋、新大橋《しんおおはし》、清洲橋《きよすばし》、隅田川大橋、永代橋、中央大橋《ちゅうおうおおはし》、佃大橋《つくだおおはし》、勝鬨橋《かちどきばし》と順に潜りまして、レインボーブリッジのあるお台場まで船を進めてまいります。

そのうち、まずは、本日のお噺の舞台となります両国橋についてですが……」

隅田川十五橋の言い立てを鮮やかに終えると、今度は両国橋の由来を説明し始める。

『幅八メートル、長さが約二百メートル』『現在の橋が架けられたのは、関東大震災後の昭和五年』。いつの間に暗記したのか、スラスラと口から蘊蓄《うんちく》が飛び出すと、客席は感心することしきり。

それから、噺にぐっと引き込まれてくる様子が肌で感じられた。

マクラは花火の話題へと移る。

「……江戸っ子は判官びいきでございますから、玉屋がなくなってからも、花火というと、『たまやーい』としきりに声がかかる。狂歌にもございまして、『橋の上　玉屋玉屋の声ばかりなぜか鍵屋と言わぬ情なし』。

ええ、先ほど、ちょいと申し忘れてしまいました。この橋の名の由来ですが、これは、皆様からご覧になって、右手の西側が武蔵国《むさしのくに》、左手の東側が下総国《しもうさのくに》と、両国にまたがっていたことからついた名前でございます」

そう言いながら、福の助は両方の岸を指で差す。

（……八ちゃん、すごい。まさか、こんなことを考えていたなんて）

我が夫ながら、亮子はそのセンスのよさに圧倒されていた。船の上での一席という特殊性を見事に生かし、すばらしい臨場感を作り出している。

ふと周囲を見ると、菅原と多賀谷も、そして安田母娘《おやこ》も、やや身を乗り出すようにして聞き入っていた。

周囲を見回すと、グラスを口へ運ぶ者はいるが、ほとんどの客が箸《はし》をテーブルの上に置いてしまっていた。それだけ噺に集中しているという証拠だ。

「五月二十八日、川開きの当日。まずは左手にあたります本所の方から、馬に乗った侍が……ああ、そうでした」

トントンと噺を進めていた福の助が、扇子をいじりながら苦笑いをして、

「つい調子に乗ってしまいましたが、こうやって船を停めておりますと、いつまで経ってもお

台場に着きません。時代が移り変わりましても、変わりませんのが大川の水面《みなも》。お客様方には、木でできた当時の両国橋を頭に思い描いていただきまして、船は先へと進んでまいります。はい！　お願いしますよ」

福の助の合図とともに、大川丸はまた走り出した。

客席から「おおっ！」という声、さらに盛大な拍手が起こる。福の助は軽く一礼してから、

「それでは、お噺の続きでございますが……本所の方からやってまいりましたのが、馬に乗り、陣笠を被ったお侍。徒士《かち》を二人連れ、仲間に槍を持たせ、この人込みの中へ強引に乗り入れてまいりました。

供侍が大声を張り上げまして、

『寄れい！　寄れい！』

『おい、馬だ、馬。そっちへ寄っとくれ』

『冗談言うねえ。もう欄干だぜ。寄りようがないよ』

『寄れ、寄れーい！』

『よせ。押すなよ。そんなに押したら、本当に川へ落っこちちまう』

『ええい、どけどけ！』

家来二人は刀を持っておりますから、逆らって、もし抜かれでもしたら大変だ。群衆は押し合いへし合い、ついにはバタバタと将棋倒しになる者まで出てしまいます。

一方、両国広小路の方からやってまいりましたのが、たが屋で……まあ、現在はございませ

んが、方々の家の桶や手桶のたがを直して歩く稼業。道具箱を担ぎ、そのとっ先《つあき》にたがを輪にしたものを引っかけております。

『あっ、いけねえ。川開きだ。えれえことをしちまったなあ。といって、永代《えいたい》を回りゃあ、いつ着くかわからねえし……しょうがねえ。通してもらおう。ええ、すみません。通してやってくださいな』

『あ、痛《いて》え……！』」

右手で頬を押さえ、顔をしかめる。

「『痛えじゃねえか。こん畜生……こんな大きなもんを担いできやがって。もっとそっちへ寄りやがれ』

『へえ、すいません』

『こっちへ来るなよ。もっと向こうへ……』

あっちへ押され、こっちへ押されしながら、橋の中ほどへかかる。

『おい、どけ！』

ぐいと突かれた拍子に、道具箱を落とす。すると、止めが外れ、輪にしてあったたがが弾けて、その先がツツッと伸び、殿様が被っていた陣笠をパチーンとはね飛ばしてしまいました……って、ここがどうも、お客様にはなかなかおわかりいただけないところでしてねえ」

調子よく畳みかけていた福の助が、手ぬぐいを取り出して、顔の汗を拭う。

暖かい晩なのに加え、船内の暖房が少々効きすぎている。精一杯の熱演をすれば、汗をかくのも無理はなかった。

福の助は客席を見渡しながら、

「つまり、その、『たが』てえやつは、細い竹を何本も編んで作るわけです。それが戻ろうとする力で桶を締めつけているから、木の板を組み合わせただけなのに、水が漏れない。そのたがをさらにひねって輪にしてあるわけですから、引っかけてある部分が外れれば、すごいパワーを発揮します。

ああ、そうだ。今日は特別に、よく似た実例を皆様にご覧にいれましょう。少々お待ちくださいまし」

そう言って、懐に手を入れる。

亮子は困惑していた。突然、噺があらぬ方向へ脱線し出したのだ。

(『たがによく似た実例』って……一体、何を始めるつもりなのかしら?)

心配しながら、見守っていると、

「……お待たせいたしました。これ、なんですがね」

取り出された物体を見て、亮子ははっと息を呑んだ。

それは、亮子のトートバッグから出てきた、あの巻き尺に似た道具だったのだ。

16

（あっ！　あれは……な、なぜなの？）

亮子は訳がわからなくなった。『たがや』はここからがいよいよ佳境。それなのに、原因不明の大脱線が起きてしまった。

福の助が円盤の部分を右手でつかんでいるため、付属しているクリップは隠れて見えない。そんな中途半端な示し方では、それが何なのかを判断できる客など、誰もいないはずだ。

（八ちゃんは、一体どういうつもりで……ええっ？　な、何よ、今の）

突然、喉の奥から絞り出すようなうめき声が聞こえた。それも、自分の真向かいから。

ぎょっとして見ると、奇声を発したのは多賀谷幸広だ。極限まで見開かれた両眼には、激しい恐怖の表情が浮かんでいた。

多賀谷は虚空に手を伸ばしながら、腰を上げようとしたが、

「おい。どうかしたのか」

「……えっ？」

菅原に声をかけられ、はっと我に返ったように座り直す。

「いえ……な、何でもありません」

力なく首を振り、ビールを口に運んだが、グラスをテーブルに置く際、カタカタッと音がし

た。

手が震えているらしい。そんな様子を、菅原や安田美月、琴乃がけげんそうに眺めている。

高座の上では、客席の反応に気づかないふりをして、

「実はこれ、さっき大川屋さんの二階の座敷に落ちていたんだそうですが……お客様方、これ、何だかご存じですか？　まあ、めったにはお目にかかれませんけれど、これはですねえ……」

福の助は手に持っていた物体を、右のたもとに入れると、代わりに何か取り出した。

見ると、折り畳んだ一枚の千円札だった。福の助はそれを広げて、客席に示す。

低いエンジン音を響かせながら、船は走り続け、窓の外の風景も少しずつ変化しているが、もう景色に気を取られている客はいなかった。一体何が始まったのか。全員が興味津々の状態だったのだ。

「はい。よおくご覧くださいましよ。額面千円の日本銀行券です。間違いありませんね」

そう言ってから、右手で持った札をほんの少しだけ上下に振ると、

（ええっ……!?　ウ、ウッソー！）

何と、一万円札に変わってしまった。

場内からどっとどよめきが起こる。

亮子は自分の眼が信じられなかった。ほんの一瞬の出来事だった。しかも夫の手は、まったくあやしい動きをしていない。

（こんな特技が、あったなんて……知らなかったわ）

すると、妻の心を見透かすように、

「拍手なんか頂戴すると、恐縮してしまいます。これ、修業したわけでも何でもないんです。ネタ明かしをしますと、実はこうなっておりまして……」

福の助が立ち上がり、左方向へ九十度、体をひねる。

客席の何人かが「あっ！」と叫んだ。着物の袖を持ち上げてみると、角帯のお尻のあたりにさっきの円盤が取りつけられていて、その先のクリップに広げたままの千円札がぶら下がっていたからだ。

「なあんだ、そうかぁ！」

「なるほどねえ」

拍手と笑い声が起きる。福の助は照れたような表情になり、

「こいつは『高速リール』と呼ばれる手品の道具でして、先端についているのが『ブルドッグクリップ』。ここにお札でもハンカチでもコインでも、隠したい物を挟みまして、こんなふうに引っ張ります」

巻き尺と同様、リールを引き出す。そして、クリップに挟んだ千円札の後ろに一万円札を重ね、軽く手を伏せるようにすると……次の瞬間、千円札は消え、一万円札だけが夫の右手に残った。

もちろん、千円札は目にも止まらぬ速さで、背中へと引き込まれているのだ。

「なかなか、よくできていましょう。あたくしの場合、着物を着ておりますから、袖で隠れて、

お客様からはまず見えません。洋服の場合はもう一回り難しいですが、体の向きを工夫したりすれば、大丈夫。ちょっと練習すればできるようになりますよ。

この道具の仕組みは、わざわざご説明するまでもないと存じます。たが屋のたがが弾けるのと、理屈は一緒ですな。さすがに、竹ではありませんが、金属の強いバネで引っ張るわけです。

本日は船の中ということで、喋るだけではお客様が飽きてしまわれるかと思いまして、こんなものをご覧に入れましたが……専門外のことで、不手際についてはお詫びいたします」

夫はそう言い訳をしたが、それが嘘であることが、亮子にはわかっていた。

別な演者によるまったく同じ手品を、ついさっき見せられていたのに気づいたからだ。

さらに、福の助はいたずらっぽい眼になり、

「それにしても……なぜこんなものが、船宿の二階なぞに落ちていたんでございましょう？　一体誰が落としたのか。不思議ですねえ」

その時、今度は菅原社長が小さく声を上げた。酔いのせいで反応が鈍く、急に正気に戻ったらしい。

菅原が鋭い視線で斜め前を睨み据える。多賀谷は目を逸らしたが、その表情は明らかにおびえていた。

（……あの高速リールは、多賀谷さんの持ち物だったんだ。間違いないわ）

亮子はすでにそう確信していた。

約二百枚の中から無作為に亮子が選んだ、紙幣と同じ大きさの黒い紙。それを黄色い液体に

浸したのだと思い込んでいたが……真相は違っていた。

多賀谷は紙を受け取る際、別な一枚を手に隠し持っていて、今の福の助と同じ方法で、瞬間的にすり替えたのだ。

（ということは、私が選んだ黒い紙は多賀谷さんのベルトの後ろに残っていたはず。それをさりげなく回収しようとして……そうか！　ちょうどその時、あの地震が起きたんだ）

いきなり大きな揺れに襲われ、驚いた多賀谷は道具を畳に落としてしまったのだろう。同じように狼狽した亮子は床の座布団を抱え込んだが、実はその時、落ちていた円盤も一緒に拾い上げていて、それがバッグの中に落ち、さらにバッグを強く抱きしめたせいで、クリップから札が外れたのだ。

そう考える以外に、説明のつけようがない。

（……なあるほど。それで、八ちゃんは、私を『野ざらしの八公だ』と言ったのか）

その落語の有名なクスグリに、『お前さん、今、あたしの紙入れを懐に入れただろう』『あたしは怖くなると、何か懐に入れたくなる性分《しょうぶん》で』『嫌《や》な性分だな、そいつは』というのがあるのだ。

菅原社長はずっと多賀谷を睨みつけている。無言のままだが、全身から怒気が大量に放出されているのがわかる。手元に刀でもあれば、今にも切りつけそうだ。

しかし、高座の上の福の助はそんな二人に頓着《とんちゃく》せず、陽気な口調で、

「さて、それでは、お噺の続きを申し上げることにいたしましょう」

波乱含みのまま、『たがや』が再開される。

「勢いよくツツツッと伸びた桶のたがで、陣笠を飛ばされたお殿様。頭の上に残ってるのは、四角い台だけ……こりゃ、いい格好じゃありません。

いや、侍が怒ったの何の。

『ぶ、無礼者！』

『あいすみません。後ろから押されましたもので……あの、何とぞご勘弁を願います』

『いや、ならぬ。屋敷へ同道せい』

『いえ、屋敷なんぞへ行きゃあ、この首は胴とくっついちゃおりません。どうか一つ、ここでご勘弁を――』

『ならぬ、ならぬ！　屋敷にまいれ』

『おうおう。許してやったらいいじゃねえか』

『そうだ、そうだ。こんなところへ、馬に乗ってきた方が悪《わり》いんだから……』」

許しを請うたが屋と屋敷へ連れていって成敗しようとする侍、そして、たが屋に味方する群衆の緊迫したやり取りが続くが、結局侍は許さず、ついには、追い詰められたたが屋が逆に牙をむく。

「『……じゃあ、どうしても勘弁してくれねえんですかい？』

『くどい！　屋敷にまいらぬのなら、この場で切って捨てるぞ』

『何を、この野郎。農工商の上に立つのが侍《さむれえ》だろう。こいだけ言ってもわからねえなんて、サムライもトムライもあるかってんだ！　江戸っ子は侍なんぞに驚かねえぞ。さあ、切れるもんなら、切ってみやがれ！』

『ええい、不埒《ふらち》なやつ。切り捨てい！』」

いよいよ立ち回りが始まった。錆《さ》びた刀を何とか抜き、切りつけてくる供侍……。

このあたりはすっかり講談調だ。福の助の口演はさらに熱を帯びてきたが、その時、女性従業員が何やら携え、菅原社長のところへやってきた。

不審げに眉を寄せる社長に対し、彼女は小声で何か説明すると、なぜか高座の福の助を小さく指差し、手に持った物を渡した。

（えっ？　今の身振りはどういう意味なの）

視線を送ると、菅原が受け取ったのはレモン果汁のボトルと白い封筒。すぐに封筒を開き、中から折り畳んだ紙を取り出す。どうやら手紙らしい。

視線を走らすうちに、菅原の表情がますます険しくなってきた。それを間近で見ている多賀谷の全身がブルブルと震え出す。

突然、菅原が何を思ったか、グラスに残っていたビールを一気に飲み干すと、ボトルの蓋を開け、振りながら、果汁をコップに入れる。

（……な、何が始まったんだ？）

最前彼が読んでいた手紙は、テーブルの上に広げられたままになっていた。

琴乃がさっとそれを手に取る。

「えっ？　いいの。勝手に……」

母親の美月が制止したが、菅原はそんなものはすでに眼中にない様子で、大急ぎで何かポケットから出そうとしている。

琴乃が読んでいる手紙を、亮子は脇から覗き込んでみた。

そこにあったのは、黒いボールペンの文字。筆跡から、自分の夫が書いたものだとわかったが、字が小さいため、文面までは読み取れない。

菅原が取り出したのは、ティッシュで包んだ例の一万円札だった。

こちらもやや震える手でティッシュを取り去り、札にわずかに残っている黒い部分を、グラスの底の黄色い果汁に浸す。

一方、高座では、『たがや』がいよいよクライマックスを迎えていた。

「……こうなると、馬上のお殿様も黙っちゃいない。すぐに馬から飛び下り、仲間に持たせていた槍を取ると、石突きをトーンと突いて、鞘《さや》を払い、ぴたりと構えた。

こいつは腕が立つ。たが屋はヘビに睨まれたカエルも同然。歯向かうことができない。じりじりっと欄干のところまで追い詰められた」

菅原が札をコップから引き上げる。

（ああっ……！）

亮子は驚きに眼を見張った。特殊な剝離液でなければ絶対に落ちないはずの黒い塗料が、きれいさっぱり落ちてしまっていたのだ。

多賀谷がそっと席を立ち、船の後部に向かってこそこそと歩き出す。

それを見た菅原が鬼の形相になって立ち上がる。

高座では、福の助がここぞと声を張り上げて、

「殿様が『やあ!』てんで突いてきた。あまりの恐ろしさに、たが屋は刀を放り出し、腰を抜かしてしまった。『もうだめだ!』と思ったけれども、侍の方だってまさかしゃがむとは思わない。力が余り、槍の先端が橋の欄干に突き刺さってしまった」

ついに多賀谷が人目もはばからず、座敷の奥へと走って逃げる。

「おい、待て!」。そう叫んで、菅原があとを追いかける。二人は続いて、トイレ脇の通路へと駆け込んだ。

客の視線が一斉にそちらを向いた時、

「さあ、たが屋は『ここで逃げなきゃ、命はない』と思うから、相手の槍の穂先が抜ける前、ほんの一瞬の隙を狙って、欄干に片足をかけてよじ登り、そこから大川めがけて思いきり跳んだ!

それを見ていた野次馬が声を揃えて――」

「たがやーい!」

大声でサゲを言ったのは、何と琴乃だった。

吹っ切れたような満面の笑み。

次の瞬間、遠くでザブーンと水音が聞こえ、そしてそれに、「おい、落ちたぞ」「大変だ!」。

そんな従業員たちの声が続いた。

17

「……そりゃ、すごい落語会だったわねえ。悦夫君の噺家としての生涯で、歴史に残る一席になるでしょうね」

眼を輝かしながら、野村鮎美が言った。

翌々日の月曜日、午後五時二十分。場所はいつもの応接セットだ。

「残念無念よ。私もその場に立ち会いたかった。『たがや』のラストで、多賀谷さんが川へ飛び込む……そんな緊迫した展開、めったに見られるもんじゃないもの」

「だけど本人は、あとで結構落ち込んでいたんですよ」

「えっ？　どうして」

「騒動が起きるのは、噺が終わったあとだと読んでいたらしいんです。それが、いよいよ大詰めというところで、あんなことになっちゃったから」

「そんなの、いくら何でも身勝手すぎるわ」

鮎美は情け容赦なく、そう断じて、

「だって、仕掛けたのは自分じゃない。結果がうまくいきすぎたからといって、落ち込むなんて贅沢よ。それよりも、多賀谷さんはその後、どうなったの？　真冬の川へ飛び込んだところまでは聞いたけど……」

「キッチンにいた従業員の方たちがすぐ手を貸したので、一分も経たないうちに船に引き揚げられました。もちろん命に別状ありません。風邪くらいは引いたかもしれませんけど」

「で、今は？　警察に引き渡されたのかしら」

「いいえ、まだそこまでは……。最初、菅原社長は『詐欺罪で刑事告発してやる』と息巻いていたのですが、おかしな欲を出した自分も悪かったと気づいたらしくて、渡した二千万円を多賀谷さんが耳を揃えて返せば、それで一切不問にすると方針転換したようです。たぶん今、多賀谷さんは菅原社長に監視されながら、必死で金策しているところだと思いますよ」

「なるほど。菅原さんて人も、産業廃棄物処理なんて堅い仕事をしている関係上、おかしな噂は立てられたくないでしょうからね。まあ、身から出た錆ってとこだわ」

そう言った鮎美は、ソファの背もたれに体重を預けると、腕組みをして、

「それにしても、『ブラックノート』なんて、聞いたこともなかった。詐欺師って、本当にいろいろなことを考えるものねえ」

いかにも感心したように、そうつぶやいた。

亮子ももちろん、そんな言葉は初耳だった。

ブラックノートの『ノート』は、この場合、紙幣の意味で、数年前にアメリカ国内で最初にこの手口が現れ、その後、日本でも逮捕者が出ている。オリジナルの犯罪では、百ドル紙幣が黒く塗られていたそうだ。

多賀谷幸広は同じ手口の模倣犯を志し、失敗した。そのからくりについては、福の助が菅原宛てに書いた手紙に要約されている。

　文面は以下の通りだ。

『菅原様

　落語をお楽しみの最中に、無粋なことをしでかしまして、まことに申し訳ありません。私が急ごしらえで演じました手品をご覧になって、多賀谷さんが「ただの黒い紙」を「黒く塗ったお札」にすり替えた手口についてはもうおわかりでしょう。トランクにぎっしり詰まっていたのも、すべて前者だったのです。残る問題はなぜ、後者を黄色い液体に浸すと、色が消えるかです。その液は汚れていなかったそうですから、洗い流されたわけではない。だとすると、化学反応以外に、可能性はあり得ません。

　私の化学の知識は高校の授業程度ですから、まったくあてにはなりませんが、酸っぱいようなにおいのする黄色い液体と聞いて、真っ先に頭に浮かぶのはビタミンCです。仮にボトルの中身がその系統のものだったとすると、そこから逆に、黒い色はいわゆる『ヨウ素デンプン反応』だろうと推測できます。

　小学校の時、こんな実験をされませんでしたか。ご飯粒にヨウ素をそのままかけると、黒、あるいは非常に濃い紫色になりますが、それを口に入れ、よく噛んだものにかければ、色は変わらない。そうなる原因は言うまでもなく、デンプンが唾液の作用で糖に変化したためです。

ヨウ素デンプン反応は、ビタミンCで還元され、無色に戻ります。どうか、お手持ちの紙幣に残っている黒い部分をレモン果汁に浸してみてください。もし消えれば、多賀谷さんの話がすべて嘘だったということが証明されます』

安田琴乃からこの手紙をもらい、一読した亮子は、我が夫の知識の豊富さに驚いたが、そこはやはり素人は素人で、一つ重大な事実の誤認があった。

本来、ビタミンCの溶液は無色透明であって、清涼飲料水などはすべてレモンの果汁を模し、黄色く着色されているのだという。つまり、液体の色からの連想は単なるけがの功名だったのだ。しかし、だからといって、亮子も夫の前で大きな顔はできない。

昨日、福の助から指摘されて初めて気がついたのだが、つい一週間前、多賀谷が演ったのとまるで同じ手品を、亮子は草加市の落語会で見ていた。

バロン迎氏が演じた、例のコインのマジック。あれも方法はまったく同じだ。高速リールを使って文字を書いた百円玉を消し、最初からリンゴの中に仕込んでおいた別の硬貨をおもむろに取り出す。見たところ、皮に傷はなかったから、おそらく底に切れ目を入れたのだろう。そして、最後にリンゴから取り出した百円硬貨の果汁を切るふりをして、手を伏せ、背中から戻してきたサイン入りのものとすり替えたのだ。

ごく簡単なトリックだ。それなのに、亮子はまったく見破れなかった上、多賀谷が、そして福の助までもが同じマジックを演じたというのに、結びつけて考えることができなかった。

真相を知った時には、自分の頭の回転の鈍さに、さすがに嫌気が差してしまったものだ。

「ところで、先生。安田琴乃さんの今日の様子はどうでした？　授業があったんでしょう」

「ああ、あったわよ。ふふふ。別人みたいに晴れ晴れとした顔をしてたわ」

鮎美は腕組みをしたまま含み笑いをする。

「始業のチャイムが鳴っても、教室の一番後ろで、友達とふざけ合ってたから、びっくりしちゃった。それくらい、母親の恋人を嫌っていたんでしょう。担任から聞いた話によると、どうやら多賀谷は母親だけじゃなく、琴乃にもちょっかいを出そうとしていたらしいの」

「ええっ？　そうなんですか。それはひどいなあ。いくら、美少女だからって……」

「ああいう娘《こ》だから、それほどはっきりとは言わないけどね。その事実を母親に告げるべきかどうかで、ずいぶん悩んでいたみたい。でも、これで美月さんも、多賀谷の正体がわかったはずだから、きれいさっぱり別れると思うわ。

ああ。そんなことより……悦夫君、この間の落語会の件で落ち込んでいたそうだけど、今日帰ったら、私からだと言って、こう伝えてちょうだい。『平成の名人になれて、おめでとう』って」

「えっ？　何のことです」

突然の言葉に、亮子は面食らってしまった。

「平成の名人……？」

「だって、明治の名人の橘家圓喬は真夏の『鰍沢』で、客に襟を合わせさせたんでしょう。平成の時代、真冬に『たがや』を演って、お客を川へ落としちゃうんだもの。控えめに見積もっても名人の器よ。間違いないわ」

「……ああ、そういうことですか」

圓喬師匠の逸話は有名だから、落語通の鮎美が知っていたのはむしろ当然だ。そういえば、大川丸の高座のマクラで、福の助も同じ例を挙げていた。

（名人の器ねえ。本当にそうだと、うれしいんだけど……）

今回の改訂版『たがや』では、結局、けが人は出たものの、死者は誰もいなかった。考えてみれば、侍の首もたが屋の首も、絶対に切り飛ばさなければならないというわけではない。たが屋が逃げるラストでも、ちゃんとサゲとして成立する。優劣を論じるつもりはないけれど、その方が気楽に聞けるのは事実だろう。

（ただ、今回の場合、あまりにも事情が特殊だったから……いや、待てよ）

もしも将来、福の助が大名人になれば、「若い頃、○○師匠が屋形船の高座で『たがや』を演ったら、一月だってのに、夏と間違えて、大川へ飛び込んだ客が出たんだぜ！」などと、したり顔で語る手合いが出かねない。

（そうかあ。すると圓喬師匠が『鰍沢』を演られた時も、たまたま女の人が胸元のキスマークでも隠そうとしていた可能性だって……）

名人のエピソードというのは、案外、そんなものかもしれないなと、夫の高座姿を思い浮かべながら、亮子は考えてみるのだった。

三題噺　示現流幽霊

「……天子様の世の中になって、一昨年《おととし》には新橋《しんばし》から横浜《よこはま》まで陸蒸気《おかじょうき》が走ったけれど、これで本当の世直しになったのかしら。違うな。俺たち直参《じきさん》に代わって、薩摩《さつま》・長州《ちょうしゅう》の田舎侍《ざむれえ》が大手を振って江戸の町を歩きやがるようになった。ただ、それだけのこった。そのために、仲のよかった友達が、あいつもこいつも……ううっ、よそう、よそう！　三十近《ぢか》くにもなって、涙なんぞこぼして、何をやってんだ、おれは。いつもの居酒屋で一杯ひっかけて、さっさと寝ちまうとするか」

「……もし、小森《こもり》様」

「えっ、どなたです……？　誰もいねえ。女の声のようだったが、気のせいかな。『半熟《はんじゅく》さん』ならともかく、親からもらった方の名前は隠してるんだから、そっちで呼ばれるなんてこたぁ……」

「ちょいと、もし。小森清之進《せいのしん》様」

「まただ！　あのう、どなたです。隠れてないで、出てきてはいただけませんかな」

「承知をいたしました」

「ん……？　わわっ！　な、何だい。肝を潰したぜ。墓石の陰から、いきなり飛び出してきやがって……また、何てえ格好だよ。異人の衣装だってことは一目でわかるけど、真っ赤な服に白くて薄っぺらな前掛け。頭の上にゃ鼻っ紙を丸めたような帽子を載っけてさ。

また、下がすごいねえ。スカウトてんだろう。向こうの女は、提灯袴《ちょうちんばかま》みてえなもんをはくんだが、そいつがまた短《みじ》けえよ。膝頭はもちろん、太股まで丸見えだ。一体《いってえ》お前《めえ》は誰なんだ？」

「……あのな、本人を目の前にして、言いにくいが、お前はあの上野の戦《いくさ》で死んだはずだぜ。ほら、あっちの奥にお前んちの墓がある。ここへ来る度に線香を手向《たむ》けてきたが、墓誌にはちゃんと名前が刻んであるぜ」

「あたくしの死体はご覧になりましたか？」

「いや、見てない。最初《はな》、年下のお前をかばって切り合っていたが、いったんはぐれたあとは、もう捜しようもねえ。自分が逃げるので精一杯だった。その後は、しばらく江戸を離れていたから……」

「戦いのあと、お上から彰義隊の死骸を引き取ることを禁じるお触れが出たのはご存じでしょう」

「ああ、それは聞いた」

「それではあまりに不憫《ふびん》だというので、三ノ輪《みわ》の円通寺《えんつうじ》の和尚が死骸を集め、自分の寺に葬りました。ですから、密かに落ちのびた隊士の家族が、死んだと思い込むのはあたり前……」

「そ、それじゃあ、お前、生きてたのか！」

「兄《にい》さん、お懐かしい！」

「……ご、ごめん。うん。半分はわかった。その気になりかけたんだけど、残り半分がまだ腑《ふ》に落ちねえ。そっちを先に済まそうじゃねえか。旗本の跡取り息子のお前が、どうして女給《じょきゅう》になんかなっちまったんだい」

「兄さん、お忘れですか」

「えっ？　何をだい」

「彰義隊の生き残りと知れた時、どんな厳しいご詮議《せんぎ》が待っていたか」

「いや、そいつはよくわかっている。さっきも、思い出してたところだ」

「追っ手から逃れるため、あたくしは上方へ逃げ、神戸《こうべ》の異人街に隠れました。そこで、このような姿に身をやつし……」

1

見ているだけで、牛革の柔らかな感触が手に伝わってきた。

イタリア製の靴。茶色の光沢が美しい。デザインは、足に負担のかかりにくいスクエアトゥタイプ。履き心地もよさそうだ。

しかし、部屋の空気は重苦しかった。

「本当はその、すっと柾《まさ》の通った桐の下駄でもと思ったんですが、当節、そういう品はお高くなっちまいましてね」

福《ふく》の助《すけ》が、懸命にその場を取り繕おうとしていた。

「そうなんですよ。まあ、粋《いき》も大事だが、まずは実用性だろうってんで、靴に決めたわけでして……」

チームワークよろしく、脇から口添えをしたのは寿々目家《すずめや》竹二郎《たけじろう》だ。

「ただ、何しろ師匠はおしゃれですから、おかしな品物だと、しくじっちまう。で、考えているうちに、昔、デパートへお供した時に、ニップマーの職人仕事をほめてらっしゃったのを思い出しまして。それで決めたんです」

竹二郎は二十九歳だが、童顔のため、時に大学生に間違えられたりする。くりっとした両眼と大きな前歯に特徴があった。

「何だね、お前《まい》さん。その仏頂面《ぶっちょうづら》は」

と、今度はおかみさん。

「弟子一同が大散財して、誕生祝いをくれたんじゃないか。お礼くらい言わないと、罰《ばち》があたっちまうよ」

今日、二月十日は馬春《ばしゅん》師匠の六十五歳の誕生日なのだ。そのお祝いのため、福の助と亮子《りょうこ》、竹二郎が館山《たてやま》までやってきた。末っ子の亀吉《かめきち》も来る予定だったのだが、母親の京子《きょうこ》さんの病状が思わしくないという理由で、やむを得ず欠席。弟子一同が勢揃いというわけにはいかなかった。

今日は土曜日。時刻は午後零時半を少し過ぎている。

テーブルの上には料理と飲み物、そして、大が六本、小が五本のろうそくを立てたバースデイケーキ。ついさっき、師匠がろうそくの火を吹き消したが、何しろ本数が多いため、すべて消えるまでに四回かかった。

それから、お決まりの歌の合唱があり、乾杯が済んだところで、福の助がおもむろにプレゼントの箱を取り出したのだが、おかみさんがリボンを解き、師匠が蓋を開けたところで、そのまま時間が停止してしまった。

馬春師匠がまったくの無反応だったのだ。

（……やっぱり。私が心配してた通りだわ）

亮子は心の中で嘆息した。

（靴はまずいんじゃないかと思ったのよ。案の定、師匠がへそを曲げちゃった）

三月三十一日まで、あと一カ月半。再起をかける独演会には、ぜひこの靴を履いて楽屋入りしてほしい。そういう思いで贈ったのだが、本人にしてみれば、無理やりプレッシャーをかけられたと感じたのだろう。

「ほら、お前さん、何とかお言いなさいよ」

おかみさんが背中を叩くと、馬春師匠はそちらを横目で睨み、

「こんなもの、持ってこられたら……おでん屋へ行きにくいじゃ、ねえか」

「えっ……？　あ、はい。これは、どうも恐れ入りました」

一瞬きょとんとした福の助が破顔一笑する。

「『おでんに靴を履かず』でございますね。そこまでは気が回らず、失礼いたしました」

正しくは『瓜田《かでん》に履《くつ》を納《い》れず』。『他人から疑われるような行動は慎め』という意味だが、『風呂敷』という落語の中で、兄貴分がこれを言い間違え、『靴を履いておでん屋に行くと、走るのが速そうだから、食い逃げをする気かと疑われる』などと珍妙な説教をする場面があるのだ。

馬春師匠が冗談を言ってくれたので、一同はほっと胸をなで下ろした。

酒宴が再開される。飲み物は、福の助と竹二郎がビール、おかみさんと亮子は三ツ矢サイダー。馬春師匠は乾杯のビールには口をつけたが、すぐにウーロン茶に切り換えた。

おかみさん心尽くしのご馳走は、いわば千葉と東京の混成部隊だ。酢でしめたアジやマグロ、錦糸卵などが載ったちらし寿司やイワシの団子汁は千葉方、ご自慢のべったら漬やカレイの煮こごりは東京方。どちらも本当においしかった。

「ところで、師匠、酔っ払っちまう前に、例の一件についても、いくらかご相談しなくちゃならないんですが……」

言いにくそうに、福の助が切り出す。

『例の一件』とは、もちろん独演会のこと。『最終的に師匠の意思確認をしてきてほしい』。お席亭からの密命を帯びていたのだ。

馬春師匠はほんの少し眉を寄せたが、それ以上の拒否反応は示さなかった。

「師匠のお許しがあれば、今週中にもマスコミに独演会の開催を発表したいと、紅梅《こうばい》のお席亭がおっしゃってました。同時に、前売りも始めたいと……あのう、そうしても、よろしいでしょうか?」

「……もう、ちょいと、待ってもらおうか」

スプーンを使って煮こごりを食べながら、師匠が答えた。

「何も、歌舞伎座を満杯にしようって、わけじゃねえんだから」

「あ、はい。おっしゃる通りでございます」

馬春師匠の知名度からみて、たとえ宣伝期間が二、三日であっても、満員札止めは間違いない。

「では、当日の出演者ですが……弟子の三人は除きまして、すでに、スケジュールを仮押さえしているのが、福遊《ふくゆう》師匠と小《こ》福遊《ふくゆう》師匠、亀蔵《かめぞう》師匠。協会会長の常吉《つねきち》師匠にも、口上に並んでいただく予定です」

小福遊師匠は福遊師匠の一番弟子である。

「あと、色物として、朋代《ともよ》姐《ねえ》さんの音曲《おんぎょく》とダリア・パンジーの漫才が入っています」

朋代姐さんというのは小福遊師匠の奥様で、芸名が桃《もも》の家《や》とも歌《か》。そよ風ダリア・パンジーの二人は、若手の人気女性漫才師だ。

豪華な顔触れである。今回の場合、馬春独演会と銘打っても、通常の会のように二席、三席務めるのは不可能。その分、ゲストの数が増えるのは当然の成り行きだった。

「今のところ、そんな形で進んでおります。いかがでしょう、師匠。何かご要望があれば、お伺いいたしたいのですが……」

この問いに、馬春師匠はしばらく答えなかった。視線を伏せたまま、黙々と煮こごりを口に運ぶ。

やがて、顔を上げ、竹二郎の方を向き、

「おい、馬坊。『金明竹《きんめいちく》』の言い立てを、演《や》ってみな」

そう、命じたのだった。

2

「き、金明竹の、言い立て……」

竹二郎は一瞬、きょとんとした。

「あたくしがここで、それを演るのでございますか」

「忘れたか?」

「忘れやしません。忘れませんが……」

『金明竹』は『寿限無《じゅげむ》』や『たらちね』と同様、長い言い立てを含んだ前座噺《ばなし》だ。ストーリーは単純で、道具屋の主人が出かけている留守に、同業者である加賀谷《かがや》の使いがやってきて口上を言う。ところが、それが早口の大阪弁のため、与太郎《よたろう》も女房も全然意味がわからない。そこへ主《あるじ》が戻ってきて、女房ととんちんかんな問答をする……。

「ええ、はい。承知をいたしました。師匠のご命令とあらば……」

きちんと膝を揃えて座り直し、

「『せんど仲買の弥市《やいち》が取り次ぎました道具七品のうち、祐乗《ゆうじょ》、宗乗《そうじょ》、光乗三作《こうじょさんさく》の三所物《みところもん》、横《よこ》谷《や》宗珉《そうみん》四分一拵《しぶいちごしら》えの脇差、柄前《つかまえ》は鉄刀木《たがやさん》じゃと申されましたが、ありゃ埋木《うもれぎ》やそうで、木ぃが違《ちご》うておりますさかい、そのお断りにちょと参じましたわけでございまして』」

さすがはプロ。淀みなく、流れていく。

「『それからな、黄檗山《おうばくさん》金明竹ずんど切りの花生け、のんこの茶碗、古池や蛙飛び込む水の音と申します風羅坊正筆《ふうらぼうしょうひつ》の掛け物、沢庵《たくあん》、木庵《もくあん》、隠元《いんげん》禅師貼り混ぜの小屛風、あの屛風はな、わての旦那の檀那寺《だんなでら》が兵庫におまして、兵庫の坊主の好みまする屛風やによって、表具《ひょうぐ》にやって、兵庫の坊主の屛風にいたしますと、かようおことづけ願います』」

あっという間に、言い立てが終わった。

命じた理由は何なのかと、一同が見守る中、馬春師匠は折った右手の指をちらりと見てから、

「……十二回」

「はあ……?」

意味不明の数字を告げられ、竹二郎は目を白黒させた。

「ええと……何が、十二回なんでしょう?」

「ブレスだ」

「ブレ……あの、息継ぎでございますか」

黙って、うなずく。

(息継ぎが、十二回……。それって、多いのかしら、少ないのかしら?)

亮子が考えていると、

「まあ、十五回が、標準だろうな。俺の、若い頃のテープでは、八回。それが、ついこの間、口慣らしをしたら……ふふふ」

師匠が口元を歪めて、自嘲《じちょう》する。

「二十二回が、やっとだった。それでも、お前《めえ》たち、この俺を、さらし者《もん》にしてえかい？」

一同を見渡す視線の鋭さに、しばらく誰も返事ができなくなってしまった。

（……呂律が回らないだけじゃなかったんだ）

脳血栓が原因の片麻痺により、自由を奪われたのは、手足ばかりではない。体全体の筋肉、例えば、腹筋も左半分が動かない。声を出す際、影響が出ないはずはなかった。

「この間、あたしも、STの先生の説明を聞いたんだけど」

おかみさんが珍しく、湿った声で言った。

「言葉を喋るのに、口の中の筋肉がどれほどややこしく動くかを知って、驚いちゃった。亮ちゃん、ナンコウガイは知ってる？」

「ナン、コウガイ……？」

字を尋ねると、『軟口蓋』。舌の奥の部分の両側を指す。

口と鼻は根元でつながっていて、何か呑み込んだり、声を出したりする時には、この軟口蓋が持ち上がって、間をふさぎ、食べ物や息が鼻の側へ行くのを防いでいる。

ところが、馬春師匠の場合、この部分の筋肉にも麻痺があって、うまく持ち上がらないため、やや鼻にかかった、はっきりしない声になってしまうのだそうだ。

「さっき、ろうそくを消す時、気がつかなかったかい」

「えっ……？　ああ、な、なるほど」

三度吹いても全部消えなかったのは、鼻から息が漏れていたせいだったのだ。

「だからね、強く吹く練習をするのが肝心だと言われて、火は危ないから、うちにいる時には、水を入れたコップにストローを突っ込んで、ブクブク泡立てる訓練してるの。正直、見ているこっちだって、つらいわよ。三つ四つの子供じゃあるまいし……。そもそも、そういう苦労が大嫌いな性分《しょうぶん》なんだからねえ」

おかみさんが唇を嚙みしめる。

「だから……とてもじゃないけど、無理強《じ》いなんてできゃしない。でも、今度の一件は、そもそもお前さんが言い出したんじゃないか。いまさら『気が変わりました』じゃ済まされないんだよ。あたしゃ、どうしていいか、もう、わからなくなっちゃって……」

最後は涙声になった。気丈なおかみさんがエプロンの端を眼にあて、細かく肩を震わせている。

福の助と竹二郎、そして亮子の三人は困惑ぎみに視線を合わせる。

おかみさんは知らないのだが、実は、来月の独演会は馬春師匠自身の発案ではなく、無理やり開催するよう仕向けたのは福の助だった。ただし、少し事情があって、師匠はそのことを口に出せない。

重苦しい沈黙。やがて、

「……やらねえなんて、言ってや、しねえよ」

馬春師匠が言った。前に聞いたのと同じ台詞。ただし、今度はその続きがあった。

「おい……馬八《うまはち》」

「えっ？　あ、はい。何でございましょう」

「そろそろ、ネタ出しをしよう、じゃねえか」

「ネタ出しを？　ああ、さようでございますか。それは、大変にありがたいことで……」

　福の助は笑ったが、眼の奥には新たな戸惑いの色も浮かんでいた。

『ネタ出し』とは、落語会で高座にかける演目を事前に発表することである。観客動員のためには望ましいが、当日客の顔を見てから噺を決めたいという理由から、嫌う人も少なくない。馬春師匠は典型的なそのタイプで、だからこそ、よけい意外に感じられたのだ。

「それで……何の噺をお演りになるおつもりですか？」

　恐る恐る福の助が尋ねると、師匠は身振りで、書くものを持ってくるよう要求する。

　テーブルの隅に、メモ帳とボールペンが用意されていた。亮子がそれを取って、手渡すと、馬春師匠は右手でスラスラと書いて、総領弟子に渡す。

「えっ……？」

　視線を落とした福の助が、次の瞬間、ぎょっとしたように眼を見張る。

「あ、あの、これは……」

　残りの三人もあわてて脇から覗き込む。

　銀行名が薄く刷り込まれた白い紙に、黒いボールペンで、達筆に書かれた文字が三つ。

　それは、亮子が一度も聞いたことのない、不思議な演目名だった。

3

「『海の幸』って……それ、本当に落語かい？」

お席亭の勝子《かつこ》さんが首をひねった。

「ひょっとして、漁師町の土産物屋の看板か何かじゃないのかねえ。あたしゃ、五十年分くらいのネタ帳に目を通しているけど、見た覚えがないよ」

『ネタ帳』とは、寄席で出演者の演《だ》し物《もの》を記録した帳面のことで、これに筆と墨で演目名を記録するのは前座さんの重要な仕事だ。

「お前さんはどうだい？」

「いえ、あたくしもまったく存じません」

尋ねられた小福遊師匠も即座に首を振る。師匠は紅梅亭《こうばいてい》の昼の部の主任《トリ》を終え、楽屋で休んでいるところだった。すでに、トレーナーとジーンズに着替えている。

小福遊師匠は五十代半ば。面長の顔と浅黒い肌、角刈りの頭と、いかにも噺家らしい風貌をしている。落語も師匠譲りの本格派だが、ワイドショーのコメンテーターなどテレビ出演も多く、マスコミでもバリバリに売れていた。

「お席亭ほどじゃありませんが、まあ、噺の名前くらいは大抵知ってるつもりです。それなのに初耳ってのは、何とも不思議ですねえ」

翌日の日曜日。時刻は午後四時四十五分。

今朝早く、福の助は二泊三日の予定で山梨県へ仕事に出かけた。館山の報告はまた後日のはずだったのだが、江戸っ子でせっかちなお席亭がそれでは承知をせず、急遽、亮子が呼び寄せられたのだ。

「で、福の助は何と言ってるんだい？　あいつは勉強熱心だから、俺なんかより噺の数は知ってるだろう」

「いえ、そんな……でも、やはりお二人と同じで、まったく聞いた覚えがないそうです。ただ、久々となる復帰の高座ですから、新作落語とか、どこかに埋もれていた噺を掘り起こして、というのは考えにくい。一番ありそうなのは、よく演じられている噺の名前だけを、そう変えたのではないかと……」

「ははあ、そうか。そいつは名推理だ」

小福遊師匠がぽんと膝を叩く。

「いや、よくあるんだよ。先《せん》の金馬《きんば》師匠なんか、お得意だったもの」

『居酒屋』『孝行糖《こうこうとう》』『やぶ入り』などが十八番《おはこ》だった三代目三遊亭《さんゆうてい》金馬師匠だ。昭和三十年代末に亡くなっているから、亮子は録音でしか知らないが、歯切れのいい口跡《こうせき》と抜群の表現力で知られた名人だ。

小福遊師匠の説明によると、この師匠、たまに途方もなく凝ったネタ出しをすることがあって、例えば、郭嘶《くるわばなし》の『錦《にしき》の袈裟《けさ》』を『故郷飾錦《こきようにかえる》褌珍輪《ちんわ》異物《いなもの》』と出したのだという。

「するってえと、だぞ」
小福遊師匠が煙草をくわえて、火をつける。
「仮によく知られている噺だとすると……何だろうな？　『海の幸』という外題《げだい》にぴったりくるのは」
「ええと、一応、こんなものを預かってきていますが……」
ハンドバッグを開け、メモを取り出す。そこには、やや神経質そうな夫の字で、
『穴子でからぬけ
鮑《あわび》のし
磯のあわび
河豚《ふぐ》鍋
さんま火事
さんま芝居
蛸《たこ》芝居
蛸坊主
ねぎまの殿様
棒鱈《ぼうだら》
目黒《めぐろ》のさんま』
「……なるほど。魚に縁のある噺をピックアップしてみたってわけか」

「いかがです？　ほかにも候補はあると思いますけれど……」

「いや、こんなもんかもしれねえよ。同じ魚でも、『後生鰻《ごしょううなぎ》』『鰻の幇間《たいこ》』『素人鰻《しろうと》』とくりゃ、海というより川だからな。さて、この中で、馬春師匠のもちネタとなると……まずは『鮑のし』に『磯のあわび』か」

「『目黒のさんま』はお得意でしたが、これは季節が違いますから、お演りにならないと思います。あと、『穴子でからぬけ』はあまりにも短い噺なので……」

「病み上がりとはいえ、主任《トリ》だからなあ。いくら何でももの足りねえか。『磯のあわび』『鮑のし』じゃ、ちょいと平凡すぎるし……ああ、そうだ。『蛸坊主』があった！」

うれしそうな声で、小福遊師匠が言った。

「山桜亭のも、二、三回聞いた覚えがあるぜ」

「うちの主人も『もしかしたら』とは言っていました。ただ、私、この噺を知らないんです。うちに、録音もありませんし」

「そりゃ、そうさ。いわば珍品中の珍品だもの」

お席亭が言った。

「うちの高座で演ったのは稲荷町《いなりちょう》だけ。馬春さんのは聞いてないねえ」

『稲荷町』とは、晩年『彦六《ひころく》』という隠居名を名乗った八代目林家正蔵《はやしやしょうぞう》師匠のことを指す。

『蛸坊主』は、その正蔵師匠が二代目桂三木助《かつらみきすけ》師匠から習い、舞台を上方から江戸に移して演じていた、ごく珍しい噺だ。馬春師匠は、芝居噺や怪談噺の名手である正蔵師匠を深く尊敬していて、昭和五十一年に自分の師匠である先代が亡くなったあと、数年間、弟子同様に通っていた時代があり、その折、ぜひにと頼み込んで、稽古を受けたのだという。

「うん。その可能性が高いな。笑いは少ないけど、あれなら、馬春師匠の人《にん》に合っているもの。噺の筋は単純なんだが……」

まだ長かった煙草を灰皿に押しつけ、小福遊師匠が粗筋を説明してくれる。

上野不忍池《しのばずのいけ》のほとりにある一軒の料理屋。ここで高野山《こうやさん》の僧侶を名乗る四人が食事をしたが、吸い物のだしがカツオブシだと聞き、『生臭《なまぐさ》ものを食したからには、もう寺には戻れない。一生、ここで飼い殺しにしてくれ』と、手の込んだ強請《ゆすり》を始める。そこへ仲裁に入ったのが一人の老僧。最初は下手に出ていたが、説得が不調に終わると、態度を豹変させる。実はこの老人、本物の高野山の高僧だったのだ。

『高野の名を騙《かた》る偽坊主、偽り坊主、蛸坊主』と罵倒すると、四人が『蛸坊主とは申したな。そのいわれを聞こう』と詰め寄る。

「……『蛸坊主のいわれを聞きたくば、言って聞かさん』てえと、その坊さんが強《つお》い」

小福遊師匠の呼吸が本息《ほんいき》に近づいてきた。

「連中《れんじゆう》を次々に不忍池へ放り込む。四人が真っ逆様に池に投げ落とされたから、八本の足がにゅっと水から突き出している。

それを見た老僧が、『そうれ、蛸坊主』」

小福遊師匠が両手の親指だけを折り、顔の前に掲げて、客に示す。

つまり、言葉ではなく、動作でサゲているわけだ。こういう噺は、ラジオ全盛の時代、電波に乗りにくかったため、さすがの福の助でも録音を持っていなかったのだ。

（確かに、馬春師匠好みの落語だわ。渋くて、珍しくて、意外性があって。ひょっとしたら、本当にこの噺が――）

「違うね。それじゃないよ」

お席亭の言葉で、思考を中断させられる。

「『海の幸』てのは、何かもっと別な噺さ」

にべもない言い方だった。

「ええと、あの、そうおっしゃる根拠は？」

「手の指の自由が利かない馬春さんが、仕種落《しぐさお》ちの噺なんか選ぶもんかね」

（あっ……！　そ、そういうことか）

目からウロコが落ちた気がした。

『蛸坊主』のサゲでは、八本の手の指を四人分の足に見立てるため、指先まで綺麗にピンと伸びないと、形が悪くなるのだ。現在の師匠の左手は、残念ながら、そんな一瞬の緊張を支えきれない。

落語というものの奥深さを、また一つ、教えられた気がした。

三人が黙り込む。

楽屋では早くも、夜の部の一番太鼓が鳴り出した。お客様に大勢おいでいただけることを願い、長いバチで、『ドンドンドントコイ』と打つのだ。

前座さんが楽屋口に立つ。誰か来たらしい。

すぐにお席亭のところへやってきて、

「あのう、池山《いけやま》先生がお見えですが……」

「えっ？　ああ、そうかい。じゃ、すぐにお通しして」

来客は、亮子も面識のある、崇教《すうきょう》大学の池山大典《だいてん》教授だった。

4

神田《かんだ》駿河《するが》台《だい》にある崇教大学の教授・池山大典は年齢が六十代半ば。専攻は近世文学だそうだが、落語に関する著作も多く、そのうちの何冊かは福の助の本棚にも並んでいた。

さらに池山教授は、三年前に亡くなった五代目金鈴亭《きんりんてい》萬喬《まんきょう》師匠の実弟にあたる。萬喬師匠は特に怪談噺の分野では名人と呼ばれ、その弟の大典氏は、『萬喬』という大名跡を預かっていることもあって、落語界ではご意見番的存在だと言えた。

そんな人物と、亮子が出会ったのは去年の十一月のこと。教授が主催している『落語練成会』という会に夫が出演したのだが、その当日、高座に上がる直前になって、予想もしないハプニングが起き、予定した演目をかけられないことになった。

福の助はとっさの機転で、何とか窮地を切り抜けたのだが、それがもとで池山に気に入られ、それ以来、ご贔屓《ひいき》になっている。

「いやあ、忙しいところ、突然おじゃましちゃって、すまないね」

茶のダブルのスーツと黒縁眼鏡。いつものスタイルで、池山教授が紅梅亭の楽屋に入ってくる。この年代にしては長身である。

「おっ、小福遊師匠と……ああ、福の助君の奥様か。こりゃ、奇遇だねえ」

「これはこれは、先生、ようこそいらっしゃいました。その節にはどうも……」

と、型通りの挨拶のあと、正座した池山は携えていた風呂敷包みを開き、中から菓子折りを
取り出して、お席亭の前に置く。

「まあ、いいんですよ、先生。こんなことしていただかなくても」

「いや、そうじゃない。今回は、心ならずも無理なお願いをして、お席亭にとんでもない迷惑
をかけてしまった」

「いえいえ、そんなことはございませんよ。うちは芸人さんに出演していただいて、初めて商
売になるわけなんですから」

どうやら、池山教授がお席亭に頼みごとをして、その礼を述べるために訪ねてきたらしい。

そんな事情を汲み取ることができた。

「そうだ！　大典先生に伺えばいいのか」

小福遊師匠が急に声を上げる。

「池山教授といえば、この世界の地引き網……じゃない。生き字引きだもの。こいつは渡りに

船だ。一つ、ご教示願います」

「やぶから棒だね。一体、何の騒ぎだい？」

「先生、『海の幸』という落語をご存じですか」

「海の幸、だって……？」

不審げに眉をひそめる。

「それ、噺の名前なのかね」

「そうらしいんです。『らしい』というのも変なんですが、実は、これにはちょいと事情がございまして――」

これまでの経緯を説明する。

すべてを聞き終わった教授は難しい顔になり、腕組みまでして、

「ふうん。まあ、事情はわかったけど……それにしても、『海の幸』なんて落語は知らないねえ。魚屋の看板じゃあるまいし」

お席亭と似たようなことを言って、首を傾げる。

「海の幸かあ。ウミノ……ん？　あっ、ちょっと、待ってくれよ」

突然、その表情が一変した。

視線を宙に向け、何かたぐり寄せるように、顎の先を動かす。そして、

「……思い出したよ」

「えっ？　本当ですか」

「ああ。ただ、ねえ」

気迷うように、視線を左右させる。

「『海の幸』というのは、もう誰にも内容がわからない……言ってみれば、謎の噺なんだ」

(な、謎の噺……? 一体、どういう意味なの)

思ってもいない言葉に、亮子は戸惑いを覚えた。

「稲荷町……つまり、晩年の彦六さんだね。あの師匠が亡くなった時、たまたま誰かから聞いたのを覚えていたんだ」

不思議な縁を感じた。ついさっき『蛸坊主』で話題にした八代目の正蔵師匠が再び登場してきたのだ。

「稲荷町が死んだのは、昭和五十七年一月末。最後の高座は前年の十一月に日本橋《にほんばし》の洋食屋で開かれた一門会で演じた『一眼国《いちがんこく》』ということになっている。いや、『なっている』わけじゃなくて、まさにその通りなんだが……ただね、本人は最後まで高座に執念を抱いていて、上野の一月下席にも出演する予定だったし、レギュラーを務めていた三月のホール落語には、早々とネタ出しまでしていたんだ」

「えっ? あの、すると、まさか……」

「さすがに、勘がいいね」

小福遊師匠が何か言いかけるのを見て、池山教授がうなずく。

「お察しの通りさ。彦六の正蔵が最後に演じる予定だった噺が『海の幸』。ただし、何をどう演るつもりで、そう出したのか。今となっては永遠の謎だ。主催者側も、そこまでは確認しなかったらしい」

「あのう……となると、ですよ。うーん」

小福遊師匠が微かにうなった。

「『海の幸』は、結局演じられないで終わった謎の噺。山桜亭がわざわざそうネタ出ししてきたということは……早え話、来月の晦日《みそか》の独演会では、高座に上がる気がねえのかな」

「ええっ？　ちょいと、冗談はよしとくれ」

お席亭が顔色を変えた。

「ここまで来て、いまさらそんなこと言われたって……こっちは困っちまうよ」

お席亭があわてるのも無理はなかった。近日中にマスコミを呼んで、馬春復活を大々的にぶち上げるつもりだったのだ。

「いや、そうとは限りません。そりゃ、悲観的すぎますよ」

池山教授がお席亭をなだめる。

「馬春さんは自分の師匠以外では、林家を特に尊敬してたから、さっき指摘した事実を踏まえているのは間違いないだろうが……だからといって、高座に上がる気がないと判断するのは少し短絡的すぎる。私は二つ、可能性があると思うがね」

「へえ。で、その二つの可能性というのは？」

小福遊師匠が身を乗り出した。

「一つは、『ネタ出しなんぞしたって、その前に何がどうなるかわかったもんじゃねえ。死んじまうことだってあるんだ』と言おうとしている」

「なるほど。あの師匠の性格からいって、大いにあり得ますね。それで、もう一つは?」

「妄想と言われるかもしれないが……ひょっとすると、馬春さんは稲荷町から聞いていたのかもしれないよ。『海の幸』とは、一体何の噺なのかを」

「あ……そうか。いや、ないとは言えません。身内同然だったと聞いてますから。だけど……うーん、どうかなあ」

小福遊師匠がまたうなり出す。

楽屋では、『ステックテンテン、ステックテンテン』と、早くも二番太鼓。それに、三味線と鉦《かね》が入って、出囃子が演奏され、紅梅亭の夜の部が開演した。

開口一番を務める前座さんは浅草亭《せんそうてい》こっ橋《きょう》という名前で、半年くらい前の入門だそうだ。

高座へ向かう姿を、ぼんやり眼で追っていると、

「……ねえ、平田《ひらた》さん」

「えっ……?」

いきなり声をかけられ、驚いて前を向くと、いつの間にか、池山大典教授がすぐそばまで来ていた。

「あ……あの、先生。どうなすったのですか?」

「いや、どうということもないんだが……」

教授は楽屋内を見渡し、さらに小声になって、

「実はね、近々、お宅に伺いたいと思っていたんだ。ご迷惑だと思うが、ちょっと福の助君に都合を聞いてもらえないかな」

5

二月十七日土曜日の午後二時過ぎ。

福の助と亮子の二人は、JR京浜東北線の電車を王子《おうじ》で降りた。

北口を出てすぐが、桜の名所として知られる飛鳥山《あすかやま》公園。春の落語の定番、『花見の仇討ち』の舞台としても有名だ。

そこから明治通りを池袋《いけぶくろ》に向かって五分ほど歩き、信号のある交差点より一つ先の路地を右へ入ると、商店や雑居ビルが連なっていた表通りとは雰囲気が変わり、昔ながらの落ち着いた住宅地の家並みが現れる。

「いよいよご対面てわけだけど、本当に何の用事なんだろう? 叱られる覚えは別にねえんだがなあ」

地図を片手に持った福の助はひどく不安そうだった。

「しかも、お前まで連れてこいってんだろう。まるで意味がわからねえぜ」

六日ほど前、紅梅亭の楽屋で、亮子は突然池山大典から話しかけられた。『近々、お宅に伺

いたい』と言われ、仰天してしまったのだが、相手があたりをはばかっている様子だったため、その場で用件を問いただすわけにもいかず、『掃除もしてありませんので、そちらに伺わせます』と返事をした。もちろん、福の助だけに用事があるのだと思ったのだ。すると、池山は『わかりました。じゃあ、お忙しいところ、申し訳ないが、奥様もぜひご一緒に』と続けたのだ。

日時については、月曜日の夜、夫が直接電話して決めたが、その時にも、池山は具体的なことは何も言わなかったという。

「ところで、池山先生って、ご家族は？」

亮子が質問する。

「詳しくは知らねえけど、独り暮らしだと思うよ。奥さんが四、五年前に病気で亡くなって……子供はいなかったはずだ」

「まあ、そうなの。それはお気の毒ねえ。そうと知ってたら、実家に寄って、お惣菜でもお持ちするんだったわ。失敗しちゃった」

「そこまで気を遣わなくてもいいだろう。いくら王子だからって、まさか扇屋《おうぎや》へ寄って、卵焼きを……ん？　ちょっと待て」

夫が不意に立ち止まり、手にした地図を睨む。

「このあたりなの？　先生のお宅」

「うん。そのようなんだ。ええと、ここに小さな四辻《よつじ》があって、その一軒先の左側……だって、まさか……」

絶句した福の助。その視線の先を追ってみて、亮子ははっと息を呑んだ。そこにあったのは、周囲の家々とはまったく趣を異にする赤煉瓦造りの洋館だったからだ。

ギリシアの神殿を思い起こさせる円柱、上部が半円になった縦長のガラス窓、屋根には風見《かざみ》鶏《どり》を頂いた八角形の塔が載っていた。そして、門扉《もんぴ》の脇には、間違いなく『池山』の表札が。

「……へえ。こんな家に住んで、江戸の戯作文学を研究してるのか」

インターフォンで来意を告げると、聞き覚えのある声が「さあ、どうぞ」と応える。

木々が豊富でよく手入れされた庭、白御影石《しろみかげいし》の敷石、バルコニー付きの玄関ポーチ。教授自身に出迎えられ、室内に入れば、天井から吊られた巨大なシャンデリアに優美な曲線を描く螺旋《らせん》階段。ただただ驚嘆するほかなかった。

応接間に通され、待っていると、池山自らティーセットとアップルパイの皿が載った盆を運んできた。

ポットから紅茶を注ごうとするので、手伝いを申し出たが、固辞されてしまった。

「大学の専攻と不釣り合いな家で驚いたかね」

紅茶の入ったカップを二人の前に置きながら、池山が微笑する。服装はネルのシャツに白のVネックセーター、グレーのスラックス。

「ここは私の父が建てた家なんだが、少々変わり者でね。私も兄の萬喬も、子供の頃は、親父に逆らってばかりいたよ」

と、思いがけず、身の上話になる。それによると、二人の父親は不動産業を営んでいたが、戦後の混乱期に都心の土地を二束三文で買い漁り、そこに外国人向けの高級賃貸住宅を建てて、財を築いたのだという。その後、放蕩三昧《ほうとうざんまい》の生活をして、財産のほとんどを失ってしまい、この家だけが残った。

「本来であれば、兄の萬喬がここに住むべきだったんだが……何しろ当時は、あの圓生《えんしょう》師匠がマンションを買ったというだけで、陰口を叩かれたんだからねえ」

「ああ、その話は伺った覚えがあります。『落語家は長屋に住むべきだ。立派な家に住んだのでは、江戸の庶民の心がわからない』。そんなことを声高《こわだか》に主張する落語評論家までいたそうですから」

「子供の頃から住み慣れた家だし、資料の置き場としては便利なんだが……ちょっと広すぎるな。家内が死んでから、掃除だけは人を頼んでいるが、その費用もばかにならない。まあ、いまさら引っ越しをする気力も湧かないから、結局はここでおめでたくなるしか手はないんだがね。あははは」

寂しげに笑いながら紅茶をすすり、二人にも勧める。

カップを取り、飲んでみると、琥珀《こはく》色の液体は香り高く、気品のある味わいだった。

(『掃除だけは人を頼んで』ということは、洗濯や炊事なんかは、ご自分でなさっているんだわ。とっくに還暦を過ぎていらっしゃるのに、何だか、おかわいそう)

「……ところで、あのう、先生」

お菓子を食べ終えたところで、福の助が口を開いた。

「本日、お招きいただきましたご用件について、そろそろお伺いしたいのですが……」

すると、池山教授は困った顔をして、

「あ……ああ、すまなかった。いや、実はちょっと、その、お願いがあってね」

「あたくしに、ですか。何でございましょう？」

「福の助君、紅梅亭の次の芝居は食いつきだったね」

『芝居』は業界用語で『興行』のこと。したがって、『次の芝居』は、来週の水曜日から始まる二月下席を指す。

「はい。まあ、身分不相応な大役とは思うのですが……」

「謙遜しなくてもいいよ。二つ目が主任《トリ》をとった例だってあるんだから。で、顔づけを見ただろう？　中主任《ナカトリ》は誰になっていたかね」

『顔づけ』は出番表、『中主任』は中入り休憩前の出番である。

「ええと、あたくしの前は、竹馬師匠でした」

「いや、そうじゃないんだ」

「えっ？　違うのですか」

「それはあくまでも公式発表であって、本当は竹馬さんのあとにもう一人上がって、それから中入りになる」

「公式、発表……？」

「紅梅のお席亭に無理やり頼み込んで、そうしてもらった。嘘でない証拠に、顔づけをよく見直してごらん。いつもより、表向きの出演者が一人少ないはずだ」

「いえ、もちろん嘘だなんて思ってはおりませんが……すると、本当の中主任はどなたなのでございます?」

「それが……実は、私の兄なんだ」

「は、はあ……!?」

福の助の声が裏返ってしまう。

亮子も仰天した。金鈴亭萬喬師匠は三年前、七十三歳で亡くなっている。怪談噺の名手だから、閻魔《えんま》大王に許可でももらって、あの世から舞い戻ってくるのだろうか。

「違う、違う。別に幽霊を高座に上げようというわけじゃないんだ」

言葉を失っている二人の前で、池山はあわてて右手を振った。

「兄には違いないが、母親が……つまり、腹違いの兄なんだ。年は萬喬より七つ下だから、ちょうど今年古稀《こき》でね」

「はあ?　あのう、すると、先生の腹違いのお兄様も、あたくしどもと同業者なのですか」

「うん。ただし、その事実を知っているのは、業界内でもほんの数人でね。寄席の席亭でさえ知らない人もいて……だから、何もかもわかっている勝子さんに頼むしかなかった」

「それで、そのもう一人のお兄様というのは……一体、何というお名前なんでしょう?」

福の助が尋ねる。大いに困惑しながらも、好奇心には勝てないらしい。

「頼みごとをする都合上、打ち明けないわけにはいかないが、その代わり、他言はご無用に願いますよ」

池山は念を押してから、

「二番めの兄の芸名は、松葉家文吉《ぶんきち》という」

静かに、そう告げたのだった。

6

(じゃあ、文吉師匠が、大典先生のお兄さん……それで、萬喬師匠の弟だったの?)

池山教授の言葉を、亮子は心の中で反芻してみた。

(そ、そんな……とても、信じられないわ!)

ふと脇をみると、夫は口を半開きにしたまま、完全に固まってしまっている。

福の助が茫然自失の状態に陥るのも、無理はなかった。名前の出た松葉家文吉は、東京落語協会会長である松葉家常吉師匠の弟弟子にあたる。芸歴は古い。

噺一筋だったため、一般的な知名度はそれほどでもないが、落語通の間では江戸前の粋な芸風が高く評価されていた。亮子も、夫のライブラリーから『へっつい幽霊』と『唐茄子《とうなす》屋政《や せい》談《だん》』を借りたことがあるが、本格派の口調が耳に心地好く、特に前者は絶品だった。実際、この噺が十八番中の十八番だったらしい。

「二番めの兄を産んだ母親は辰巳《たつみ》……つまり、深川《ふかがわ》の芸者でね。そのあと、引かされて、父が家を一軒もたせたんだ」

『引かされる』とは、芸者を辞めるといった意味だ。

「正妻の子じゃないという反発からだと思うが、若い時分には荒れた生活をして、高校も暴力事件で退学させられている。やがて、本人も改心して、新宿《しんじゅく》の写真館に勤めたんだが、これが性《しょう》に合ったらしくてね、支店を任されるまでになったんだが……まあ、血が騒いだんだろうねえ。二十八の時、すでに真打ちになっていた兄の萬喬の前で、『どうしても自分も噺家になりたい』と土下座をして、無理やり先代の常吉師匠のところへ連れて行ってもらい、入門した。当時としては、異例に遅い入門だった。その後は、地味ではあるものの、それなりに活躍したんだが……ええと、福の助君も知っているはずだよね」

「はい、もちろん。文吉師匠は馬春師匠と仲がよろしくて、一時期は毎週のように飲み歩いていらしたので、あたくしも可愛がっていただきました」

遠くを見るような眼になり、

「珍しい噺をたくさんご存じだったので、お稽古に伺いたいと思っていたのですが、そのお願いをする前に、お会いする機会がなくなってしまって……」

「うん。何しろ、八年間も休業状態が続いているからねえ。ところで、福の助君、兄が高座に上がらなくなった理由については、何か聞いているだろう」

「えっ？　い、いえ、それは……」

尋ねられ、福の助は言葉に詰まる。

「まあ、ちょいと小耳に挟んだことはありますけれど、楽屋雀の噂ってやつは、根も葉もないものがほとんどですから」

「噂でいいから、話してみてくれないか」

「ですから、そのう、真偽のほどは存じませんが……上野の寄席で開かれた三題噺の会が、高座から退かれるきっかけになったのではと、誰かが申しておりました」

「ああ、やっぱりね」

池山はすぐにうなずいたが、亮子には何のことかわからない。

三題噺自体は知っていた。客席から三つの題をもらい、即席で噺をこしらえるものだ。現在でも時折行われるが、幕末から明治にかけて非常に盛んで、例えば、三遊亭圓朝《えんちょう》作と言われる名作『芝浜《しばはま》』もその一つ。出されたお題は、『芝の浜』『酔っ払い』『革財布』だったと聞いている。

(だけど、そんなものが、高座に上がらなくなるきっかけになるかしら?)

「実は、兄の文吉は創作の才能があって、結構な数の新作落語を書き残しているんだ」

微かに眉を寄せているのを見られたのだろう。池山教授が亮子に講義をしてくれた。

「中には、今でも盛んに演じられているものがいくつかある」

「『呪い返し』『念仏長屋』『五寸首』……口演回数が多い順に言うと、そんなところでしょうか」

福の助が具体的に補足する。

「あたくしはまだ演らしていただいたことがありませんけれど、どれもよくできた魅力的な噺ばかりです。ブラックユーモアがお好きだったようですが、発想が斬新ですから、今の時代でも充分に通用しますよ」

「おほめに与って光栄だね。多少身びいきはあるだろうが、私もそう思っている。ああ、話が逸れてしまった。奥様への解説に戻ると……八年前の三月の晦日《みそか》に、上野の鈴本《すずもと》演芸場で新作落語の会が開かれて、主任《トリ》が兄の文吉だったんだ。開口一番のすぐあとで、客席から三つのお題をもらって、それをもとに新たに噺を作り、最後に披露する。そういう決めになっていたのだが、文吉は結局噺を作ることができず、お客様にお詫びをして、得意の『へっつい幽霊』を演り始めたのだが……何と途中で絶句し、そのままふっつり高座に上がらなくなった」

（へえ、そんなことがあったの。全然知らなかったわ）

亮子がしきりに感心していると、

「……というのは、あくまでも表向きだ」

あっさり明かされ、前のめりになってしまう。

「実はその一週間前に、萬喬が倒れたんだよ。心臓の発作でね。文吉は腹違いの兄を心底慕っていたから、看病の疲労と今後への不安で、とても噺など作れる状態ではなかった。だが、お客さんはもとより、仲間内でも二人の関係を知る者はほとんどいなかったから……」

「ああ、そういうご事情だったのですか」

「その後、兄の萬喬が高座に復帰できれば、文吉もやる気を出しただろうが、残念ながら、そうはならなかった。現代風に言えば、引きこもり状態になってしまったんだ。以来、一度も落語は演っていない」

「でも池山先生、その文吉師匠が今後紅梅亭にご出演になるということは、つまり、それだけよい状態になられたということなのでしょう」

「いや。それが、残念ながら違うんだ」

池山が悲しげに首を振る。

「むしろその逆さ。二年ほど前から、兄は認知症を患うようになってね。アルツハイマー型の認知症だという診断を受けた」

「そんなご病気なのに、落語を……？」

「無茶は重々承知さ。二、三日に一度、『寄席へ行く』と言い出して、大騒ぎをする。とても手がつけられない。実際高座に上がってみて、欲求不満が治まる保証はないが……まあ、身内の情でね。あんなに演りたがってるんだから、一度くらい思いをかなえてやりたくなって、紅梅のお席亭に頼み込んだんだ」

落語家の高座への執念はすさまじい。あの古《こ》今亭《こんてい》志《し》ん生《しょう》師匠も、体が不自由だったにもかかわらず、最後の最後まで『寄席へ出かける』と言って、家族を困らせたと聞いている。

「ですが、本当に、大丈夫なのですか？」

「身内や親しい人間を集めて、何度かリハーサルは済ませているんだが、特に問題はなかった。まあ、体に染みついているんだろうね」

「それにしても、もう少し早い出番にするとか……」

「いや、中入りの前じゃないとだめなんだ」

「えっ、なぜですか？」

「いざという時、さっと緞帳が閉められるだろう。ほかの出番では、それができない」

「……ははあ、そういうことでしたか」

これは、亮子にも納得できた。中主任の演者がサゲを言った途端、楽屋から『おなかーいーりー』という声とともに太鼓が鳴らされ、緞帳が下りてくる。もしも文吉師匠が完全に絶句してしまったり、逆に噺がグルグル回ってしまったりしても、その出番なら、客席には事情を悟られないよう処理できそうだ。

「やっと本題に入るが、食いつきの福の助君にね、ぜひ万一の場合のフォローをお願いしたかったんだよ」

「フォローと申しますと……」

「例えば、黙り込んだまま緞帳を下ろすような事態になったら、次に上がる君がお客に向かって、『文吉師匠はちょっと体調を崩されてまして、今、楽屋で横になって休んでおります』。噺が収拾つかなくなったら、『高座にかける執念を目《ま》のあたりにされたでしょう』とか。何とか、傷が最低限で済むよう協力してほしいんだ」

「なるほど。承知をいたしました。まあ、そんなことはないとは思いますが、万々一の時には、できる限りやってみます」

「そうかい。いや、ありかとう。助かるよ」

池山教授が笑みを浮かべる。

「これで、肩の重荷が少し軽くなった」

「ええと、先生、あと一つだけ、お伺いしたいことが残っているのですが……」

「ん？　何だね」

「いえ、実は……」

福の助はすぐ脇にいる亮子の顔を一瞥《いちべつ》してから、

「うちの家内を連れてくるようにおっしゃった理由は、何だったのでしょう？」

「ああ、その件か。うん。忘れちゃいけない」

池山は自分のカップを取り、とっくに冷めてしまった紅茶を口に含んで、

「それはここで説明するよりも、実際に兄に会ってもらった方が分かりやすいと思う」

こともなげに、そう言ったのだった。

7

「ええっ？　ぶ、文吉師匠に、あたくしたち二人がお目にかかるのですか」

「頼むよ。すぐ隣にいるんだ」

「となり……？」

「ああ。つれ合いと娘が一人いたんだが、そのどちらにも病気で先立たれてしまった。五年前からは独り暮らしさ。まあ、この家に居候させればいいんだが、さすがにそうもいかなくてね。困っているうちに、二年前、右隣が空き家になったんだ。毎週火木金の三回、ヘルパーさんを頼んで、何とか生活させている。料理を冷蔵庫に入れておけば、それを電子レンジで温めるくらいはできるからね。曜日が片寄っているのは、ゴミ出しとかの関係で、土日は私が顔を出して、様子を確認している。ずっと家に閉じこもっていて、外を徘徊するようなことはないから、その点は楽なんだ。ぜひ会ってくれ。この通りだ」

深々と頭を下げられれば、拒否はできない。連れ立って階段を下り、玄関を出て、洋館の裏手へと向かう。

「ところで、ねえ、福の助君」

少し先を歩きながら、池山が口を開いた。

「鈴本の余《よ》一会《いちかい》の折、客席から出た三つの題が何かは知っているかね?」

「いいえ、そこまでは存じません」

「話のタネに紹介しよう。まずは『上野のお山』だ」

「なるほど。まさに土地柄でございますね」

「そして、二番めが『カゲマの幽霊』」

「は……?　ははあ。そりゃあ、ずいぶんとまた皮肉な題ですねえ」

夫はむしろうれしげな声を出したが、亮子は首を傾げた。『かげま』の意味がわからなかったからだ。

「よくありますねえ。寄席てえところは」

妻を置き去りにして、福の助が相槌《あいづち》を打つ。

「例えば、紙切りのお題に『闇夜のカラス』なんてのをわざと出す人がいる。そんな時には頓《とん》知頓才《ちとんさい》で、カラスが口に提灯《ちょうちん》をくわえて飛ぶ姿を切ったりするわけですが……で、最後のお題は何でしょうか？」

「『示現流』だ」

「ジゲンリュウ……てえと、あの、薩摩の剣術の流派ですか。そりゃ、ひどい。噺家をいじめて遊ぼうって魂胆なんでしょうな」

裏庭の隅に着く。右隣の家との間は板塀だが、その一番奥に木戸があった。

教授が木戸を開け、その向こうへ。二人も続いて入ってみると、そこは一転して、荒れ果てた庭だった。

「ヘルパーさんも、草むしりまではしてくれないからねえ」

池山が言い訳をする。その言葉通り、地面には枯れ草が分厚く積み重なっていた。

おそらく五十坪にも満たない敷地に、木造の平屋が建っていた。小ぢんまりというより、貧相な感じがする古い日本家屋だ。

玄関の格子戸に、池山教授が手をかける。

その時、家の中から声が聞こえてきたのだ。

「『……く、熊さん、嘘ばっかり。幽霊引き受ける、引き受けるって言いながら、こっちにおっつけて……』

『出たかい？　俺の方へ出りゃいいのに。それで……うん。「金返せ」だあ？　幽霊の借金取りてえのは、あんまり聞かねえなあ』」

その声音《こわね》と口調に聞き覚えがあった。

「十八番の『へっつい幽霊』でございますね」

福の助が興奮している様子が伝わってくる。

「だいぶ熱が入っておりますが、復活に向けてのお稽古というわけで……」

「それが、稽古じゃないんだ」

「えっ、じゃあ、これは録音か何かで？」

「いや……まあ、とにかく、部屋で話そう」

顔をしかめながら会話を打ち切ると、池山が戸を開け、中へ入る。続いて福の助、そして亮子も足を踏み入れたが、次の瞬間、思わず小さな悲鳴を上げてしまう。

三和土《たたき》に、髪を振り乱し、かっと眼を見開いた女の生首が載っていたからだ。そしてその脇には、鈍く光る刃をもったギロチンも……。

あまりの恐ろしさに、全身を強張らせていると、

「また、こんなものを散らかして……困ったもんだなあ」

池山が舌打ちをしながら首を拾い上げる。

「連れ合いが、づまやだったものだからね」

「づまや……？」

「亡くなった奥様は、手妻《てづま》で高座を務めていらした。知ってるだろう。手品のことだ」

「……ああ、なるほど」

夫の解説に、亮子はうなずく。『手妻』は手品の古い呼び名。『てづまや』が詰まって、『づまや』となったのだろう。

落ち着いて観察してみれば、生首はマネキン。脇の壁に立てかけてあるギロチンも、以前に見た覚えのある手品の道具だ。

「夫婦仲がよかったから、地方の公演などに二人揃って出かけ、文吉がおもしろ半分で後見をしたりしていた。何せ商売だから、道具が一山残っている。ここへ越す時、全部捨てようとしたんだが、兄に抵抗されてね、よんどころなく、かなりの量を持ち込むはめになってしまった。それと、ほら、若い時にやった仕事の関係で、カメラ集めも趣味なんだ。そっちもかなりの数ある。両方とも段ボール箱に詰めて、押し入れにしまってあるんだが、時々、こうやって、引っ張り出しては散らかす。まあ、病気だから仕方がないんだが……」

女性の首を小脇に抱えた池山が、深いため息をつく。本人は自覚していないだろうが、何とも不気味な光景ではあった。

三和土の先は左右に続く狭い廊下。そして、右は台所、左手には襖があった。

「『……何でえ、その「お待ち遠さま」ってのは。ウナ丼をあつらえたんじゃねえぞ』」

『へっつい幽霊』は、襖の奥の部屋から聞こえてくる。

「『恨めしいとか何とか言って、出りゃいいじゃねえか』

『それが、別に恨めしくねえもんですから』

『だったら、何で出てきやがるんだ？』

『話をしなきゃわからねえんですがね。あっしは娑婆《しゃば》にいた時分には、左官《さかん》の長五郎《ちょうごろう》っていいまして、表向きは左官なんですが、裏へ回れば博打打ちなんですよ』」

『へっつい』とは、煮炊きをするかまどのことだが、この噺に登場するのは移動可能なタイプらしいから、要するに巨大な七輪《しちりん》と思えばいいだろう。

ある古道具屋で、へっついが三円で売れたのだが、その晩、買った客が蒼い顔をして返しに来た。へっついから男の幽霊が出てきて、『金返せ』と迫るのだという。

仕方なく、半値で引き取ると、翌日また売れ、夜中になると戻ってくる。品物が減らないで儲かるから、主《あるじ》は大喜びだが、そのうちに、これが評判となり、ほかの品物が売れなくなってしまう。古道具屋の夫婦が困っていると、噂を聞きつけた遊び人の熊五郎が、隣の家に住む、勘当されたさる大店《おおだな》の若旦那を連れてやってきて、このへっついに一円つけてもらって帰る。

ところが、途中で若旦那がよろけてへっついを溝板にぶつけ、端が欠けてしまう。そこから出てきたのが、何と当時の十円金貨三十枚。三百円という大金だった。

二人はこれを山分けにして、熊五郎は賭場《とば》へ、若旦那は吉原《よしわら》の遊廓へと出かけるのだが、翌日の夕方までにすべて遣い尽くして戻ってくる。

すると、真夜中になって、若旦那のところに幽霊が出て、『金返せ』と迫る。そこで、熊さん、若旦那の親を訪ね、訳を話して三百円分の金貨をもらい、その晩、幽霊が出てくるのを待つ。現れた幽霊は自分の身の上を明かした上で、『へっついに塗り込めた三十枚の金貨は博打で儲けた金だが、翌日、フグにあたって死んでしまった。地獄の沙汰も金次第というから、その金を出してもらいたかったのだ』と打ち明ける……。

三人で、襖の手前まで歩く。

「『……そうか。そいで話はわかった。だけどね。幽ちゃん、この金は俺のおかげで出てきたんだよ。まさか、手つかず三百円持ってくなんて言わねえだろうな』

『えっ？　じゃあ、いくらかはねようってんですか。いくら欲しいんです』」

池山教授が襖を開けていく。やがて全開になった時、亮子は驚きで眼を見張った。

六畳ほどの広さの部屋。天井の明かりは消えていた。曇っているせいもあって、昼間とはいえ、室内は薄暗い。

右手が押し入れ、反対側に窓。奥には襖があるから、その先に、もう一つ別の部屋があるのだろう。

襖を背にして、黒紋付きの着物を着た小柄な老人が座布団の上に腰を下ろしていた。

松葉家文吉師匠だ。角刈りにした真っ白な髪。眉毛もすべて白い。頬が落ち、顔中しわだらけで、ぎょろりとした両眼だけが強い光を帯びていた。

「『……じゃ、いいかい。ひい、ふう、みい、よぉ……と、お前《めえ》が十五枚、俺も十五枚。百五十円ずつの縦ん棒だ。どうでい？　気持ちがいいだろう』『気持ちなんざ、ちっともよくねえ。これじゃ、閻魔《えんま》だっていい顔しねえ。半端でしょうがねえや』」

金貨を数える身振りは堂に入っていて、ふてくされる幽霊も表情たっぷり。だが、そんな口演とは裏腹に、目の前には、何とも異様な光景が広がっていた。

雑然とした部屋の中。家具は何もなく、窓際や押し入れの手前などに段ボールや柳行李《やなぎごうり》、紙袋などが雑然と積み上げられている。

さらに、それらの荷物を脇へ寄せ、無理やり作ったとおぼしき中央のスペースに、実にさまざまなものが置かれていた。

まず、目についたのがカボチャだ。大小合わせて、七、八個ある。あとはタマネギ、ジャガイモ、ニンジン……さらには、何やら凝った形のガラス瓶、シルクハット、トランプ。最後の三つは、どうやら手品の道具らしい。

（ど、どんな意味があるのかしら？　きちんと等間隔に並んでいて……あっ！　わかった）

はっと気づいた。整然と並べられた野菜と道具は、つまり観客なのだ、と。

（……そうか。だから、池山先生が『稽古ではない』と言ったのか。認知症を患った文吉師匠は、ここが寄席だと思い込んでいるんだ）

芸に対する、すさまじいばかりの執念だった。

三人続けて部屋へ入り、最後の亮子が後ろ手に襖を閉める。室内には暖房が入っていた。

「『半端か？　実を言うと、俺も半端なんだ。どうだい。お互い、嫌《きれ》えじゃねえんだから、どっちかへおっつけっこしちまうか』

『へへへ。そりゃよござんすけど、道具はあるんですか？』

『渡世人の家だ。ないわきゃねえさ』」

不思議な熱演に接しているうちに、亮子はさっき聞いた三つの題の意味が少し呑み込めてきた。

最初の『上野のお山』は単なる土地柄だが、次の『幽霊』は、師匠の十八番を意識してのものだったのだ。

「それにしても……ああ、そうだ。ねえ、八ちゃん」

憑かれたような眼で見入っている夫に、亮子は小声で話しかけた。

「えっ……？」

「ごめんなさい。『かげま』って、何のことなの」

「何だよ、こんな時に」

福の助はぐいと眉を寄せたが、

「ダンショウのことさ」

「何、それ？　わからないわ」

「だから、オカマのことだって！」

強い口調でそう言われ、やっと呑み込めた。漢字は『男娼』に『陰間』だろう。

（本当に皮肉な題だな。あっ、そうか。だから、次が『示現流』なんだ。オカマの幽霊と薩摩の荒っぽい剣術の流派とでは、まるでミスマッチだもの）

「『……じゃあ、丁《ちょう》へ全部張りましょう』

『全部？　へえ。いい度胸だなあ』

『別に度胸はよくねえけど、ぐずぐずしてて夜が明けたら、こっちは消えてなくなっちまうからね』」

噺はいよいよクライマックス。文吉師匠は右手で壺を構える格好をすると、

「『よし、勝負！　五二《ぐに》の半！』

『あっ……！　あぁぁ……』

『おい、よせよ。幽霊のがっかりしたのは初めて見たな。じゃ、コマを落とすぜ』

『五二とはなあ。これが四《し》ゾロに変わるんだけど……親方、すまねえ。もう一回お願いします』

『そりゃ、悪いけど、断るぜ。お前に銭がねえのはわかってるんだ』

『へへへ。あたしも幽霊……決して、アシは出しません』」

8

サゲを言った文吉師匠は両手をつき、深々とお辞儀をする。

脇に置いてあった扇子と手ぬぐいを取って立ち上がる。それから、背後に落としていた羽織

を拾い上げ、押し入れの前を通って、三人の方へと近づいてくる。

本人の気持ちとしては、高座の上手《かみて》側へ下りてきたつもりなのだろう。そして、いち早く池山の顔を認めると、愛想笑いを浮かべ、

「おや、これはこれは大典先生。今日は何ですか。落語の実践的なご研究というわけで」

相手は自分の実の弟だが、寄席の楽屋で偶然会ったと思い込んでいるのだから、当然の反応だと言えた。

「いや、師匠、お疲れさま」

教授はあたり前のように、それに応じる。

「私もたまに寄席に足を運ばないと、『来もしねえくせに』なんて、芸人さんに陰口を言われるからねえ」

「いえいえ、そんなことを言う者はおりませんよ。狭っくるしいとこだけど、座ってください。あのう、前座さん、先生にお茶を」

そう声をかけた相手は、福の助。

「え……?　ああ、はい。申し訳ありません。ただいま、持ってまいります」

一瞬きょとんとしたが、そこは昔取った杵柄《きねづか》で、すぐに調子を合わせる。

部屋の入口近くの畳一枚ほどのスペース。小さな座卓に加え、ちゃんと鏡台まで置かれていて、どうやら、ここが楽屋のつもりらしい。文吉師匠と池山教授はあぐらをかき、亮子は教授の背中に隠れるようにして、膝を揃えて座った。

厚いソックスをはいていたので、今まで気づかなかったが、畳はじっとりと湿っていた。床下から湿気が上がってくるのかもしれない。

暖房は窓際のオイルヒーターのみ。これなら、部屋が乾燥するはずはなかった。

「どうだったね、今日のお客は？」

「上々ですよ。中主任《ナカトリ》にしちゃ、大ネタすぎるかと思ったんだけど、ウケてよかったです。紅梅のお客様はいつもこんな感じですな。あまりガサガサしてなくて、じっくり噺を聞こうという気構えがあります」

（……そうかぁ。ここは紅梅亭だったんだ）

どうやら文吉師匠は、近々紅梅亭に出演するということを、ちゃんと理解しているらしい。

「それにしても、実に結構な『へっつい幽霊』だったねえ」

「いえいえ、そんな」

文吉師匠が照れながら首を振る。

「途中で息切れして、どうにもなりませんでした。ただ、まあ、いくらかましな高座が務められたとしたら、そりゃ、例のまじないのご利益でしょう」

（おまじない……？　何のことかしら）

すると、文吉師匠は懐から小さな袋を取り出す。淡い藍色。更紗《さらさ》の生地を縫ったそれは、お守り袋らしい。

紺の細紐で閉じられていた口を開き、右手の指を突っ込む。

やがて中から取り出されたのは、何と、金色に輝くコインだった。

文吉師匠はそれを左の掌に載せると、商売物の手ぬぐいで、丁寧に磨き始める。

「この人はねえ、『へっつい幽霊』を演る時には、必ずこれを懐に忍ばせておくんだ」

池山が亮子に向かって解説してくれる。

「ああ。それが、おまじないですか」

「そうだ。亡くなった志《し》ん朝《ちょう》さんなんかも、高座に上がる前、必ず手に『人』という字を三回書いて呑んでいたが、あれと同じだ。せっかくだから、見せてもらいなさいよ」

そう言って、文吉師匠の耳元で何やらささやくと、師匠は金貨を磨くのをやめ、左手を亮子の方へ差し出してきた。

「……あ、すみません。拝見します」

見ると、その金貨は直径が三センチほど。中央には龍が描かれ、その外側に『明治九年　大日本　十圓』と刻まれていた。

「ははあ、なるほど。噺に出てくるのと同じ十円。だからおまじないになるわけですね」

無意識のうちに手を伸ばしかけると、文吉師匠は金貨をさっと引っ込める。よほどの大事にしているらしい。

こんな状態でいるのは心細くて仕方がないが、夫はまだ台所から戻ってこない。

「ねえ、文吉さん」

作業を再開したところに、池山が声をかけた。

「この女《ひと》が、お前さんに尋ねたいことがあるんだってさ」

（ええっ？　そんなこと、言ってないわよ）

いわゆるムチャぶりだが、あまりにも唐突すぎる。まるで意図がわからなかった。

文吉師匠が顔を上げ、やや焦点の定まらない眼で亮子を見る。

「ほら、せっかくの機会だから、質問なさいよ」

なぜか、池山はしつこい。

「え……ええと、ですから……」

困り果て、きょろきょろしている時、ふと目についたのは畳の上に観客然として並んでいるカボチャだった。

「あ、あのう」

亮子は無理やり笑顔を作る。

「師匠は、カボチャがお好きなのですか？」

「ええ、さいですな。唐茄子は大の好物です。先代の浅草亭《せんそうてい》も大変に唐茄子がお好きでしたけれど、あの甘からく煮たやつなんぞを……」

まるで高座の上のような流暢《りゅうちょう》な語りが、ふと止まる。

いつの間にか、文吉師匠は真っすぐに亮子を見つめていた。そして、大きく見開かれた眼の奥に、はっきりそれとわかる歓喜の表情が浮かんできたのだ。

そして、唇を微かに震わせながら、

「……ふみ、こ」

「はあ？　ふみこさんて、誰……」

「今まで、どこへ行ってたんだい？　年を取った父親にこんなに心配をかけて……かわいそうだとは思わないのかね」

いきなり、亮子の左手を強く握る。

（ち、父親だって……？）

戸惑いながら池山を見ると、唇を引き結んで、いわくありげにうなずく。

（……そうか、文吉師匠にはお嬢様がいらしたと聞いたわ。その娘さんの名前が、たぶん『文子』なんだ）

ひょっとすると、その娘さんと亮子は面差《おもざ》しが似ているのかもしれない。池山が自分をここに連れてきた理由が、おぼろげながら想像できた。

「どうも、遅くなりまして申し訳ございません。お湯が沸いてなかったものですから」

ようやく福の助が盆に茶碗を載せ、部屋に入ってくる。それを見て、文吉師匠はつかんでいた亮子の手を放す。

「ああ、ありがとう。ちょうど喉が渇いていたところだったんだ」

左手に金貨を握ったまま、右手で畳の上に置かれた湯呑みを取り上げ、

「おやっ？　お前さんは誰のお弟子さんだったかな」

「は……あ、はい。山桜亭馬八《うまはち》と申します」

福の助がわざわざ前名を名乗ったのは、文吉師匠の時計の針が八年前で止まったままであると考えたからだろう。

「ああ、馬春さんの。そうかい」

と、師匠はいったんうなずいてから、急に険しい表情になって、

「だったら、お茶汲みなんかしてちゃいけない。師匠の高座をちゃんと聞かないと……」

そう言って、さっきまで自分が腰を下ろしていた座布団の方を振り返る。

「えっ？　あのう……」

意表をつかれ、さすがの福の助も適切なリアクションができない。

仕方なく黙り込んでいると、文吉師匠は顎を上げて、軽く眼を閉じ、

「いやあ、いつ聞いても、山桜亭の『富久《とみきゅう》』はいいねえ。特にここで演る時には、気合いが入るんだ。お席亭が芸のわかる方だからさ」

福の助と亮子は思わず顔を見合わせた。どうやら師匠の耳には、高座で熱演する馬春師匠の声が聞こえているらしい。

「いや、まったくだね」

池山がごく自然に相槌を打つ。

「こういう江戸前の本格の芸人には、いつまでも元気でいてもらわないと……」

言いかけた時だった。

玄関の戸を乱暴に開く音がした。

「おい、何だ！　誰か、客なのか」

粗野で野太い男性の声。

その声を聞いた池山は露骨に顔をしかめ、「あの、ばかが……」と小さくつぶやく。

荒々しい足音がして、やがて襖が開く。

入ってきたのは、落語の台詞なら、『灯台守《とうだいもり》の油差し』。驚くほどの大男だった。

身長は百八十センチを軽く超えているだろう。冬だというのに、服装は黒のTシャツとジーンズ。肩や胸の筋肉が高く盛り上がっていた。

右手にはスーパーマーケットの袋を携えている。伸び放題の髪を後ろで縛り、日焼けした顔にミラーのサングラス、頰から顎にかけてはひげ。年齢は不詳だが、三十代くらいだろうか。

「何だ、池山さんか。この二人は誰なんだい」

「口の利き方に気をつけなさい。いい年をして、困ったもんだ」

教授がそうたしなめてから、二人の方を向いて、

「この男は青山孝太郎《あおやまこうたろう》といって、亡くなった連れ合いの姉のせがれ、つまり甥っ子なんだ」

「ああ、さようでございますか。それはそれは……」

福の助が自己紹介をすると、

「あんまり入り込んでもらいたくないな、この家に」

尊大な口調でそう言い、池山のすぐ脇にどっかりと腰を下ろす。

そして、袋の中からおにぎりを二個とカボチャの煮物のパックを取り出し、畳の上に置く。

煮物はいかにも味が濃そうで、お年寄りには不向きな感じがした。

「面倒はちゃんとヘルパーさんと俺が見てるんだから」

「そんな粗末なものを買ってきたくらいで、恩に着せようというのか」

「へえ。ずいぶん偉そうなことを言うんだね」

むっとした表情になった池山を、青山がせせらわらう。

「仕事が忙しいとか言って、すぐ隣にいながら、めったに顔も出さないくせにさ」

「何だと……！」

危うく言い合いになるかと思われた。その時だった。

「さて……この度は、三つのお椀と三つのお手玉を用いましての手品でございます」

いきなり、文吉師匠が立ち上がる。そして、自らが紅梅亭の高座だと思い込んでいる場所へふらふらと向かい、

「扇で風をば送りますと、お手玉は変幻自在。お囃子に乗りまして、まずはお椀の改めから……はい、どうぞ」

見ると、いつの間にか、師匠は両手にお椀とお手玉を握っていた。

そして、それを見えない誰かに差し出しながら、朗々と口上を述べる。

仮想の楽屋に残された面々は、半ば呆然としながら、その光景を見守るしかなかった。

9

「えー、神田紅梅亭いっぱいのお運びで、まことにありがとうございます」

福の助の声が高座から聞こえてきた。

「平日の夜にもかかわらず、ほぼ満員の盛況でして。席亭はじめ、楽屋一同、狂喜乱舞いたしております」

「……ああ、困ったね。一体、どうなってるんだい！」

そんなお客様への挨拶とは裏腹に、勝子さんはいらだたしげに舌打ちをする。

「文吉さんが来ないだなんて……こんなことなら、最初《はな》っから断ればよかった」

下席の初日にあたる二月二十一日水曜日。

時刻は午後七時五十分。本来であれば、中主任《ナカトリ》の松葉家文吉師匠の出番なのだが、予定の時刻になっても現れず、連絡さえない。高座に穴を開けるわけにはいかないので、急遽、食いつきのために控えていた福の助が高座に上がったというわけだ。

「迂闊《うかつ》だったねえ。あたしゃ、来てからのことしか心配してなかったよ。大典先生が『責任をもって連れてくる』とおっしゃるから、安心しきってたけど……肝心要《かなめ》の先生が事故に遭っちまうなんてさあ」

亡くなった文子さんの代役として、紅梅亭の高座に上がる文吉師匠に十日間だけ付き添ってやってほしい。池山教授から頼み込まれた亮子は、断りきれずに引き受けたのだが、初日の今日は急な仕事が入り、残業するはめになってしまったため、ここに到着したのはほんの数分前だ。

駆け込むようにして、楽屋に足を踏み入れた途端、

『大変だよ、亮ちゃん。たった今電話があって、大典先生が交通事故だって。けがは大したことないらしいんだけど、そのせいで、文吉さんまで来ないんだよ！』

事情を聞いてみると、池山は仕事帰りに、王子駅近くの歩道を歩いている際、後ろから猛スピードでやってきた自転車に接触され、転んで足を痛めた。現在は病院で治療を受けているところだ。

やむを得ず、池山は青山孝太郎に代理を頼み、とりあえず今日はこれで大丈夫だと安心してしまった。そして、一通り治療が済んでから、念のためと思い、紅梅亭に確認の電話を入れ、初めて二人がまだ到着していないことを知り、びっくり仰天。それが十五分ほど前のことだ。

「ええ、我々落語の方で大立者と申しますと、ばかの与太郎ということになっておりまして……」

「ばかは与太郎じゃなくて、孝太郎だよ。まったくどこをのたくってやがるんだか……」

福の助の落語に返事をするように、お席亭が毒づいた。

「『おい、与太郎。ちょっと来い』

『何だい。お父《と》っつぁん』

『今日はな、伯父さんのところへお使いに行ってきな』

『伯父さんて、佐兵衛《さへえ》んとこか？』

『呼び捨てにするやつがあるか。この間、家《うち》を新築したんだが、四、五日前に俺が見に行ったら、ちょうど留守だった。だから、お前が行って、ほめてくるんだ』

『ふーん、何と言ってほめるんだい？』」

演目は代表的な前座噺の一つ、『牛ほめ』。文吉師匠が来たら、すぐに下りる可能性もあるので、大ネタを避けたのだろう。

「あの、青山さんというのは、普段は何をされている方なのですか」

「え……あ、仕事かい。まあ、あいつはリクジ上がりなんだけどね」

「はあ……？」

耳慣れない単語なので、尋ねてみると、陸上自衛隊のことだった。青山孝太郎は高校卒業後自衛隊に入り、四年間勤務して、除隊。その後はさまざまな仕事を転々として、十五年近く経った今でも、定職に就いていない。それどころか、近頃では詐欺まがいの商売に手を出し、警察のお世話になったことまであるらしい。

実家は静岡県内の果樹農家だが、そんな息子の行状に呆れ果て、ほとんど勘当同様になっているという。

「働かないくせに、派手好みだから、借金まみれ。親戚中の鼻つまみだってさ。どうせ普段は遊んでるんだから、こんな時くらい役に立ってみせたらどうなんだい！」

苦々しげにお席亭が言った。

「文吉さんなんか取り巻いたって、財産なんかありゃしないだろうに。何せもう十年近く、稼ぎがない状態なんだもの」

生粋の江戸っ子だけに、『ぶんきちさん』ではなく、『ブンキッツァン』と聞こえる。

「あのう、文子さんというお嬢さんは、一体どういう方だったのですか？」

亮子が尋ねた。二人とも立ったままの会話である。

「ああ、フミちゃんかい。あたしもよく知ってるよ。いい娘《こ》だったんだけどねえ。ちゃんと気働きができて、茶目《ちゃめ》っ気《け》もあって……それが六年前、若い身空で、急性の白血病なんて病《やまい》に取りつかれちまって」

「ああ。そういうご病気だったのですか。お気の毒に」

「死んだのが、まだ二十七、八だったろうね。文吉さんが高座に戻れなかったもう一つの理由が、それなんだよ。お葬式にはあたしも参列したけど、まるで本物の幽霊みたいな顔してさ、『体中の力を奪い取られてしまいました』なんて言われて……慰めようもなかったよ」

「それは、そうでしょうねえ」

文吉師匠が独り暮らしを始めたのは五年前からだと聞いた。ということは、手品師だったというおかみさんが亡くなったのが、娘さんの死から一年後。おそらく、心労も大きく影響していたのだろう。

悲惨な境遇につい黙り込むと、高座の声がまた戻ってくる。

「『……ええ、家《うち》は図体《ずうたい》ヘノコ造りでございますな』

『ヘノコじゃなくて、檜《ひのき》だよ』

『そうそう。畳は貧乏でボロボロで、佐兵衛のかかあはひきずりだ』

『何だとぉ？』」

教えられた口上を言い間違えるというパターンは、『子ほめ』などと共通のものだ。

「『台所《だいどこ》の柱、柱と……あっ！　あった、あった。伯父さん、ここに大きな節穴があるね』

『お前にも、これが目につくか。埋め木をすりゃあいいんだが、これだけの柱が傷物になっちまう。気になって、困ってるんだ』

『伯父さん、そんなに穴が気になるのなら、上に秋葉《あきば》様のお札を貼ってごらんなさい。穴が隠れて、火の用心になります』」

秋葉神社は日本各地に点在する火伏《ひぶ》せの神で、江戸では台東区内にあり、その神社の周囲にあった火除地《ひよけち》が『秋葉原』という地名の語源だと、誰かがマクラで言っていた。つまり、もともとは『あきばはら』だったのだ。

楽屋のドアが開く。

「ぶ、文吉師匠がいらっしゃいました！」

駆け込んできたのは、若い前座さん。彼は表に出て、通りを見張っていた。

数分後、青山が義理の叔父の手を引いて入ってくる。文吉師匠は先日と同じ黒紋付き。その上に角袖《かくそで》と呼ばれる和風のコートを着て、頭には黒い毛糸の帽子を被っていた。

「お前さん、今まで何をやってたんだい！　まるっきり連絡もよこさないでさ」

お席亭が険しい調子で叱責する。

「うるせえなあ。こっちだって、いろいろ用があるんだよ」

青山はお詫びも言い訳もせず、ふてぶてしい口調でそう開き直った。

久々に寄席へやってきた文吉師匠は、ひどく不安げな顔つきだった。眉をひそめながら、楽屋内をきょろきょろ見回す。

「とにかく、羽織を引いておあげ。このまんまじゃ、福の助だってサゲが言えないから」

『羽織を引く』は、次の出番の芸人が楽屋入りしたことを知らせるという意味である。

（もともとは、前の噺家が自分の羽織を投げ、次の人の準備ができたら、それを引いたらしいけど……）

亮子が注視していると、前座さんが高座の袖に行き、出してあっためくり台を楽屋へ取り込む。

紅梅亭では、客席に芸人の名前を知らせるのに、名札を使っている。したがって、羽織の代わりに引いたのは、予備として用意してあっためくり台である。

一方、角袖を脱ぎ、帽子を取った文吉師匠は、前座さんがテーブルまで誘い、お茶を運んできても、畳の上に座ろうとしない。不安げに、あちらこちらへ視線を投げている。

お席亭がその様子を見かね、

「おや、文吉さん、久しぶりだねえ」

努めて明るく声をかけた。

「あたしのことが、わかるだろう?」

文吉師匠は、しばらくぼんやりと勝子さんを見返していたが、やがて、困ったように首を振る。

「えっ? まさか、忘れちまったのかい」

認知症の患者をまともに相手にしてはいけないのだ。師匠は大きく顔をしかめ、今にも泣き出しそうな表情になる。

半開きにした口から、低いうめき声が……。

(あっ! いけない。このままじゃ、パニクっちゃうわ)

「あ、あの……お父さん」

意を決し、亮子はそう声をかけてみた。

文吉師匠はさっと亮子の方を向き、軽く眼を見開いて、

「ああ……何だ、文子。お前、来てたのかい」

口元に微笑を浮かべる。

「そうか。だったら、ちょうどいい。帰りに一緒に蕎麦でも食おうじゃないか。さあ、そこに座って。あのう、前座さん、申し訳ないけど、うちの娘にもあがりを一つね」

いかにも場慣れした調子で、お茶を注文する姿は、ほんの数秒前とはまったくの別人だとしか思えなかった。

合図を送られた福の助の噺は終盤に入る。

父親の受け売りで節穴を隠す名案を教え、伯父さんにほめられた与太郎は、そのすぐあとに、最近買ったという牛をほめる。

書いてもらったメモを盗み見して、『天角《てんかく》、地眼《ちがん》、一黒《いっこく》、鹿頭《ろくとう》、耳小《にしょう》、歯合《しごう》』という口上は間違わずに言えたのだが、その直後、

「『……あっ、伯父さん、牛が糞をしたよ。汚ねえなあ』

『そうなんだ。掃除が大変でな。牛もいいけど、あの尻の穴があるから厄介だ』

『それなら、伯父さん、いい考えがありますよ。尻の穴に秋葉様のお札を貼りなさい』

『そんなことをして、どうなるんだ？』

『穴が隠れて、屁の用心になります』」

拍手が湧き、三味線、鉦、太鼓が鳴り出す。

ほっとした表情で戻ってきた福の助が「お先に勉強させていただきました」と頭を下げる。

文吉師匠はうなずき返すと、黒紋付きの懐から例の巾着を取り出し、口を開ける。

そして、頭が出てきた黄金色の硬貨を二、三度なでてから、高座へ上がっていった。

次の瞬間、客席からどよめきが起こり、「待ってました！」と声がかかった。久々の高座だと知って足を運んだ客がかなりの数いるらしい。

やがて、盛大な拍手がやみ、

「えー、『幽霊の　手持ちぶさたや　枯れ柳』なんて川柳がございます。絵を見ますと、幽霊

てえやつはたいがい、柳の下に出ております。朝顔の下に、なんてのはあまりないようでして……」

飄々《ひょうひょう》とした調子で、復帰の高座が始まった。

10

（……噺家って、すごいわよねえ）

どんよりとした曇り空。小雪のちらつく中、亮子は歩いていた。

（認知症になっても、落語だけはちゃんと喋れるんだもの。びっくりしちゃう）

頭に思い浮かべているのは、言うまでもなく、文吉師匠の紅梅亭での高座だった。

今日は二月二十四日。昨日までの三日間、亮子は亡くなった文子さんの身代わりとして、楽屋で噺を聞き、心底驚かされた。

演目は三日とも『へっつい幽霊』だったが、福の助が所持している全盛期の録音と聞き比べても、まるで遜色《そんしょく》がない完璧な口演。下席の初日、高座から下りてきた文吉師匠を迎えた紅梅のお席亭が、あ然としてしまったほどの出来栄えだった。

（そもそも二十分以上もかかる落語を全部覚えていられるというだけでも驚異なのに、その上、十年経っても忘れないなんて……頭の中は、一体どうなってるのかしら？）

福の助の説だと、プロの落語家は噺の内容よりも、音や調子で覚えている面が強いのだそうだ。その証拠に、先代の三遊亭圓歌《えんか》という師匠は、日常会話もままならないほどのひどい吃音であったにもかかわらず、高座に上がれば、流麗な名調子で噺を演じることができた。一種の音楽として、体に染みついているものらしい。

とにかく、事前の予想はいい意味で、完全に裏切られた。噂を聞きつけ、古くからの演芸ファンが押しかけてきて、紅梅亭は連日大入り。盛大な拍手に迎えられ、文吉師匠は得意満面だった。

『この芝居だけのつもりだったけど、この分だと、本格的に復帰しても大丈夫じゃないかしらね』

何事にも慎重なお席亭が、そんな言葉まで漏らしたほどだったのだが、

『だけど……そうなると、亮ちゃんにずっとつき添ってもらわなくちゃならない。いくら何でも、荷が重すぎるわよねえ』

そう言われ、亮子は困惑してしまった。

一昨日、噺家さんの一人が古い写真を見せてくれたのだが、文子さんと自分を比べると、確かに顔の輪郭や眼の感じがよく似ていた。父親の文吉師匠はまるで疑ってもみない様子で、毎日、うれしそうに話しかけてくる。

高座が終わると、二人で夕食を摂り、青山孝太郎がハンドルを握る黒のボルボの後部座席に乗せる。そこまでが亮子の仕事だった。

別れ際、文吉師匠は決まって『お前は乗らないのかい？』と心細げに言う。それを聞くのが

つらかったが、こればかりはどうしようもない。『買い物があるから、電車で帰るわ』『友達と会う約束をしちゃったから、ちょっと遅くなるの』などと、適当な言い訳をすれば、師匠もそれ以上ごねたりはしなかった。

義理の甥の青山孝太郎のことを、文吉師匠がどう認識しているのかは不明だ。名前を呼んだりはしないから、もしかすると、使用人か運転手だと思っているのかもしれない。とにかく、マネージャーとしては明らかに力不足。しかも、本来その役割を果たすはずだった池山大典は、右足の骨折が判明したため、赤羽《あかばね》の病院に入院してしまった。

(もしも専業主婦だったら、しばらくの間、つき添いをしてあげてもいいんだけど……仕事と両方じゃ無理よねえ)

たとえ頼まれても、断るしかない。

しかし、この三日の間に、亮子は文吉師匠のやさしい人柄が好きになり、何か自分にできることがあれば、してあげたいという気持ちになっていた。

今日は土曜日。亮子は午前中から料理を作り、まず昼前に赤羽の病院へ行き、池山教授を見舞った。

届けたお惣菜はヒジキの煮つけとインゲンのゴマあえ、だし巻き卵と平凡だったが、池山は大喜びしてくれた。そして、『平田さんに迷惑をかけてしまって、本当にすまない』と頭を下げたのだった。

足の骨折はそれほどひどくなく、松葉杖をつけば何とか歩ける程度だそうだが、高齢でもあるため、大事を取って、一週間ほど入院することになったのだという。

病院を出てから、電車で王子に引き返してきて、現在は駅前の通りを歩いている。

時刻は午後一時を少し過ぎた。

右手に提げた買い物袋の中には、病院に届けた三品のほかに、しょうゆ、みりん、砂糖などの調味料とコンブにカツオブシも入っている。

亮子はそれらを使い、カボチャの煮物を作るつもりだった。基本的な調味料くらいはあるはずだが、念のため、少しずつ用意した。

六畳の部屋に置かれた大量のカボチャ。日持ちのする野菜ではあるが、あのまま放置すれば、やがて全部腐ってしまう。畳が湿っているから、特に底の部分が傷みやすいはずだ。食堂の娘として育ったせいか、食べ物がむだになるのを見ているのが大嫌い。文吉師匠の好物であることも聞いて知っていたので、自分が煮てあげるのが一番いいと思ったのだ。

めざす家が次第に近づいてきた。交差点に差しかかり、歩行者用の青信号が点滅し始めたので、小走りに渡る。

(そうだ。包丁を持ってくればよかった。皮の硬いカボチャを切るんだから、切れ味が悪いと困ってしまう。あっ、その前に、まさか師匠は、あれが全部本当に人間だと思っていて、『お客様を連れてっちゃだめだ』なんて言ったりは……あれあれえ?)

ふと気がつくと、亮子はいつの間にか、曲がるべき路地の入口を通り過ぎてしまっていた。少し戻れば済むのだが、何気なく、次の路地を右に折れる。どこか適当なところで、もう一度右へ入れば着くと思ったのだ。

新たな路地も、家並みはほぼ同じ印象だった。

依然として雪がちらついている。厚手のコートは着ているが、それでも寒い。

自然と急ぎ足になる。やがて小さな交差点があったから、角を右へ曲がろうとして、

（おや……？　な、何だ）

亮子は思わず立ち止まった。

黒のボルボが狭い道を塞いでいたのだ。

（これは、青山さんの……でも、おかしいな。文吉師匠の家は道路から少し引っ込んでいるから、あそこに車を駐められたはずだ。どうして、こんな場所に駐車しているのだろう？）

首をひねっていると、向こうの方から、誰かが大急ぎで走ってくる足音が聞こえた。

ぎょっとなり、とっさに、そばにあった電柱の陰に身を隠す。

数秒後、現れたのは、思った通り、青山孝太郎だった。いつもの服装に加え、今日は野球帽を目深《まぶか》に被っている。両手は手ぶらだ。

息を切らせて駆けてきた青山は、ひどくあわてた身振りでジーンズのポケットからキーホルダーを取り出し、ロックを解除する。

そして、ドアを開け、ボルボに乗り込んだのだが、ステップに足を載せた瞬間、顎を上げ、亮子の方を向いた。

半開きにした口元が大きく歪み、眼にはおびえの色が浮かんでいた。

感づかれたかと思い、一瞬息が止まったが、青山はすぐにエンジンを始動させ、タイヤをきしませながら走り去る。

（よかった。でも、どうしたんだろう。何か様子が……ん？　ちょっと待ってよ）

家の前にちゃんと駐車するスペースがあるのに、違法と知りながら、わざわざこんな場所に駐めていたのが怪しい。人目については困る理由が何かあると考えるのが普通だ。

胸騒ぎを感じ、亮子は左手でコートの襟を合わせると、歯を食いしばって、走り出した。

11

狭い路地を駆け抜け、池山家の洋館の前の道に出る。

文吉師匠の住んでいる借家を囲んでいる黒っぽい板塀。見ると、門の前のスペースは空いたまま。青山が何か後ろ暗い思惑でもあって、少し離れた場所に車を駐めた可能性がより高くなった。

格子戸に手をかける。かぎはかけられていなかった。

戸を開け、まずは首を突っ込む。幸い、今日は生首とかギロチンの類いはないようだ。

「こ、こんにちは。あのう……ええと、上がってもよろしいですか？」

名乗りようがなかった。本来は『寿笑亭福の助の妻』だが、相手はそう思っていない。

しばらく待ってみたが、返事がなかったので、靴を脱いで、上がり框《がまち》へ。

そして、廊下を左手へ進むと、問題の部屋の襖が少しだけ開いていた。

足音を忍ばせて近づき、隙間から中を覗こうとすると、

「……誰だい？」

いきなり声をかけられ、もう少しで悲鳴を上げそうになる。

「あ、あの……私、ですけど」

「『私』じゃわからないよ！　早くそこを開けて……何だい。文子じゃないか」

思いがけないほど強い調子で言われたため、亮子は狼狽し、襖を全開にしてしまう。

すると、そこには、前の時とは少し違う、しかし、何とも異様な光景があった。

観客代わりに整然と置かれていたカボチャやらタマネギ、手品の道具の配置が乱れていたのだ。入口近くのおよそ三分の一ほどが、誰かに踏み荒らされたかのような状態になっていた。

そんな中、文吉師匠は小さな卓袱台《ちゃぶだい》を出し、その上で書き物をしていた。

天板に肘をつき、左手で額を押さえながら、熱心に万年筆を動かしている。身に着けているのは、今日も黒紋付きの着物だ。

『文子』と名前を呼んでおきながら、これまでとは違い、やさしく声をかけたりはせず、すぐ視線を手元に落としてしまう。よほど熱中しているらしい。

「何を、していらっしゃるのですか？」

「原稿だよ」

「原稿……？」

「新しい噺を手がけようと思ってね。いつもそうしてるだろう」

「あ……ああ、はい。そ、そうでした」

古典落語の稽古は口移しやテープが多いが、中には脚本を自分で書き上げるところから始める完璧主義者もいる。先代の桂文楽《かつらぶんらく》師匠や、先年亡くなった古今亭志ん朝師匠などはそうだったと聞いていた。

「立ってないで、座ったらどうだい。山田の案山子《かかし》じゃあるまいし」

「……あ、はい。どうも、すみません」

拒否するのも角が立つかと思い、とりあえず、湿った畳に腰を下ろす。

見ると、卓袱台の中央に大きなカボチャが一個置かれていた。師匠はそれを避けるようにして、狭い面積の隅のところに大学ノートを広げ、一心不乱に何か書きつけている。

(なぜわざわざ真ん中に……まさか、人間を座らせているつもりじゃないでしょうね)

さらに卓袱台の上には、折り詰めが一箱置かれていた。包装紙を見ると、浅草の有名寿司店のものだ。青山が買ってきたのだろうか。

そんなことを考えていると、

「……ジゲン、リュウ」

(ええっ……？)

急いで視線を向けたが、うつむいているし、左腕と左手がじゃましているため、文吉師匠の表情を窺い知ることはできない。

（い、今、……『示現流』って、言ったわよね）

もちろん、薩摩生まれの剣の流派のことだろう。それ以外には考えられない。

（だけど、どうして、急に……？）

「上野のお山、か。うーん。舞台は、まあ、そうと決まってるわけだが……」

今度は、はっきりと聞こえた。

亮子は生唾を呑み込んだ。文吉師匠が一体何をしているのか。おぼろげながら、わかった気がしたのだ。

『示現流』『上野のお山』、そして『陰間の幽霊』。それらは、十年前に鈴本演芸場で師匠が演じるはずだった三題噺のお題だ。

（じゃ、じゃあ、師匠が今度手がけようとしていらっしゃる、新たな噺というのは……）

「示現流……あんなとんでもねえ剣法が、この世にあるなんて、夢にも思わなかったぜ。まずは構えが変だ。たいがいの流派は中段に構えるが、示現流は……うーん、あまり説明が長くなってもいけないな」

怪談噺のお決まりの台詞ではないが、『はて、恐ろしき執念じゃなあ！』である。

やがて、文吉師匠は顔を上げ、亮子を不思議そうな表情で見た。

「……どうしたんだい、文子。あたしの顔に何かついているかね」

「えっ？　いえ、あのう、別にそれは……」

うまい答えが思いつかず、しどろもどろになってしまった。

その場を取り繕うため、あわてて卓袱台の上を指差して、

「ええと、そこにあるカボチャ……煮てもかまいませんか」

「ん……？　これか。ふうん。こいつは、なぜこんなところにあるんだろうね」

不思議な話だが、今の今まで、自分の目の前に置かれていたことに気づいていなかったらしい。

「唐茄子を煮てもらえるのは大歓迎さ。好物だから、ぜひよろしく頼むよ」

「あ、はい。わかりました」

亮子がカボチャを持ち、立ち上がって、台所へ向かおうとすると、

「ああ、そうだ。文子、カメラがあったら貸してもらえないかな」

意外な注文が追いかけてきた。

「あの……カメラ、ですか？」

「うん。あたしのがあったはずなんだが、見つからなくてね。お前のを借りた方が早いかと思ったんだ」

文吉師匠は若い頃、写真館で働いていた経験があって、カメラには詳しいと聞いている。押し入れには、収集したコレクションが入っているらしいが、池山に無断で段ボール箱を開けるわけにもいかない。

「……あ、そうだ。あの、これも一応カメラなんです。こんなものでよかったら、お使いになりますか？」

ハンドバッグから取り出したのは、自分の携帯電話だ。カメラのモードに切り替え、液晶画面に仮の被写体としてカボチャを映しながら、シャッターの切り方や保存のし方を説明する。

驚いたことに、認知症という病気をもっているにもかかわらず、文吉師匠はすぐに扱い方を呑み込んだ。というより、感覚的に身につけてしまったのだろう。

亮子自身はこの機能をあまり使わないので、見られて困るような写真は保存されていない。玩具《おもちゃ》をもらった子供のような喜び方なので、師匠に携帯をしばらく預けて、台所へ行く。

ヘルパーさんが来ていると聞いていたが、かなりまめな人らしく、台所はきちんと整頓されていた。調味料もすべてある。持参する必要はなかったわけだ。

鍋にお湯を沸かして、まずはカツオブシで濃いだしを取る。これに酒、しょうゆ、みりん、砂糖をすべて同量加えた煮汁で、落とし蓋をしてじっくり煮含めるのが、海老原食堂流のやり方で、口うるさい母親に仕込まれたから、煮物には少し自信があった。

(それにしても、すごいわねえ。三題噺の宿題を文吉師匠は忘れていなかったんだ。いや、何かの拍子に思い出したのかもしれない。まあ、ご病気だから……あれえ、何だ、これは)

まな板の上にカボチャを据え、包丁を入れようとした時、底の方が黄色く腐っていることに気づいた。

やっぱりなと思う。あんな湿った畳の上に置きっ放しにしておけば、腐って当然だ。下の方を包丁で大きく切り取り、ゴミ箱へ。蓋を開けながら見ると、カボチャを卓袱台に載せる際、どすんと置いたらしく、黄色い部分はひしゃげたように崩れてしまっていた。

そして、残りのカボチャを食べやすい大きさに切り分けていると、まずガタガタッと音がして、壁に掛けてあったおたまやフライ返しが落ちてきた。

「わわっ！　じ、地震だわ」

先月、浅草橋《あさくさばし》の船宿でも地震に遭遇したが、またしてもだ。激しい横揺れ。亮子は思わずその場にしゃがんでしまう。

それがいったんやんだと思ったら、次の瞬間、さらに猛烈な震動が襲いかかってきた。

亮子は悲鳴を上げ、すぐ脇にあった冷蔵庫に夢中でしがみついた。

12

（……ひ、火を、消さなくちゃ）

立つことはできないから、座ったまま手を伸ばして、何とかガスを止める。

激しい揺れは断続的に、かなり長い時間続き、地震嫌いな亮子は生きた心地がしなかった。

揺れが収まってからも、すぐには起きる気力が湧かない。二、三分経ってから、ようやくふらふらと立ち上がった。

ガスコンロの上を見ると鍋が斜めになって、茶色い煮汁がこぼれていた。切ったカボチャも、何個か床に散らばっていたが、それ以外には、特に大きな異変はなかった。

（まあ、この程度で済めば……あっ、そうだ！　文吉師匠は、大丈夫だったかな）

お年寄りだから、少しでもおかしな転び方をすれば、大けがにつながってしまう。

廊下を小走りに進んで、襖を開け、

「師匠、だいじょ……えっ？　あの、これ」

ぎょっとして、息が止まった。

部屋に入ったすぐのところに、文吉師匠が仰向けに横たわっていた。

眼は閉じている。口は半開き。その口元が歪んでいた。

（……ま、まさか、死んじゃってるの？）

あまりの衝撃に、全身は金縛り。声さえ出せずに固まっているうち……何と、突然、師匠がぱっと両眼を開けたのだ！

思わず、大きな悲鳴を上げてしまう。

「……何だい。肝をつぶすじゃないか」

「あ、あの……だ、大丈夫なのですか」

「体かい？　ピンシャンしてるよ。よいしょっと」

体を起こして、正座をする。認知症という病気のせいかもしれないが、地震なんてどこ吹く風だ。いつの間にか、頭に黒い毛糸の帽子を被っていた。

「床が揺れたせいで、倒れたわけじゃない。仰向けになってたのには、ちょいと酔狂な訳があるのさ」

「スイキョウな……？」

亮子のような世代はまったく使わない言葉だが、『もの好きな』という意味である。

その点を問いただそうとした時、突如、室内に『あやめ浴衣』の電子音が鳴り響いた。

見ると、さっき文吉師匠が横たわっていた場所に、亮子の携帯電話が落ちていた。今鳴っているのは、ネットでダウンロードした彼女の着メロである。

液晶画面が青く発光している携帯を取り上げる。

「……もしもし」

『ああ、よかった』

かけてきたのは福の助。

『いや、すごい地震だったから、心配になってさ。どこにいるんだ？』

「あのね、今朝、話す暇がなかったんだけど、今、文吉師匠のお宅にいるの」

『えっ？　そうなのかい。だけど、どうして、また……』

「だから、お料理を作ってさし上げるつもりだったのよ。八ちゃんも見たでしょう。あんなにたくさんのカボチャが……ん？　あっ、あの……あとでまたかけるわ」

亮子があわてて電話を切ったのは、玄関からガタガタッという物音が聞こえてきたせいだ。

急いで行ってみると、格子戸は三十センチほど開きかけたところで、何かに引っかかり、動かなくなっていた。古い家だから、地震の影響で傾《かし》いでしまったのかもしれない。

毛だらけの大きな手が、戸を無理やりこじ開けようとしていた。

「……ど、どなたです？」

「えっ？　お、おい。誰なんだよ！」

家の中から女の声がして、驚いたらしい。その分、力が入ったのか、次の瞬間、格子戸が一気に全開になった。

「あっ……！」

内と外で、ほとんど同時に声が上がる。

現れたのは青山孝太郎だった。また、舞い戻ってきたらしい。

視線が合うと、青山は亮子を指差し、

「お、お前は、たしか、落語家の……」

「はい。福の助の家内ですが……」

「どうして、お前が、この家にいるんだよ⁉」

状況が状況だから、詰問口調になるのは当然かもしれないが、亮子は青山の態度に違和感を覚えた。

自分を見つめる両眼の奥に、おびえの色が浮かんでいるように感じられたからだ。指差している右手も心なしか震えている。

「ええと……あの、今日、私がここへ伺ったのは、文吉師匠の好物のカボチャの煮物を作ってさし上げるためで――」

「そんなことはどうでもいい！」

いきなり、青山が叫ぶ。

そして、玄関の戸を後ろ手でつかみ、閉めようとするのだが、ガタガタいうだけで、動かない。

「ち、ちくしょう！　どうして、こんな時に……」

舌打ちをすると、青山は亮子を睨みつける。

「お、お前、見たのか？」

何のことか、わからなかった。

「見たって……何をですか？」

「とぼけるな。そっちの奥の部屋で……えっ？　うわわっ！」

今度は、青山が悲鳴を上げる。気づかないうちに、文吉師匠が亮子のすぐ後ろに来ていたのだ。

「どうしたんだい、文子。お客様かね」

のんびりとした口調でそう言うと、師匠は青山の方を向き、

「えーと……どちら様でしたかね」

これに対し、青山は驚愕の表情を浮かべた。

「あ……あの、叔父さん、何ともなかったのですか？」

「何ともないって……文子、こちら様がおっしゃるのはどういう意味なんだい？」

どうやら文吉師匠は、すでに地震のことを忘れてしまっているらしかった。

「だから、地震があったんですよ。青山さんは心配して、戻ってきてくださったんです」

「あ、ああ、そうだったんでございますか。それはどうも、ご面倒をおかけしました」

状況を理解したかどうかは極めてあやしいが、師匠は丁寧にお辞儀をする。

「では、どうぞ、お上がりくださいまし。まず、そこを閉めていただいて」

「えっ……？　あ、はい。そ、そうですね」

突然我に返ったらしく、青山は戸に向き直って、何とか両手で閉めようとする。

しかし、傾いでしまった戸はなかなか動かない。

「あれ？　閉まりませんか。何せボロ家なもので、申し訳ございませんねえ」

「い、いいえ、大丈夫です。すぐ直しますから」

青山は金槌を取り出すと、その場にしゃがみ込み、格子戸の一番下の部分をトントン叩き始めた。

13

「『……じゃあ、何も買わねえってのか？　よし、わかった。買わずに帰《けえ》ってみろよ。そのまんま表へ出て、二足《ふたあし》でも三足《みあし》でも、歩けるもんなら歩いてみやがれ！』」

ドスの利いた啖呵《たんか》が高座から響いてきた。

「『ちょ、ちょいと、あぁた、待ってくださいよ。だから、そのう……これでご勘弁を願って、どうか、お線香でもあげてください』

『ふん。そうやって、出すだけでも見所《みどこ》がある。お前はいい屑屋《くずや》にならあ』」

「……『らくだ』とはねえ。いや、まったく、驚いた」

湯飲みを片手に、ヒシデンさんが眼を丸くする。

「主任《トリ》でもないのに、竹馬さん、気合いが入ってるなあ」

本名は田村栄吉《たむらえいきち》さんといって、紅梅亭の常連の一人。年齢は七十代半ばで、『ヒシデン』の屋号で知られる食品関係の卸会社を日本橋《にほんばし》で経営していた。

赤ら顔、きれいに禿げ上がった頭。恰幅《かっぷく》のよい体を渋い茶のダブルで包んでいる。

「二階までびっしり満員、立ち見まで出てますから。そりゃ、気合いも入りますよ」

お席亭が声を弾ませる。

「もちろん途中で切るつもりでしょうけど、あの人は時々こういうことをして、あたしを驚かせるんです」

寿々目家竹馬《ちくば》は、福の助の弟弟子・竹二郎の師匠。今、最も脂の乗った落語家の一人だ。

同じ日の夜、紅梅亭の楽屋。

「それにしても、驚いたねえ。文吉さんの高座、大変な評判じゃないか。満員の盛況はそのせいだと聞いたよ」

ヒシデンさんがうれしそうに笑う。

「ここんとこ忙しくて、なかなか来れなかったんだが、噂がどんどん耳に入ってきてさ、それが一人の例外もなく、ほめるんだ。あたしも一時期は毎晩のように飲み歩いた仲だから、うれしくなっちまった。で、今日は商売放り出して、絶品の『へっつい幽霊』を伺いに来たってわけさ。あはははは」

「ええ。まあ、本当に、よかったんですけど……」

相槌は打ったものの、お席亭は少し困った顔をした。文吉師匠の病気について伝えるべきかどうか、迷っているのだろう。

「『……えっ、らくだが死んだ？　本当かい、おい。嘘を言って、人を喜ばせようってんじゃないだろうね』

『嘘じゃありませんよ。フグにあたって、亡くなったんです』

『へえ、偉いフグがいるもんだねえ。大丈夫《だいじょぶ》かい。生き返ったりしねえだろうな。頭ぁ、よくつぶしといたか？』

『ヘビだね、まるで』」

客席から大きな笑い声が聞こえてきた。

ヒシデンさんは楽屋内を見渡し、

「ただ……肝心のご当人がまだ見えないね。だって、この次に上がるんだろう」

食いつきの福の助はすでに楽屋にいたが、その前の出番の文吉師匠が到着していなかったのだ。

福の助はいつも通り、部屋の隅に正座して、口の中で稽古をしていた。

「困っちまうんですよ、もう。遅刻魔で」

お席亭の口からため息が漏れる。

「この芝居、今日でまだ四日めですけど、遅刻はこれで三回。本当に、どこで引っかかってるんだか……」

心配そうなお席亭の顔を見ながら、亮子は心中穏やかではなかった。昼間の出来事を打ち明けるべきかどうか、迷っていたのだ。

あのあと、亮子は台所でカボチャを煮ながら、洗濯・掃除などの家事も行った。いっそこのまま楽屋入りの時刻までいようかとも考えたのだが、青山から『自分がつき添うから大丈夫だ』と強く言われたため、午後三時頃、文吉師匠の家を出て、いったん自宅へ戻った。

(地震の直後、『床に倒れていたのは揺れのせいではない』とおっしゃったけど、本当にそうだったのかしら?)

そんな疑問が頭をもたげてくる。

(もしかすると、あれは嘘……というより、認知症が引き起こした勘違いで、実際には、やはり頭をぶつけていたのかもしれない。私が家を出る時まではお元気そうで、カボチャの煮物も喜んで食べてくださったから、心配ないと思ったんだけど……)

今からでも遅くないから、お席亭に訳を話そうか。そう考えた時、楽屋へ前座さんが駆け込んできた。

「ぶ、文吉師匠がいらっしゃいました」

「おや、そうかい。そりゃ、よかった」

お席亭が安堵の表情を浮かべる。

「ただし、運転手の与太郎にはお灸を据えてやらなくちゃね。こう気をもまされた日にゃ、たまんないよ」

「いえ、あの、それが……今日は、師匠お一人なんです」

「えっ？　どういうことだい」

「いつもいらっしゃるつき添いの方は、木戸の少し手前でお帰りになったらしくて……」

「苦情を言われると気取《けど》ったんだね。そういう知恵だけは一人前なんだから。じゃあ、竹馬さんが気をもんでるといけないから、早いとこ、羽織を引いとくれ」

ちょうどその時、文吉師匠が楽屋入りしてきた。服装は毎日同じで、黒紋付きの着物に黒の角袖、黒い毛糸の帽子。

福の助が立ち上がって、挨拶をする。続いてヒシデンさんも立ち、さっと右手を挙げた。

「よお！　文吉さん、久しぶりだねえ」

声を掛けられても、師匠は無反応。

「ほら、俺だよ。田村《たむら》だ。日本橋のヒシデンだよ」

そう言いながら歩み寄ると、さすがに気づいたらしく、口元に曖昧な笑みが浮かぶ。

「これはこれは。こちらこそ、ごぶさたいたしまして」

「いやあ、懐かしいねえ」

「目と鼻の先にいて、伺わなくちゃいけない、いけないと思いながら、貧乏暇なしてえやつでして」

「えっ？　貧乏、暇なしって……」

キツネにつままれたような顔になり、

「落語以外に、違う仕事でもしてたのかい？　何だか『ちりとてちん』でも聞いてるみたいだな」

ヒシデンさんは腑に落ちない様子だったが、何しろ出番が迫っている。

前座さんが近寄ってきて、まず角袖を脱がせ、さらに、毛糸の帽子を脱がせる。

（あっ……！　な、何よ、これ）

亮子はぎょっとした。生え際が後退して、広くなった師匠の額。その左半分に大きな絆創膏が貼られていたのだ。

（やっぱり、あの地震の時、倒れて、頭をどこかへぶつけていたんだわ）

思い返してみると、卓袱台で書き物をしている時、文吉師匠はずっと手で額の左半分を押さえていた。そのあと、帽子を被ったから……それで、見逃してしまったのだ。

ヒシデンさんやお席亭が絆創膏の訳を尋ねるが、師匠は答えない。というより、質問の意味が理解できない様子だった。

やがて、竹馬師匠の『らくだ』が大詰めを迎える。大家から煮しめと酒をせしめたらくだの兄貴分は、屑屋に一杯飲ませるが、そのうちに、立場が逆転してくる。この屑屋、途方もない酒乱だったのだ。

「『……おう。もうよしたらいいだろう。商売《しょうべえ》に行かねえと、釜の蓋が開かねえんじゃなかったのかい』

『何だとぉ？　見損なうなよ、この野郎。人間は雨降り風間《かざま》、病み患い。いろいろあるんだ。一日商売休んで、釜の蓋が開かねえなんて、そんなドジな屑屋じゃねえや！　早く注げ！　やさしく言ってるうちに、注がねえと――』

『おい、よせよ。あべこべじゃねえか』」

時間の関係上、噺の途中、どっと笑いが弾けたところで切った。

三味線、鉦《かね》、太鼓が鳴り始める。夫に聞いたところでは、文吉師匠の出囃子《でばやし》は『鞍馬《くらま》』という名前だそうだ。

楽屋へ戻ってきた竹馬師匠は、冬だというのに顔中汗だらけ。高い鼻と鋭い眼。いかにも精力的な印象だ。

汗を拭いている脇で、文吉師匠は懐からお守り袋を出し、本番前の例のおまじないを始める。さらに今日は、何やら白い紙を取り出すと、真剣な表情で見入っていた。

「……あ、あのう、師匠。出番ですが」

恐る恐る前座さんが声をかける。師匠ははっと我に返ったような顔で、それらを懐にしまい、高座へと向かった。

すると、その直後、客席から大きなどよめきと拍手が起きる。今回の興行の最大の目玉は、やはりこの人なのだ。

「えー、ご来場賜りまして、まことにありがとうございます。あたくしは、ちょいと趣向を変えまして、怪談噺を聞いていただきたいと存じます」

今日は最初のあいさつが少し違っていたが、噺はこれまでと同様、『へっつい幽霊』らしい。

「『幽霊の　正体見たり　枯れ尾花』なんて川柳がございます。怖い怖いと思うから、何でもないものがお化けに見える。けれども、中には、そうと簡単に決めつけられない場合もございまして……」

亮子は首を傾げた。マクラで振る川柳は、昨日まで、判で押したように『幽霊の　手持ちぶさたや　枯れ柳』だった。今日はなぜ違うのだろう。

(もしかして、言い間違えたのかしら?)

そう考えた、次の瞬間、

「本日申し上げますのは、明治の初め頃のお話でございます。場所は江戸から名前が変わった東京。当時は『トウケイ』と唱えたそうですが、下町のとある一角に広がった墓場。

主人公は、まだ若い噺家ですが、この男、以前は腰に両刀をたばさんだ立派な武士という変わり種でございまして……」

14

(……ち、違う!　『へっつい幽霊』じゃない)

まったく予想外の展開に、亮子の全身は硬直した。

「明治時代の、東京の墓場が舞台……そんな落語、ありましたっけ?」

すぐ隣で、福の助が不安げにつぶやく。

「いや、あたしも聞いたことないね」

お席亭が首を振った。その直後、

「『……ああ、今日も、日が暮れる。向こうに見えるのは上野のお山だ。早えもんだなあ。ご一新《いっしん》から、指折り数えて、もう六年か』」

(……う、上野の、お山?)

まさかと、思った。

「『直参《じきさん》旗本二百五十石、ご公儀から江戸市中取り締まりのお役目をおおせつかった彰義隊三番組組頭・小森清之進のなれの果てが、この俺様だ。命からがら寛永寺《かんえいじ》を抜け出し、横浜へ行って、エゲレス商館に潜り込んだ。荷物運びの人足に雇ってもらい、何とか食うには困らなくなったが、生まれ故郷のお江戸がやっぱり恋しい。

上野の戦《いくさ》の翌年に、表向き罪は許されたものの、薩摩・長州の連中に見つかったら、下手すりゃ、命だって危ねえ。なら、いっそ噺家にでもなっちまえば、まさか直心影流《じきしんかげりゅう》免許皆伝のこの俺が、刀を扇子に持ち替えたとは気がつくめえ。そう思って飛び込んだんだが……四年経って、何とか二つ目にはなったものの、さっぱり芽が出ねえや。名前が悪いのかもしれねえな。

千羊舎万玉《せんようしやまんぎょく》の弟子で、半熟って……卵じゃねえんだから』」

「これ、何という噺か、ご存じですか?」

微かに震える声で、福の助がきいた。

お席亭は即座に首を横に振って、

「初めて聞く出だしだよ。だけど、『上野のお山』ってんだから、ひょっとすると……」

「『それにしても、とんでもねえ戦だったたな、あれは。こっちが寛永寺に立てこもってると、夜の明けねえうちから、肥前《ひぜん》藩のばかでかい大砲……アームストロング砲か。あいつで砲弾を雨あられとぶち込んできやがって、敵の軍兵と出会う前から、こっちは総崩れだ。そこへ持ってきて……そう、薩摩の連中の示現流。俺はあの時まで、あんなとんでもねえ剣法がこの世にあるなんて、夢にも思わなかったぜ」

『示現流』。その言葉が聞こえた瞬間、お席亭と福の助が息を呑むのがわかった。

亮子自身も鼓動が激しくなってくる。事情を知る人間にとっては、まさに衝撃の展開だった。

(……鈴本で演りそこなった三題噺を、十年後の今日、高座にかけている)

背筋に悪寒が走った。まさに想像を絶する、芸に対する執念である。

(だけど、変だな。認知症で、新しい噺なんて覚えられるはずないのに……そうか。文吉師匠は病気になる前に、三題噺を完成させていたのかもしれないぞ。昨日、何かの拍子に、それが頭に蘇ってきたので、大急ぎで書き出してみた。そう考えれば、ちゃんとつじつまが合う)

認知症という病気については、詳しく知らないが、最近の出来事を忘れてしまう代わりに、ずっと以前のことを突然思い出したりする。そんな話を、どこかで耳にしていた。

福の助が高座の袖に張りつく。出過ぎたことだとは思いながら、亮子もあとを追わずにはいられなかった。

高座の上で、文吉師匠は扇子を手にしていた。

「『示現流てえやつは、まず構えが変だ。たいがいの剣法は、こう中段に構える。中には上段、下段てのもあるが、薩摩にはそんなものは一切なし。構えは蜻蛉《とんぼ》ただ一つだ」

両手で扇子を持ち、野球のバットと同じ構えをする。いや、手の位置は、それよりもずっと高かった。

「『そして、ありったけの力で斜めに振り下ろす。「先手必勝」「二の太刀いらず」てえけど、正気の沙汰《さた》とは思えねえよな。こっちの仲間はそんな剣法があるとも知らず、打ってくるのを受け止めようとして、そのまんまやられちまったのがいくらもいる。切られたんじゃなくて、刀で殴り殺されたようなもんだ。思い出しただけで、身の毛がよだつぜ』」

小森清之進、あるいは千羊舎半熟のモノローグが淀みなく続く。亮子はすっかりその迫力に呑まれてしまっていた。

やがて帰ろうとする清之進は、女の声で名前を呼ばれる。『誰だ?』と問いただすと、突然墓石の陰から、西洋風の服装をした女性が飛び出してきた。

「『……一体《いってえ》、お前《めえ》は誰なんだ?』

『あたくし、女給です!』

『ジョキュウ……？　何だい、そりゃあ』

『女の召し使い、でございましょうか』

『「女の給仕」で、女給か。なるほど』」

現代風に言えば、メイドだ。文吉師匠は昨今のメイド喫茶ブームなど知らないだろうが、そこがツボに入った客もいるらしく、クスクス笑いが起きていた。

「『どうやら日本人らしいが……いい年増だねえ。年は二十二、三かな。新橋《しんばし》、柳橋《やなぎばし》の芸者でも、なかなかこれだけのタマはいねえよ。

ええ、あたくしは千羊舎万玉の弟子で、半熟と申します。その女給さんとやらが、あたくしに何かご用で……？』

『お見忘れですか？』

『えっ？　いえ、あなた様のようなお美しい方に、知り合いはいないと思いますが……』

『おわかりにならないのは無理もございません。早いもので、あれから六年も経ちましたもの。あたくしは、その昔、江戸城内で、あなた様にご厚誼《こうぎ》を頂戴いたしました鷲塚《わしづか》でございます』

『わしづか……てえと、確かにうちの隣だが、あの家にはあなたのような年頃の娘なぞいなかったはずだ。『何をお隠し申しましょう。はっきり名前までおっしゃっていただけませんか』」何をお隠し申しましょう。あたくしの姓名は鷲塚与太七郎《よたしちろう》』

『え、ええっ……!?　わ、鷲塚の与太ちゃん。そう言われりゃ、顔が……ああっ！　ほ、本当だ。お前は、俺より四つ年下の、幼馴染みの与太七郎じゃねえか！』」

笑い声が起き、最初暗い雰囲気で幕を開けた物語がぼちぼち弾け始める。ちなみに、鷲塚与太七郎というのは、『小言幸兵衛《こごとこうべえ》』という落語に登場する与太八郎のもじりだろう。

与太七郎は『兄《にい》さん、お懐かしい！』と叫び、清之進に抱きつこうとするが、『ちょっと待て』と、それを押しとどめる。

「……男、だったのか」

高座を見つめながら、福の助が小さくつぶやいた。

「じゃあ、いよいよ三つめの……」

そう言った意味は、亮子にも容易に想像がついた。

さて、上野の戦で死んだはずだったメイド姿の与太七郎は、自分の身の上話を始める。

「『追っ手から逃れるため、あたくしは上方へ逃げ、神戸の異人街に隠れました。そこで、このような姿に身をやつし、異人の男たちの相手をする日々……』

『ええっ？　すると、お前、陰間になっちまったのか』

『おやめください！　そんな下品な言葉』」

（つ、ついに、出たぁ！）

亮子は心の中で叫んだ。三つのお題は、ごく自然に物語に組み込まれている。

（あとは、噺にオチをつけるだけだけど……）

「『あたくしは、心よりお慕い申し上げていた清之進様に会うまではと思い、艱難辛苦《かんなんしんく》に耐えてまいりましたのに……そんな言い方はあまりにご無体《むたい》な……うううっ』

『お、おい。泣くんじゃねえよ。申し訳なかった。それで、神戸から江戸へ出てきて、そんな姿で働いている……おい。だったら、女給じゃなくて、男給じゃねえか！』」

絶妙のクスグリで、クスクス笑いが爆笑に変わった。

「『まあ、とにかく生きていてくれてよかったぜ。せっかく会えたんだ。どうだい？　この近くに俺のなじみの店があるから、祝いに一杯やろう』

『は、はい、ぜひ』

『いやあ、まさか今日、お前に会えるとは、夢にも思わなかったぜ。これも神様の引き合わせ……ああ、ここだ、ここだ。ごめんよ』

『いらっしゃいまし。おや、きょ……ううっ』」

突然、文吉師匠が絶句する。

亮子は驚きに眼を見張った。

座布団の上にきちんと座った文吉師匠は、焦点の定まらない眼で、ぼんやりと客席を眺めている。

そのまま、一分くらい経ってから、

「えー……そのう」

師匠が語り出す。

「『幽霊の　手持ちぶさたや　枯れ柳』なんて川柳がございます。絵を見ますと、幽霊てえやつはたいがい、柳の下に……」

「あっ、いけねえ。『へっつい幽霊』になっちまった」

福の助が舌打ちして、前座さんを振り返り、

「早く鳴り物だ！　あとは緞帳」

「は、はい！」

高座にはかまわず、バラバラと太鼓が鳴らされ、『おなかーいーりー』の声、そして、語り続けている文吉師匠の目の前に、天井から中入りの緞帳が下りてきた。

15

「……八ちゃん、亮ちゃん、本当に申し訳ないねえ。だから言ったんだよ。あたしゃ、この人に」

由喜枝《ゆきえ》さんが顔をしかめた。

「いくら日曜だって、用事があるんだから、そう無闇やたらと遠くまで呼びつけたら、迷惑だって。だけど、言い出したら、聞かないの。ほら、謝んなさいよ！」

そう言って、すぐ脇の車椅子に座っている馬春師匠の肩先をこづく。

師匠がむっとした表情になり、あわや喧嘩かと思われた時、

「いえいえ、滅相《めっそう》もございません。大丈夫なんでございます。今日はちょうど二人とも暇でしたから、お伺いするのはかまわないんですが……ただ、なあ」

福の助が亮子を見て、曖昧に笑う。

「師匠の早耳には驚きました。房総半島の先端の町にいらして、よく神田の寄席の高座が手に取るように……」

「別に見えてるわけじゃないのよ。たまたま客席におなじみのお客様がいらして、昨日終演《はね》たあとで、うちに電話をくれたの。文吉さんとうちの人と、飲み仲間だって知ってたからね」

「ははあ。その時に、高座で絶句された件が出て、それで師匠が昨日の録音を……なるほど。そういうわけでしたか」

二月二十五日の午後二時過ぎ。場所は館山のマンションのリビングだ。

昨夜遅く、馬春師匠から北千住《きたせんじゆ》のアパートに、何と、一通のファックスが送られてきた。右手には麻痺がないから、文字を書くのに不自由はないのだが、こんなことは、倒れて以降初めて。受け取った亮子は仰天してしまった。

内容は以下の通り。

『紅梅亭へ行き、文吉さんの録音を分けてもらって、明日届けてくれ。代理も可。馬春』

文面を見て、福の助は、問題の高座の録音が存在することを師匠が知っていた点に一番驚いていた。

紅梅亭にももちろん音響機材はあるが、特別な催しは別として、通常の興行でそれを使用することはほとんどない。今回の場合、池山教授から、『もしかしたら、最後の寄席出演になるかもしれないから』と依頼があったため、毎日の高座の録音を残していたのだ。

まさに、千里眼のような調査能力である。

今朝、亮子は自宅からまっすぐ館山へ向かったが、福の助はいったん紅梅亭へ出向き、指示されたものを入手して、ついさっき着いたところだった。

おかみさんが席を立って台所へ行く。

それを待っていたかのように、

「おい、馬八。能書きは、もう、それくらいにして……」

馬春師匠が口を開いた。

「示現流幽霊を、早いとこ、聞かせろ」

「はあ？　ジゲンリュウ、ユウレイ……」

福の助は呆気に取られた顔をした。

「それが……あの噺の名前ですか。すると、師匠は以前、文吉師匠から何かお聞きになっていらしたのですね」

馬春師匠は鼻でわらい、ごく当然だという顔をして、

「見たことも聞いたこともねえものの、名前だけ知ってたら、かえって変だぜ。『てれすこ』じゃあるめえし」

（えっ？　テレスコって……何のことかしら）

これも演目名だろうとは思ったが、亮子にとっては初耳だった。

「いいから、とにかく、聞かせてみろよ」

「は、はい。承知をいたしました」

さらに意外な展開に当惑顔の福の助が、リュックからＣＤケースを取り出す。

真っ白い盤をケースから外し、プレイヤーにセット。スタートボタンを押す。

「えー、ご来場賜りまして、まことにありがとうございます。あたくしは、ちょいと趣向を変えまして、怪談噺を聞いていただきたいと存じます」

車椅子の上の師匠が居住まいを正したのがわかった。相手が先輩だからだろう。

「本日申し上げますのは、明治の初め頃のお話でございます。場所は江戸から名前が変わった東京。当時は『トウケイ』と唱えたそうですが……」

昨夜の高座が再現される。途中、馬春師匠は何かに反応して眼を見開いたり、軽くうなずいたりはしたものの、終始、無言だった。

やがて、録音は終盤にさしかかり、

「『いやあ、まさか今日、お前に会えるとは、夢にも思わなかったぜ。これも神様の引き合わせ……ああ、ここだ、ここだ。ごめんよ』

『いらっしゃいまし。おや、きょ……ううっ……』」

その一分後くらいに、『へっつい幽霊』のマクラが始まるのだが、福の助はそこでプレイヤーを停止した。

師匠が小さなため息をつく。そして、暗くて低い声で、

「……まあ、『勉強し直してまいります』とでも言って、引っ込めば、文吉っつぁんも、のち

のち名人と、噂されたんだろうけどな」

これはあまりにも有名なエピソードなので、亮子でも知っていた。先代の桂文楽師匠は、最後の高座となった『大仏餅《だいぶつもち》』で、登場人物の名を忘れて絶句し、『もう一度勉強し直してまいります』と言って頭を下げ、以後、死ぬまで高座に上がることはなかった。そればかりではなく、文楽師匠は絶句した際のこのお詫びの挨拶を、ほぼ毎日のように稽古していたというのだ。

さすがは名人だと感じさせる、すごみのある逸話だ。

「何しろ認知症というご病気なわけですから、流暢に語られたここまでの部分は、ずっと以前に完成していたのではないかと、あたくしなりに拝察いたしました」

夫も、亮子とまったく同意見だった。

「文吉師匠から、何かお聞きになっていらっしゃいませんか？」

「……聞いてたさ。文吉っつぁんは、几帳面だったからな」

馬春師匠は宙に視線を泳がせてから、

「例の三題噺の件は、ずいぶん気にしていた。噺の構想を、聞かせて、もらったこともある」

「その構想に沿っておりましたか？」

「……そのまんま、なぞっているな」

「実は、文吉師匠は高座に上がる前に、よくお守り袋に触るおまじないをされるのですが、昨日に限って、何か、しきりにメモをご覧になっていました」

「メモを……？」

馬春師匠が眉をひそめる。

「はい。ですから、ご自分の病気についても、ある程度、理解はされていて、忘れないように用意されたのだと思います」

「で、そのメモは、どうなったんだい？」

「それは、存じません。残念ながら……」

福の助が力なく首を振る。

「緞帳が下りたあとの騒動に、紛れてしまいました。激しく取り乱したせいか、体の具合が悪くなり、一時は救急車を呼ぼうかという騒ぎでしたから。もしかすると、ご自分で隠してしまわれたのかもしれません」

「なるほど。ただ……それにしても、解《げ》せねえ」

「えっ？　何がでございますか」

「そんなコケの生えたような、古い噺を、しかも、病気だってのに、なぜ急に、思い出したんだろう？　何かきっかけがあったんじゃねえのかな」

「きっかけですか。まあ、それは……」

微かにうなりながら、福の助が首をひねる。

(きっかけが、もしあったとすると、私が見た昨日の昼間のあの出来事が、きっと何か関係しているはずだ)

そう亮子は直感した。

その件については、馬春師匠にはもちろんだが、昨日から一緒にいる時間がほとんどなかったため、まだ夫にも話していなかった。

(でも、どこがどう関係しているのかは見当もつかない。役に立つかどうかは別にして、やっぱり話しておいた方が……)

考えかけた、その時だった。亮子のバッグの中で、いきなりけたたましい電子音が鳴り響いたのだ。着信音ではなく、アラームの音。

「あっ、す、すみません!」

あわてて携帯電話を取り出し、アラームを止める。

「どうしてこんな時にアラームなんて。私はセットした覚えがないのに、誰がいたずらして……」

そして、待ち受けの液晶画面を見た瞬間、亮子の脳裏に白い稲妻が走った。

16

(……そ、そうだ! 写真だ)

猛烈な興奮か、体の奥から湧いてくる。

(どうして今まで、こんな大事なことを忘れてたんだろう)

そして、ぱっと顔を上げると、

「あ……あの、写真です」

「はあ……?」

福の助がけげんそうに亮子を見る。

「写真て、何のことだい」

「だから、その……あ、そうか。師匠には最初からちゃんと説明しないと、わかってもらえませんよね。実は昨日、池山先生のお見舞いに行ったついでに、文吉師匠のお宅に寄ったんです。そうしたら……」

と、亮子は、近くの路地で青山孝太郎の愛車を見かけたところから始まり、家の中で起きた一切合切、さらには地震発生の直後、駆け戻ってきた青山が格子戸を修理した場面まで、事細かに説明をした。

「……なあるほど。そういういきさつで、文吉師匠に携帯電話をお貸ししたってわけか」

すべてを聞き終わると、福の助は腕組みをした。

「大体は呑み込めたけど……でも、それじゃ、師匠が本当に写真を撮ったかどうか、わからねえじゃねえか」

「もちろん、そうよ。撮影方法は覚えてくださったようだけど、ちゃんと保存までできたかどうか……ああ、こんな議論は時間のむだよね。調べてみれば、すぐにわかることだもの。ちょっと待ってね」

撮影された写真があるかどうか、調べてみることにした。『データBOX』から『マイピクチャー』、さらに『カメラ』のフォルダへ。

そこを開いてみると、縦長の小さな画像がたくさん並んでいた。他の記憶媒体に移す方法をよく知らないから、自然にたまってしまうのだ。

ボタンを操作して、確認すると、最新の画像として、ぼんやりと、何か人間の顔らしきものが写っていた。暗いため、小さいサイズのままではよくわからないが、とにかく、まったく亮子の記憶にない一枚だ。

しかし、そのすぐ隣にはカボチャの大写しの写真が保存されている。それは確かに、文吉師匠にカメラの使い方を教えた際、テストとして、自分が撮影したものだ。

「あの、文吉師匠がお撮りになったと思われる写真がありました。今、拡大してみますから……ん？　ああっ⁉」

いきなり、心臓をわしづかみにされる。

液晶画面に広がったのは、身の毛もよだつほど不気味な画像だったのだ。

……被写体は男性、というより、老人の顔だ。首のつけ根から頭の先までが画面いっぱいに写っていた。

角刈りにした白髪頭、眉は真っ白。頰がこけ、額や顎には深いしわが刻まれている。

両眼は閉じているが、間違いなく、文吉師匠の顔だ。

ところが、問題はその先。この写真には、驚愕すべき異変がとらえられていたのだ。

広い額の中央よりも少し右に、カマボコ形の金色の板が見えた。金貨だ！　ただし、上半分しか写っていない。残りの部分は頭蓋骨に、深くめり込んでしまっている。

（……な、何よ、これ。信じられない！）

亮子はめまいを感じた。

文吉師匠に、いわゆる自撮りができたとは思えないから、おそらくこれは、鏡台にカメラを向けて撮ったのだろう。だとすれば、問題の金貨の位置は、額の中央よりやや左ということになる。

改めて振り返ってみると、卓袱台に向かって書き物をしている時、師匠は左手でずっと額を押さえていて、その後、黒い帽子を被ってしまったから、亮子は額の左半分をまるで見ていなかった。もしもコインが突き刺さっていたのなら、その部分が出っ張っていたはずだが……記憶が鮮明ではないため、どちらとも断定はできなかった。

あまりの衝撃に、危うく携帯電話を取り落としそうになる。福の助がそれを受け止め、画面を覗き込んだのだが、次の瞬間、全身が硬直するのがはっきりわかった。

「何が、どうしたってんだい？　こっちへ寄こしてみな」

馬春師匠が手を伸ばしてくる。福の助が携帯を手渡すと、師匠までもがはっと息を……呑んだりはしなかったのだ。

問題の写真を見ても、軽く両眼を見開いた程度で、ほんの数秒後には低く含み笑いをする。

「ふふふ。何でえ。今回はちょいと、やさしすぎるなあ」

「はあ？　そうおっしゃいますと……」

「だから、ガテンだってんだ」

『合点』。それは、探偵が謎をすべて解決したことを宣言する決め台詞だが、馬春師匠の場合、これまでは文字盤上で指し示していただけで、本人の口から出るのはこれが初めてだった。

突然の宣言に、二人が目を丸くしているのを、師匠はいかにもうれしそうに眺め、さらに言葉を続ける。

「まるで『牛ほめ』だなあ」

「えっ？　それは、どういう意味で……」

「『秋葉様のお札を貼りなさい』、てえだろう。『穴が隠れて、火の用心になります』って」

「あ、はい。もちろん存じておりますが、穴が隠れるお札とは……ああっ！　ひょっとして、あの、額の絆創膏ですか？」

「その通りさ」

福の助が顔面蒼白となる。その理由は亮子にもわかった。

馬春師匠は、文吉師匠の額に貼られていた大きな絆創膏の下に、頭蓋骨を突き破る穴が開いている。そう示唆しているのだ。

「だ、だったら、すぐに病院へ連れていかないと、大変なことに……」

「心配いらねえさ。文吉さん、石頭だから」

「は、はあ……？」

「馬八、お前、まだわからねえのか？」

いきなり詰問され、福の助はますます当惑してしまう。

「い、いえ……何のことやら、皆目……」

「しょうがねえなあ、まったく」

師匠は軽く舌打ちをして、

「なぜ、こんな写真ができ上がったのか。そいつを考えれば、何もかもはっきりするじゃねえか。ついでに、『示現流幽霊』の後半がどうなるかも、すべて明らかになるぞ」

ますます事態は混迷を深める。とにかく、馬春師匠の意見では、何もかもが緊密に結びついているらしい。それだけはわかった。

「ヒントを三つ、やろう。まず……ああ、その前に、文吉っつぁんの家には、何曜日と何曜日に、ヘルパーが来るんだ？」

師匠は不思議な質問を亮子にしてきた。

「それは……ああ、毎週火木金の三回だと、池山先生から伺いました」

「そうかい。だったら、安心だ。明日でも間に合う」

満足げにうなずかれても、亮子は面食らうばかりだ。一体何が、『明日でも間に合う』のだろう。

「よし。じゃあ、ヒント。喋りくたびれたから、紙に書くぞ」

今までも気づいてはいたのだが、今日の馬春師匠はかなり調子よく舌が回っている。まだ多少もつれる感じは残っているが、以前に比べたら、はるかに改善されていた。

けれども、今は喜んでいる心の余裕がない。

テーブルの上のメモ帳を弟子に取らせると、師匠は右手にボールペンを握る。

固唾《かたず》を呑んで見守るうち、まず、最初に書かれたのは『転宅』。

(『転宅』って噺があるけど……そのことかしら)

考えていると、師匠は間を置かず、二つめのヒントを綴る。

『ギミック』。どこかで聞いたことはあるが、単語の意味はよくわからない。

そして、三番め。最後のお題。

こんどは何だか、ずいぶん長い。

やっと書き終わったところを覗いてみて、亮子は呆れてしまった。こう書かれていたからだ。

『咲よりは　少し綺麗な　唾《つばき》かな』

17

噺家の女房になって、足かけ五年。その世界の水にも、いくらかはなじんできたつもりでいたが、もしかすると、それは単なるうぬぼれだったかもしれない。今回の件で、亮子はつくづく、そう思った。

まず、文吉師匠が演じた、本来は即席三題噺になるはずだった『示現流幽霊』。その口演の録音を途中まで聞いて、さらに、土曜日の昼間、文吉師匠の自宅で起きた事件の顚末《てんまつ》を亮子から聞き取り……たったそれだけで、『ガテン』と言えた馬春師匠の胸中がわからない。悪い冗談だとしか思えなかった。

頭が混乱した亮子は、自分の体験した一連の出来事の中から、『謎』と呼べるものをすべてピックアップしてみた。

いざ書き出してみると、意外に多く、あくまでも順不同だが、次のようになった。

(一)路地に駐めたボルボに戻ってきた青山孝太郎は、なぜあんなにあわてていたか。
(二)それ以前に、青山は文吉師匠の家にいたと考えられるが、そこで一体何があったのか。
(三)文吉師匠はなぜその直後、長年お蔵入りになっていた『示現流幽霊』の後半部分を、突然書き出したのか(何から、その構想を得たのか)。
(四)そのことと、(二)の体験がどのように関連しているのか。
(五)『示現流幽霊』の後半のストーリーはどのようなものか(メモは存在するらしいが、発見されていない)。
(六)文吉師匠はなぜ亮子からカメラを借りたいと言ったのか。
(七)カメラを借りた理由は、おそらく亮子の携帯電話に残されていた例の一枚を撮影するためだったろうが、その具体的な意図は?
(八)あの写真では、額の左部分に金貨がめり込んでいたが、そんな事態に至ってしまった原因は?

（九）その金貨はいつ額から抜かれたのか。
（十）馬春師匠はなぜ問題の写真を見て、即座に『大丈夫だ』などと言えたのか。

全部で十個になったが、そのほとんどに関して、亮子は何の解答も思いつかなかった。

まあ、（一）と（八）については、重大な関連があると考えるのが妥当だろう。要するに、『傷害事件』の犯人は青山孝太郎。ただし、ひどい大けがを負いながら、その後、文吉師匠は特に問題もなく、高座を務めた。途中で絶句してしまい、軽いパニックに陥ったのは認知症が原因と見るべきだ。その後、正常な状態に戻ったと聞いている。

とにかく、じっくり整理してみると、これだけの謎がある。馬春師匠の突然の『ガテン』で、亮子が狼狽したのは当然だ。そしてその時点では、福の助も明らかに困惑していた。

すると、その様子を見た師匠は『ヒントをやろう』と言い出した。三題噺の結末を推理するためのヒントを三つ出すというのだから、ややこしいこと、この上ない。

そのヒントとは、『転宅』『ギミック』『唉よりは少し綺麗な唾かな』。珍妙極まるラインナップだが、驚いたことに、それらのヒントを示された夫はしばらく考えたのち、何とにっこり笑って、『師匠、あたくしも合点でございます』と言ったのだ！

それから二人は、茫然自失の状態の亮子を尻目に、その日の紅梅亭の夜席について、具体的な相談を始めた。

『たぶん、文吉っつぁんは、同《おな》しところで突っかかる。かわいそうだがな。で、そうなったら、すかさず、中入りにしちまうんだ』

『ははあ、なるほど。鳴り物と一緒に緞帳を下ろしちまうわけですね。それで……はあ、はあ。すると、その続きを、食いつきであたくしが……なるほど。リレー落語でございますか。いや、それはご趣向ですが……あたくしは文吉師匠から噺を教わってはおりませんので……』

『かまうもんか。事情が事情だ。一番の飲み仲間の、俺が許して、大典さんに話を通せば、誰も何にも、言いやしねえよ』

『確かに……まあ、まだまだ力不足で、そのような大役が務まるとは思えませんが、万々一、文吉師匠が今日も絶句された場合の用心に、とりあえず、「示現流幽霊」はサゲまでさらっておくつもりでおります。それにつきまして……』

師弟の熱のこもったやり取りは、際限なく続くのだった。

18

「……ミミック、だって?」

お席亭が首をひねった。

「しばらく前まで、関西の物まね漫才で、そんなのがいたけどねえ。今は、名前が変わったらしくて……」

「いえいえ、『ミミック』じゃなくて、『ギミック』です」

「ギミック？　どういう意味なんだい」

「それが……実は、私にもわからないんです」

申し訳ないとは思いながら、頭《かぶり》を振るしかない。

「どこかで聞いた覚えはあったので、調べてはみたんです。『仕掛け』や『策略』。あるいは、『特撮』とか『プロレスに使われる小道具』なんて意味もあるらしいです。まあ、どれも似通ってはいますけど……」

「ふうん。説明を聞いても、ちんぷんかんぷんだね。それにしても、馬春さん、よくそんな言葉を知ってたもんだ。

残りのうち、『転宅』は噺の名前だろうし、『啖よりは』もわかる。だけど、三つ合わせてどういう意味なのかは、皆目見当もつかないねえ」

口元を歪め、小さなため息をつく。

「お宅のご亭主は教えてくれないのかい」

「え、ええ。一応、きいてはみたのですが……」

楽屋の隅をちらりと見る。福の助は正座して、いつも通り、口の中で懸命にネタの稽古をしていた。

「例によって、私なんかには何も教えてくれません。お席亭が直接お尋ねになれば、別だろうと思いますが……」

「だけど、あたしが無理やりきき出すってのも、何だか野暮な気がするねえ」

「それは……まあ、そうかもしれません」

その夜の紅梅亭。ちょうど、中入り休憩の最中だった。

心配された今日の中主任《ナカトリ》だが、特に問題なく、無事に終わった。それもそのはず。文吉師匠が休演したのだ。午後三時過ぎに、池山教授から電話があったという。

（もしや、今頃になって、脳に異常が……）

心配になり、亮子はお席亭に確認してみたが、そうではなく、主に精神的な問題らしい。昨日のパニックがまだ尾を引いているのだ。

そこで、その穴を埋めるために呼ばれたのが、松葉家常吉師匠。会長自ら、弟子のために代演を務めたわけだ。

今日の演《だ》し物は『転宅』。これはもちろん偶然ではない。三つのヒントの件を亮子から聞いたお席亭が、『しばらく聞いてないから、ぜひ』と直々にリクエストしたのだ。『転宅』は常吉師匠の十八番の一つである。

思わぬ大物登場に、客席は大いに沸き、まだその余韻が残っていた。

この噺、主人公は泥棒で、旦那が大金を置いて帰ったお妾《めかけ》さんの家に堂々と上がり込み、『金を出せ』と要求する。ところが、女は少しもあわてず、『実はあたしも仲間だ。盗人《ぬすっと》なんだよ』と明かし、『どうだい。あたしと夫婦になって、一緒に稼ぐ気はないかい』ともちかける。

年増の色気に目がくらんだ泥棒はすっかりその気になって、勧められるまま三三九度のまね事をする。しかし、『今晩、ここに泊まっていこうじゃねえか』と言うと、『だめだよ。旦那が疑り深いから、二階に見張りがいる。耳が遠いから、今んとこは大丈夫だけど、柔道の達人だから、もしも夜中に見つかったら、手足の骨を折られるもの。それより、明日の昼間なら誰もいないから、こっそりおいで。待ってるから』などと言いくるめられ、持っていた財布まで、『お前さんの物はあたしの物』と取り上げられてしまう。

そして翌日、言われた通りに行くと、家はもぬけの殻。近所で尋ねてみると、『昨夜、夜中に泥棒が入ったんだが、それが間抜けなやつで、色仕掛けで丸め込まれ、財布まで取られて追い返されたそうだ。だけど、そこはやはり女だから、あとで怖くなったらしくて、今朝早くに引っ越しましたよ』。

『そ、そりゃ、本当ですか？　で、一体あの女は何者なんです』

『何でも、以前は義太夫を……』

『ええっ、義太夫？　どうりで、うまくかたりやがった』

と、これがサゲ。『語る』と『騙る』をかけてあるのだ。

何となく意味深な落語であるから、最初は、間抜けな泥棒と青山孝太郎を重ねているのかなと思ったのだが、共通性は薄い。そうだという確信はもてなかった。

ついでに言うと、『咲よりは　少し綺麗な　唾かな』は『雑俳《ざっぱい》』という落語に出てくる。これはご隠居さんの家へ暇つぶしに来た八五郎が、乗せられるまま、おかしな俳句を立て続けに詠むという、ただそれだけの噺である。

演者によっても違うが、『狩人に　追っかけられて　サルスベリ』『クチナシや　鼻から下はすぐに顎』『初雪や　これが塩なら　大儲け』など、傑作が多数あった。

中入り後の開演が迫っていた。下座さんが三味線の調子を合わせ始める。

するると、その時、

「はい。ごめんなさいよ」

楽屋へ姿を見せたのは、池山大典教授だった。

今日は背広ではなく、シャツにカーディガン、スラックスという服装。右足にギプスをはめ、両方の手で松葉杖をついている。

亮子を驚かせたのは、そのあとに、のっそりと青山孝太郎までもが現れたことだ。

お席亭と亮子、そして福の助が立ち上がって出迎える。

「いやあ、皆さん、お揃いだね。この度はとんだ迷惑をかけてしまって、本当に申し訳ない。いずれ何かの形で埋め合わせをするから、勘弁してください」

「何をおっしゃってるんですか。滅相もない」

お席亭があわてて首を振る。

「それより、今日はどうされました？　こんなところにいらっしゃって、大丈夫なのですか」

「うん。医者にもちゃんと相談してきた。入院はあくまでも念のため。杖さえつけば、どうにか歩ける。実は、山桜亭から電話をもらってね」

「えっ、馬春さんが……」

「今日の福の助君の高座を聞いてほしいそうだ。詳しい事情は教えてくれなかったが、『ぜひに』と頼まれたから、孝太郎に運転させ、ここまでやってきたというわけさ」

その言葉に、福の助は一瞬信じられないという顔をした。文吉師匠の休演で、せっかくのリレー落語も構想倒れ。今日は別の噺を高座にかけるのだろう。亮子はてっきりそう思ったし、おそらくは、当の本人も同じ考えだったはずだ。

ところが、馬春師匠だけは決して諦めていなかった。だからこそ、自ら池山教授に声をかけ、一番弟子に対して間接的にプレッシャーをかけてきたのだ。

「で、ですが、持ち時間の関係もございますので……」

福の助が困ったように言うと、

「ご心配には及ばないよ。遠慮なく、演っとくれ。あたしだって、昨日の文吉さんの噺、ちゃんとサゲまで聞いてみたいからね」

お席亭にそこまで言われれば、否も応もない。

「承知いたしました。精一杯、務めさせていただきます」

福の助が表情を引き締める。

「よし、決まった。じゃあ、平田さん、前に回って並んで聞こう」

「えっ？　そんな……失礼ですし、それに満員では……」

「いや、ちょうど団体さんが帰ったから、席は空いている。ほら、幕が上がってしまうよ」

夫をちらりと見ると、硬い顔つきのまま、小さくうなずく。

「はい。わかりました」

「聞いてくれるかい。そりゃ、ありがたい。じゃあ、ついでにお前も一緒に」

声をかけた相手は青山だった。

青山は露骨に迷惑そうな顔をしたものの、口は開かなかった。松葉杖をついている老人に逆らってみても、仕方ないと思ったのだろう。

「あのう、先生。文吉師匠のお体は、本当に、大丈夫なのですか？」

心配になって、亮子が尋ねると、

「ピンシャンしてるよ。念のためと思って、今日は休ませたんだ」

池山は事もなげにそう答える。

さらに何か言おうとした時、中入り後の開演を知らせるブザー、テテンガスッテンテンと太鼓。それから、福の助の出囃子『あやめ浴衣』が鳴り始めた。

19

楽屋から廊下に出て、客席へ向かう。距離は短いが、池山のペースに合わせるため、結構時間がかかった。

その間に、拍手の音がして、出囃子も終わった。食いつきの高座が始まったのだ。

「すまないね。ゆっくりで」

「いえいえ、そんなことありません。転んだりしないよう、注意なさってください」

無言で先頭を歩いていた青山が客席後方のドアを開けると、大きな笑い声が聞こえてきた。

「……なんてんで、噺家とカモシカと間違えている人がいる。本当に、世の中はいろいろですな」

マクラの小噺が終わったところだ。

団体さんが出ていった直後だそうで、客席は七分の入りだった。

一番後ろの列の右端に三つ並んだ空席があったので、そこに座を占めることにする。青山、亮子、池山の順。松葉杖を立てかける都合があるから、もちろん、通路側が池山だ。

その間にも、福の助の高座は進んでいく。

「この、二月の下席には、我々の大先輩であります松葉家文吉師匠が久しぶりにご出演になりまして……ご存じの方も多いと思いますが、お体を悪くされまして、十年近く寄席から遠ざかっていらっしゃいました」

おもむろに切り出したのは、おそらく、三人が入場してくるのを見たからだろう。

「しかし、さすが芸に年は取らせません。初日から三日間、十八番の『へっつい幽霊』で満場をうならせました。そして、そのあとは打って変わって、ご自身の作を高座にかけになったのですが、昨日は残念ながら、高座の途中で体調を崩されまして、本日もお休みでございます。『あの続きはどうなるんだろう』と気にされているお客様もおいでかと思いますので……弱輩者で、僭越《せんえつ》ではございますが、あたくしが一つ、その続きをここで申し上げることにいたします」

きっぱり宣言すると、客席の数カ所から熱烈な拍手が起きた。続けて来ている客がちゃんといたのだ。

福の助は軽くお辞儀をして、それに応えると、

「本日ご披露いたしますのは、松葉家文吉作『示現流幽霊』というお噺でございます。ええ、急におかしなことを申し上げますが……江戸といった昔には、『陰間茶屋』というものが数多くあったのだそうでございまして」

まず、言葉の解説が始まる。客に対する配慮であろう。

「『陰間』も、いまでは死語になりました。これは本来、歌舞伎で女形《おやま》として修業中で、まだ舞台に出ていない役者を指したのだそうで、十三、四から二十歳くらいまでの美少年が修業の一環として、男性のお客を取る。今で申せば、ウリセ……いえ、あたくしはよく存じませんけれども」

扇子をいじりながら、恥ずかしそうにうつむくと、何人かの客が笑った。

「今でもよく、女装をした芸能人がテレビなぞに出てまいりますが、昔はもっとおおっぴらで……まあ、日本人というのはいつの世でも、その手のことが嫌いじゃなかったようでございます。

これから申し上げますのは、明治の初め頃のお話でございまして、場所は江戸から呼び名の変わった東京。当時は『トウケイ』と唱えたそうですが、その下町の、とある一角に広がる墓場。主人公は、まだ若い噺家でして……」

いよいよ本題に入る。

最初は千羊舎半熟こと、小森清之進のモノローグから始まるが、文吉師匠の流麗な語りに比べると、だいぶ見劣りがした。

これはある程度やむを得ない。ついさっきまで、福の助はこの噺の後半だけを演るつもりだったのだから。素人の亮子から見れば、大勢の客の前で堂々と演じられるだけでも驚異だった。

やがて、墓石の陰から鷲塚与太七郎が現れる場面。昨日はごく普通に出てきたのだが、

「『……もし、小森清之進様』

『どなたです？　隠れてないで、出てきていただきたいのですが』

『はあい！　どもー』」

何と、いきなり現代っ子風に登場した。

「『あたくしはメイドです』

『冥土てえと、死んでから行く西の方……』

『はい。西方浄土……違う、違う。エゲレスの言葉で「召し使い」のことですってば！』」

どうやら福の助は『もしも将来自分が演じる場合は』と、ちゃんと考えてきたらしい。さすがは、芸の虫。いかにも二つ目らしい、若々しい演出になっていた。

「『……追っ手から逃れるため、あたくしは上方へ行き、神戸の異人街に隠れました。このような姿に身をやつし、異人の男たちの相手を……』

『ええっ？　すると、お前、陰間になっちまったのか』

『おやめください！　陰間なんて下品な言葉。「性の防波堤」とお呼びください』

『す、すごいね。言うことが……。「防波堤」ときたよ』」

とんでもないクスグリが飛び出し、客席から大きな笑い声が起きる。

「……いやあ、ありがたいね」

すぐ隣で、池山教授がつぶやく。

「若手にこんなふうに引き継いでもらえて、文吉は幸せだよ」

「いえ、そんなことは……」

落語界のご意見番から感謝され、亮子の方が恐縮してしまった。

（何とか快調みたいで、よかったわ。でも、このあとの部分で、昨日王子の家で私が体験した騒動について、謎解きをする……そんなこと、本当にできるのかしら？）

青山孝太郎は、高座にはまったく興味がないのか、うつむいて、眼を閉じている。

（『転宅』『ギミック』『啖よりは少し綺麗なツバキかな』。何が何だか、さっぱり……あれ？な、何か、変だわ）

昨日の口演では、清之進が『せっかく会えたんだ。祝いに一杯やろう』と言い、すぐ歩き出すのだが、今日は違う。与太七郎が『その前に、お願いが』と切り出したのだ。

「『願い？　何だい。言ってみな』

『幼い頃より口には出さずとも、心よりお慕い申しておりました清之進様。こうしてお目にかかれたのですから、せめて熱いキッスをお与えください！』」

亮子は思わず頭を抱えた。我が夫ながら、一体何を考えているんだろう?

「『キッスってな、何……ええっ?　あの、異人の夫婦がよくやる、あ、あれか。よせよ。男同士じゃねえか』

『いいえ、あたくしはもう、心は女でございます。聞いてくださいまし。兄さんに会うため、この六年間、艱難辛苦いかばかり。辛い思いを耐えに耐え、何とか生き抜いてまいりましたのに、肩も抱いてくださらないとは……そりゃあ、あんまりご無体な……ううっ!』

『おい、よせよ。その白い前掛けで顔を覆うのは』

『だってぇ……』

『た、頼むから、やめてくれ!　何かそれをやられると、よくわかんねえけど、胸元を締めつけられるんだ。そいつぁ、魔法の布きれかい』」

激しく身をよじる与太七郎と、あわてふためく清之進。福の助の熱演に、場内は大爆笑だ。

「『わ、わかったよ。それで、お前の気が済むんなら……』

『よろしいのですね。う、うれしい!』

『お、おい!　ちょっと待て。く、苦しい!　あの、く、口は勘弁してくれ。じゃ、その、額んとこに……』」

扇子で顔を隠し、「チュッ!」と吸って音を立てる。そして、

「『どうだ?　気が済んだか』

『いいえ、まだ気は済みませんが、あとは追々……』

『追々、何をしようってんだよ。まあ、とにかく、飲みながら話そう。いやあ、まさか今日、お前に会えるとは、夢にも思わなかったぜ。これも神様の引き合わせ……ああ、ここだ、ここだ。ごめんよ』」

『示現流幽霊』は本筋に戻り、いよいよ福の助の高座は未知の領域へと突入した。

20

「『おや、いらっしゃい。お珍しいですね、半熟師匠』

『親父さん、やめとくれよ。いつも言ってるじゃねえか。俺たちの稼業で、「師匠」と呼んでいいのは真打ちだけだって』」

新たな人物が登場した。名前は明かされないが、居酒屋の主だ。

「『まあ、いいや。そんなことは。あの、奥、空いてるかい』

『はい……? ええと、付け台の前じゃいけませんか』

『いつもはそいで上等なんだが……ちょいと、今日はなあ、ほら』」

清之進はすぐ後ろを振り返り、女の連れがいることを素振りで示す。

しかし、主人は不審げに首を傾げて、

「『まあ、ちょうど今、お客さんが帰ったばかりだから、小上がりも空いちゃいますが……いえ、かまいませんよ。どうぞ、どうぞ』

『ありがとう。それじゃ、熱いのを二本と、つまみを見繕って頼むぜ。さあ、遠慮しねえで、ずっと奥へ入《へえ》れよ』」

二人の会話のあと、何となく残る奇妙な違和感。そこに、居酒屋の女房が登場する。

小上がりに酒を届けた女房は、板場へ戻ってきて、包丁を動かしている亭主に、眉をひそめながら話しかける。

「『……ちょいと、お前さん』

『何だい』

『半熟さん、変だよ』

『何が?』

『お銚子を二本にお猪口《ちょこ》を一つ、盆に載せて持ってったら、「お猪口をもう一つくれ」って言うんだよ。一人っきりなのにさ。おかしいだろう』

『ん……? おおかた、誰かの命日で、陰膳でもしようってんだろう。いいから、焼き豆腐の煮たのとでも一緒に持ってきなよ』」

違和感の正体が明らかになった。

居酒屋の夫婦には、清之進の連れが見えていない。

理由は容易に想像がついた。何しろ、演目名が演目名だ。

客席の空気が緊張し始める。誰もが知らない噺だから、この先、一体どう展開するのか、落ち着かない気持ちで見守っているのだ。

ふと脇を見ると、青山孝太郎も顔を上げ、福の助の高座に注目していた。

やがて、女房が戻ってきて、亭主をつつく。

「『……お前さん』

『うるせえな。忙しいのに』

『おかしいってばさ。奥の小上がり』

『だから、何がだよ！』

『半さん、誰もいない自分の向かいにお猪口を置いて……お酒を注いでるの』

『やっぱり陰膳じゃねえか。それで、いいだろう』

『最初はあたしもそう思ったんだけどさ。大声出して、盛んに話しかけてるんだよ。「いやあ、お互い生きててよかった。命あっての物種《ものだね》だ」とか言いながら、あっはあっは笑ってるの。何だか、薄っ気味が悪くって……』

『あのなあ、お前、半さんの稼業を知ってるだろ。噺家だよ。一人で喋るのが商売《しょうべえ》だ。何の不思議もねえじゃねえか』

『そうかねえ』」

鶴のように首を伸ばし、小上がりを覗く女房。何を見たのか、突然はっと息を呑んで、

「『ちょ、ちょいと、お前さんてば！』

『仕事にならねえな』

『こ、今度こそ、間違いなくおかしいって。む、向かいのお猪口に酒を注ぐだろう。誰も手を

つけちゃいないのに……注いでも注いでも、こぼれないいんだよ。あっ、ほら、また注いだ！

見てごらん』

『えっ、まさか……』」

手を休め、視線を店の奥へ向けた居酒屋の主がおびえた表情を浮かべる。

静かな恐怖は、客席にも伝わってきた。

やがて、主人は疑念を振り払うように、激しく首を振ると、

「『そ、そりゃあ……お前《めえ》、毎日寄席へ出入りしてるんだ。手妻使いの知り合いくらい、できるだろう。そっちへ商売替えでもしようってんじゃねえのか。ちょうど今、稽古の最中《さなか》なんだよ』

『そんなこと、本当にあるのかねえ……』」

ほかの客は何も感じなかっただろうが、亮子は『手妻使い』という言葉に反応した。

（文吉師匠の亡くなった奥様は手品師だったそうだけど……それが何か、関係しているのかしら？）

考えかけた時、居酒屋のおかみが眼を見張り、大声で叫ぶ。

「『お、お前さん、た、大変だよ！』

『何だってんだ……ん？　ど、どうしたんだ、お前。ガタガタ震えてるじゃねえか』

『……あ、あれ』

『えっ……？　何だい、さっきまで、誰も座ってなかった半熟さんの向かいの席に、何か赤紫色のもんが……ううっ！』」

その瞬間、主人の表情が恐怖に歪む。

「『ひ、人だ！　誰か、座ってるぞ。ありゃ、侍だ。まだ若いお侍が……。ざんばら髪で、顔は切られて、血だらけ真っ赤……体に鎧《よろい》を着てるじゃねえか。

えっ……？　あ、あの、お帰りになるんですか。はい。お代はあとでよろしゅうございますが……えっ？　吉《き》っつぁんもかい。八つぁんによっちゃん、み、みんな、帰っちまったぜ』

『あたり前じゃないか。みんな、見えてるのさ。あれはね、幽霊だよ』」

よほど度胸が据わっているらしく、女房はすでに多少落ち着きを取り戻していた。

「『ゆ、幽霊だって……？』

『上野の戦で死んだ、お旗本の幽霊さ』

『えっ？　どうして、そんなことがわかるんだ』

『額んとこを見てごらんよ』

『額だぁ……？　ええと、おでこの左半分に、何か、かまぼこみてえな形の黒いもんがくっついてるが……あれは何だい？』」

亮子はぎょっとした。

これまで、昨日の騒動とまったく無関係に物語が進んでいるものとばかり思っていたが、どうやら違うらしい。『左半分』と言うのだから、明らかに意図的だ。

こっそり、脇を見る。

案の定、青山の表情は凍りついていた。福の助が、その部分を、自分に聞かせるために演じているという事実に気づいたのだ。

「『見たらわかるだろう。あれは刀の鍔《つば》さ』

『鍔……？　だって、お前、鍔なら丸いはずじゃねえか。あれは半月形で……』

『半分は頭の骨に食い込んでるんだよ！　まだわかんないのかい。彰義隊の戦った相手は薩摩。示現流だよ。斜めから力一杯切り下ろすんだ。それを受け切れなくて、自分の刀の鍔が額にめり込み、そのまま亡くなったお旗本がいくらもいたんだってさ。そんな話を聞いたことがないかい？』

『あっ……！　ある。あるぜ！　そうかぁ。半さんは元お侍だ。昔の知り合いが化けて出てきたんだな。素面《しらふ》の時には見えなかったが、酔って本性を現しやがったんだ。だけど……様子が変だよ。恨み事を言うでもなく、ニコニコ笑ってしなを作り……半さんにしなだれかかってるぜ。あっ、耳たぶ嚙んだ！　嫌《や》な幽霊だな。どうも』」

暗い場面から一転、いきなり途方もないクスグリが飛び出し、笑い声と拍手が起こる。福の助がよく言う、『緊張の緩和』だ。

夫の落語がウケるのはありがたいが、亮子は別のことに、心が囚われていた。

ほんの少し前まで、まるで五里霧中だった十個の謎。それが、いつの間にか、いくつも解けていることに気がついたのだ。

例えば、文吉師匠が突然『示現流幽霊』の後半部分を書き始めた理由は、自分の額に金貨がめり込むという、めったにないような体験をしたせいだ。

亮子は知らなかったが、まったく未知の剣法である示現流と切り合いをした彰義隊士の中で、自分の刀の鍔が額に刺さって死んだ例が実際にあったのだろう。そして、その事実を、馬春師匠も福の助も知っていたのだ。そうとしか考えられない。

そして、文吉師匠は自分の額に生じた特殊な状況を記録に残すため、亮子からカメラを借りようとした。

（すると、額に金貨をめり込ませた張本人は……）

再び左を見ると、青山は口を半開きにしたまま、全身を細かく震わせている。

（間違いない！　犯人はこの男だ。ただ……変だな。問題の金貨はいつ抜かれたのだろう？　それに、そんな大けがをしながら、文吉師匠がごく普通の生活を続けているのも変だし……）

「『とにかく、半さんが取り殺されでもしたら一大事だ。呼んでやろう。は、半さん、ちょいとこっちへ来とくれ。ええと、あの、出す肴のことで、話があるんだ』

『いやあ、祝い酒だから、すぐに回っちまって……な、何だい？　親父さん。今日はめでてえんだ。あとで必ず払うから、タイでもヒラメでも、どんどん運んでくれよ』

『それどころじゃねえよ。あの、気づかねえのかい？』

『何が……？』

『何がって……お前の向かいにさ。あ、ありゃあ、普通のお人じゃねえよ』

『うん！　そうなんだ。いやあ、面目ねえ。あんなおかしなのを連れてきちまって。だけどねえ、根はいいやつなんだ。昔、一緒に鬼ごっこをした仲で……』

『そんなこた、どうでもいい！』」

客席はいよいよ盛り上がり、噺の大詰めが近いことを予感させた。

（だけど、サゲはどうするつもりなのかしら？）

居酒屋の主人は幽霊の手つきをしたりして、懸命に清之進に事実を伝えようと試みるが、うまくいかない。

「……困っちまうなあ。なぜわかんねえんだろう。だからさ、額のとこをごらんてば』

『ん……？　額がどうかしたかい』

『どこに目をつけてんだい。額に鍔がくっついてるだろう！』

『えっ？　額につばが……あははは！　見つかっちまったかあ』」

照れ笑いをすると、福の助は手の甲に唇をつけ、チュッと音をさせて、

「『だったら……いっそ口にしときゃよかった』」

意外なサゲに、客席がどっと沸く。

「いいぞ」「上出来！」と声がかかる。おそらく、昨日、途中までの高座で欲求不満を抱えていたお客だろう。

拍手喝采の中、福の助が立ち上がり、上手へと向かう。次の出演者の出囃子が鳴る。

そんな中、亮子の頭脳はフル回転していた。

（……ちょっと待ってよ。三つのヒントのうち『唉よりも』の俳句は、今のこのサゲを示していたんだ。それはわかった。するとあと二つは……昨日の騒動の謎を解く鍵だ。

『転宅』は、泥棒が入られた時、途方もない機転で難を逃れたという中身よね。今回の場合、その『泥棒』はもう決まっている。そして……『ギミック』。『仕掛け』という意味だと聞いたけど、一体何に仕掛けが……ん？　ああっ、そうか！）

脳裏に閃きが走る。気づいてみれば、ごく単純で、今まで頭に浮かばなかったのが不思議なくらいだった。

（そうよ。昨日、青山さんが舞い戻ってきた時、手に金槌を持っていた。だけど、その少し前、車に駆け戻ってきた時には手ぶらだったし、あの部屋にも凶器になるようなものはなかった。じゃあ、一体何を使ったのかしら？）

いよいよ、推理が核心に迫った時、

「……おい、孝太郎。お前もばかじゃなけりゃ、今の噺の意味がわかっただろう？」

突然、池山教授に切り込まれ、青山は顔面蒼白となり、震え上がった。

池山は鋭い視線で、兄の義理の甥を睨みつけ、

「たかが金貨一枚のために、お前は人殺しまでするようなやつだったんだな」

静かに、そう言ったのだった。

21

「……まあ、文吉さんもとんだ命拾いをしたもんだねえ」

電話の向こうで、由喜枝さんが呆れたように言った。

「青山って男が与太郎だったからよかったけど、一歩間違ったら、今頃はお葬式。あたしが亭主の名代で、参列してるところじゃないか」

「本当におっしゃる通りです。危ないところでした」

二月二十六日、月曜日の午後十時。亮子は自分のアパートから、馬春師匠のマンションに電話をかけていた。もちろん、今回の顚末を報告するためである。

昨夜、福の助が一応簡単に話はしたようだが、好奇心旺盛なおかみさんがそれで満足するはずもなく、今晩、改めて報告することになったのだ。

ちなみに、夫はまだ落語会の仕事から戻ってきていなかった。

「だけど……金貨ってのはずいぶん値が張るもんなんだねえ。驚いたよ」

「私も驚いたんですけど、聞いてみたら、金貨といっても値段はピンキリなんだそうです。文吉師匠がお持ちになっていたのは、明治九年発行の旧十円金貨で、すごく貴重な品だと伺いました」

「へえ。だけど、そんなものを、文吉さんはどっから手に入れたのかね。大典先生さえ知らなかったんだろう」

「まったく聞いてなかったそうです。せいぜい数十万円程度の品だと思っていたから、本当の値段を聞いて、びっくりしていらっしゃいました」

「うちの人も仲がよかったけど、その金貨の由来は聞いてないそうなの。高座に上がる時、おまじないに使っていたところから見て、先代の常吉師匠の遺品じゃないか……って、これは亭主の勝手な想像よ。推理とは呼べないわね」

「なるほど。正確な由来を文吉師匠に尋ねてみても、答えていただくのは無理でしょうしねえ」

明治時代に鋳造された十円金貨には新旧の二種類が存在するが、旧金貨は新貨の倍の重さがあるため、明治三十年以降は二十円として通用した。それだけでも価値は高いが、特に明治九年のものは発行枚数がほんの二千枚ほど。もしも完全未使用なら、千五百万円以上の値がつくのだという。

文吉師匠の場合、ずっと金貨を持ち歩いていたわけだから、価値はぐっと落ちるが、それでも五百万円は下らないらしい。金に困った青山孝太郎が目をつけるのも無理はなかった。

昨日の昼の騒動については、青山が昨夜、終演後の紅梅亭の楽屋で、概略を白状していた。彼は今、強盗致傷罪の疑いで、警察の取り調べを受けている。

彼の供述を簡単にまとめると、次のようになる。

定職に就かず、派手な生活をしていた青山孝太郎はいわゆる闇金から借金を重ね、現在ではその金額が利子を含め、四百万円以上にふくらんでいた。

当然、業者からは矢の催促。追い詰められた青山は、義理の叔父にあたる文吉が所有していた旧十円金貨を奪い、返済にあてようと企んだ。少年時代、切手や古銭の収集に凝ったことがあり、かなり以前から、問題の貨幣の存在と価値については知っていたという。

したがって、所有者が認知症になったのを幸い、うまくだまして、手に入れようとしたのだが、あいにく、文吉師匠が金貨をお守り袋に入れ、肌身離さず持ち歩いていたため、なかなか盗むチャンスが見つからない。

そのうちに、闇金からの督促はますます激しさを増し、ついに身の危険を感じた青山は、力ずくで強奪することを決意した。病気が病気だけに、けがさえ負わせなければ、あとで記憶が曖昧になり、警察へ駆け込まれたりする心配はない。そう踏んだのだ。

一昨日、土曜日の正午過ぎ、浅草の有名寿司店の折り詰めを土産に、青山は文吉師匠の家を訪れた。そこからの詳細についてはまだ語られていないが、とにかく、金貨を巡って二人はつかみ合いとなり、抵抗する師匠を青山が殴り倒すという事態に至った。

問題となるのは、その際に使用された凶器だ。たかが老人と侮った青山は、あらかじめ武器を用意していなかった。いざとなれば、素手で簡単に倒せると安易に考えていたのだ。ところが、この老人、意外なほど手強かった。認知症のため、年相応の分別がなくなり、死に物狂いで歯向かってきたせいもあるらしい。

争ううち、油断していた青山の方が逆に旗色が悪くなり、苦し紛れに、すぐそばにあったカボチャを両手でつかむと、思いきり文吉師匠の頭上に振り下ろしたのだ。

相手が昏倒したのを見て、青山は大変なことをしてしまったと思い、いったん部屋の外へ出たが、どうせ逃げるなら金貨を奪おうと考え直して、再び部屋に入った。

だが、襖を開けた青山は恐ろしい光景を目にする。金貨が文吉師匠の額に、半分ほどもめり込んでいたのだ。

義理の叔父を殺してしまった。そう確信した青山は一目散に現場から逃走した。その場面を、亮子が目撃したというわけだ。

「だけど、文吉さんも運がよかったよ。ええと……何と言ったけ？　その仕掛けのある金貨」

「ギミックコインですね」

「ああ、それそれ。たまたま手近にあったそいつをとっさの機転で額の上に載せたから、そのおかげで助かったんだろう。そこでむっくり起き上がったりしてたら、今度はもっと硬い何かで頭を殴られて、三途の川を渡るはめになったかもしれないよ」

「おっしゃる通りですね。実際に、青山はあとで、車の中にあった修理道具の金槌を手に、現場へ戻ってきています。もちろん、頭蓋骨を叩き割って、金貨を奪うために……。

まあ、あの時、その点に気づかなかった私が鈍感だったんです。急に、どこからか金槌が出てきて、玄関の格子戸の修理が始まりましたから。あれは、もともと手に握って入ってきたんですね」

「だったら、まるっきりの『らくだ』じゃないか。『心配だから、念のため、頭をつぶしておこう』ってわけだ。困ったもんだねえ」

さすがは、おかみさん。実にうまいことを言う。

『ギミックコイン』という言葉は、以前、どこかで聞いたような気はするが、うっかり忘れてしまっていた。

手品用にさまざまな仕掛けや工夫がしてあるコインだ。身の危険から逃れるために文吉師匠が使ったのは、半分だけ、つまりちょうど真ん中のところで切断された金色のコインだった。

「昨日、八ちゃんに言われたんですけど……よくよく考えてみたら、私、まったく同じコインを使うところを見たことがありました」

「えっ？　そりゃ、いつだい」

「先月半ばの月曜日です。迎《むかい》さんという方が開いた落語会で、主催者自ら手品の余興をされたのですが、その中で、百円硬貨をリンゴに半分までめり込ませ、あとで確かめると、皮に傷がついていない、というのを見たんです。あれも、ギミックコインを使った手品の例でした」

「ああ、なるほど。だけど、百円玉なら、まだわかるよ。金貨は柔らかいんだから、ちょっとやそっとのことで、頭蓋骨に突き刺さるわけないだろうに」

「あ……あのう、おかみさん。それをおっしゃらないでください。携帯に残されていた写真を見た時、師匠と八ちゃんはすぐにピンと来て、私一人だけ、何も気づかなかったのですから」

「別にいいじゃないか。例の噺の後半がどうなるかわかったのは、亮ちゃんがその写真を出してくれたおかげなんだろう。胸をお張りよ」

「それは、まあ、そうなんですけど……」

おかみさんは慰めてくれたが、亮子は夫とその師匠の思考回路についていけず、かなり落ち込んでいた。

確かに、額に食い込んだコインは刀の鍔を連想させるが、問題はその先。どうやって、サゲまで見通すかだ。『唾』と『鍔』という同音異義語で、まったく同じことを考えたのは、ひょっとすると、普段から謎かけなどで鍛えているせいなのかもしれない。

わざわざつけ加えることもないだろうが、旧十円金貨は文吉の家の台所のゴミ箱の中から発見された。青山が凶器として振り上げたカボチャの底の部分が腐っていたため、そこに食い込んでしまったのだ。

煮物を作る時、腐敗した部分を大きく切り落としてしまったので、亮子にはわからなかったが、考えてみれば、これもドジな話だ。馬春師匠がヘルパーが来る日を気にしていたのは、もちろん、ごみ出しを念頭に置いてのことだ。

「それにしても、うちの人はもう寝ちまったから平気で言えるけど、もっと素直に何でも教えてくれりゃいいんだよ。『転宅』なんてヒントも、『苦し紛れの機転』てな意味でわからないこともないけど……わざわざ遠回りさせて、苦労させることもないのにさ」

「いえいえ、そこが馬春師匠の師匠たる所以《ゆえん》ですよ。シャレのきつさがなくなったら、かえって心配です。それに……」

「それに、何だい？」

「今回の件で、とてもうれしかったのは、推理をしている最中、馬春師匠の舌が予想以上にペラペラ回ったことです」

「えっ、そうなのかい？　あたしはその場面にいなかったけど……そりゃ、好きこそ物の上手なれってやつだね」

「はい。だから、来月の晦日の独演会、間違いなく、うまく行くと思いますよ！」

鍋屋敷の怪

「……うるせえなあ、おとっつぁんは、何だかんだと。あ、そうだ。『売り声は大きな声でやれ』って言われたんだ。じゃあ……大勢人が歩いてるけど……そばぁぁうぅぅいぃうぃ……ああ、笑ってやがる。恥ずかしいもんだな、こりゃ。そうだ。暗いとこで稽古しよう。ええと……この路地がいいな。ええ……そばぁ！」

「うわっ！　な、何しやがんだよ、この野郎」

「……あっ！　あぁ、びっくりした」

「びっくりしたのはこっちだぜ。野郎、小便《しょんべん》してる真後ろで、いきなり大声出しやがって。驚いた拍子に、止まっちまったじゃねえか」

「ああ、止まりましたか。じゃあ、吸い出すとか……」

「何を、くだらねえこと言ってるんだ！」


「……あれか。あれは人ではない。タヌキだ」

「えっ、タヌキ？」

「タヌキが人に化けておったのだ」

「そ、そんなはずねえよ。だって、大きな鍋が下がってきた」

「それは陰嚢《いんのう》だ」

「へ……？」

「早い話が、タヌキのキン、だ」

「キン……？　どうりで、でかいと思った。八畳敷きてえからなあ。じゃあ、徳利《とつくり》は？」

「タヌキに徳利はつきものだ」

「あ、そうか。だけど、五十も蕎麦を食うのかね？」

「おおかた、引っ越し蕎麦でも配ったのだろう」

「引っ越しに出くわしちまったのか。困ったなあ。ねえ、おあしおくれ」

「何を言っておる。タヌキが求めたものを、こちらで代金《だい》を支払ういわれなどない。このたわけめ！」

「そんなぁ……このまんま帰ったら、おとっつぁんに叱られる」

「知ったことか。まごまごすると、この六尺棒で向こう脛《ずね》をかっぱらうぞ！」


「……ねえ、ここだよ。タヌキが出たのは」

「わかった。さあ、売り声をやれ」

「あ、そうかい。じゃあ……そばぁぁうぅぅ……」

「違うだろう。行灯《あんどん》を書き換えたじゃねえか。『しるこぉ』ってんだ。いいよ。俺がやるから。おしるぅこぉお……白玉ぁのぉ、おしるぅこぉ」

「ネギ南蛮、しっぽくぅ！」

「ばか！　汁粉屋にネギ南蛮があるか」

「おい、小林《こばやし》。おもしろい晩だ。よほどに慣れぬ夜商人《よあきんど》ばかり通ると見えるな。今度は、汁粉だ。蕎麦のあとに甘い汁粉もいいだろう。また鍋を貸してくれ。おいおい、汁粉屋、汁粉屋ぁ！」

「お、おとっつぁん！　またタヌキが顔を出したよ」

1

『えー……どうも、しばらく。馬風《ばふう》。まさか僕のことを、忘れやしねえだろうな』

カーステレオから聞こえてくるのは、年輩の男性の声。

『ねえ、この頃の客は薄情でいけねえや。ちょいと出ねえと、すぐ忘れるからね。だけど、今んとこ……舌もよく回らねえや。そいで……口も、何だよ。まだ、はっきりしねえんだよ』

言葉遣いは乱暴だが、どこか、子供が甘えるような雰囲気があり、不快な感じは少しもしない。ちゃんと一つの芸として完成されていた。

ただ、本人がぼやいている通り、やや舌がもつれていて、間合いも不自然だった。

『……舞台へ出るてえと、具合がいいんだ。だから、うれしいや、ねえ。えー……今日は、よく来たな。本当に』

笑い声が起こり、拍手が湧く。今の台詞がこの師匠の、いわば看板で、客はみんな、それがいつ出るかと思い、待ち構えていたのだ。

ひらがなで書くと、『よぉくきたなぁ、んとうに』だろうか。独特の口調である。

「……ちょいと、止めてくれ」

後部座席で、亮子《りょうこ》の右隣に座っていた馬春《ばしゅん》師匠が言った。

「えっ？　あの、止めるって……」

前は運転席の福《ふく》の助《すけ》だけ。ハンドルを握りながら、ちらりと後ろを振り返り、

「何せ高速ですから、はばかりでしたら、次のパーキングまで我慢していただいて――」

「ばかやろう。誰が車だと、言ったよ。テープを止めろ」

「え……ああ、はい。すみません。承知いたしました」

『今日は昼間っからこんなに来るはずねえと思ったら……来たよ。だから、夜、来なくなっちまうんだ。昼間は来るけど――』

プレイヤーが停止する。『テープを』と言われたが、実際の音源はCDだ。

声の主は先代の鈴々舎《れいれいしゃ》馬風師匠。自称は九代目だが、正しくは四代目らしい。

浅草《あさくさ》の弁当屋の息子で、不良少年から噺家になり、大御所の落語家のものまねと毒のある漫談で人気を博した。いかつい風貌から、ついたあだ名が『鬼』。言動も実に乱暴で、数々の逸話を残している。これらはもちろん、すべて夫から聞いた蘊蓄《うんちく》の受け売りだ。

静かになったカローラの車内で、馬春師匠がおもむろに口を開く。

「どっちが上だい、馬八《うまはち》」

「はい？　どちらと申しますと……」

「俺と、先《せん》の鈴々舎と、舌の回り具合はどっちがましかと、聞いてるんだ」

「あ……はい。ええと、それは……」

福の助が口ごもる。

『もちろん、師匠の方が上です！』。そう言い切れればいいのだが、事実は違う。お世辞《せじ》が通じる相手でもなかった。

「……問いつめて、事故を起こされても困るな。じゃあ、亮ちゃん、どうだい？」

「ええっ？　あの……私が、答えるのですか」

『わかりません』で済ませたいが、成り行き上、そうもいかない。

「それは、そのう……あくまでも素人の意見ですが、回復の程度は、同じくらいじゃないでしょうか」

実は、先代の馬風師匠も脳の出血で入院し、さっきまで聞いていたのは復帰後の高座の録音なのだ。題して、『闘病日記』。

「同じくらい、か。ふふふ。まあ、そう逃げるよりほか、どうしようも、ねえだろうな」

茶色いカーディガンを着て、腰から下に紺の膝掛けをした馬春師匠が薄く笑う。

ミラーでそれを見た夫がほっと安堵するのがわかった。

「まったくなあ。困ったもんだぜ」

師匠が、どこか歌うように、言葉を続ける。

「何とか、世の中ぁついでに生きてみてえと、思ってるんだが、なかなかそうも、行かねえもんだなあ」

『世の中をついでに生きてるような』は、噺のマクラで頻出する表現だ。わかりやすく翻訳するのは難しいが、落語国の住人の八《はっ》つぁんや熊《くま》さんのように、何をするでもなく、フワフワと生きる。おそらくはそんな意味だと、亮子は理解していた。

三月二十八日、水曜日。時刻は午後一時半を少し過ぎていた。

天気は雲一つない快晴。春の陽光が降り注ぐ中、福の助が運転する白のカローラは、東北自動車道を北上していた。

ついさっき、鹿沼《かぬま》インターチェンジを過ぎたところ。そして、目指す先は、福島県の南会津《みなみあいづ》郡坂岩《さかいわ》村にある秘湯の宿だった。

2

復帰の独演会が、いよいよ目前に迫っていた。

三月一日、東京落語協会本部で開かれた記者発表には、福の助、竹二郎《たけじろう》、亀吉《かめきち》の三人に加え、紅梅亭《こうばいてい》の梅村勝子《うめむらかつこ》席主、さらに、後見人として協会会長の松葉家常吉《まつばやつねきち》師匠が出席した。

事前に、本人は欠席する旨の連絡をしておいたのにもかかわらず、会場にはテレビカメラが何台も入り、直弟子《じきでし》一同は思わぬところで、テレビ初出演を果たしてしまった。

集まった記者は大手新聞からスポーツ紙、週刊誌、唯一の演芸専門誌である『東京かわら版』まで、総勢で五十名以上。驚くほどの関心の高さである。

馬春師匠の場合、落語家としての評価はもちろんだが、個性的な脇役として、ドラマや舞台、映画で活躍していた時代が長かったため、知名度は抜群。テレビのワイドショーも、ほとんどの局がトップで扱ってくれた。

発表と同時に、独演会のチケットも売り出されたが、事前の予想通り、即日完売。当日券も一応あるが、わずかな枚数なので、行列は必至。かなりの数の立ち見が出そうだった。

独演会へ向けてのリハビリについては、STの先生の指導のもと、順調に進められてきた……と、福の助は報告を受けていたが、正直なところ、どれくらい本来の姿に近づいているのかはわからなかった。

日常会話については、ほとんど不自由がなくなってきている。それは確かだ。最も調子のいい時には、障害をもっているという事実を忘れてしまうことさえあったが、落語を一席演じるのはまた別な作業であって、それに耐え得る状態なのかどうかは、高座に上がり、実際に喋ってもらわなければ判断できない。だが、師匠は、自分が稽古《けいこ》をしているところを、おかみさんにも見せたがらなかった。

心配した紅梅のお席亭が、リハーサルの実施を提案してくれたのだが、馬春師匠が拒否してしまった。『昨日、今日、噺家になったんじゃねえ』というのが言い分である。

説得しても、むだなことは誰もが知っていたから、関係者一同、運を天に任せる覚悟をしたのだが、独演会の一週間前になって、師匠から直接福の助へ電話が入った。

その内容は、『福島県の南会津に、滅法よく効く温泉があると聞いたから、本番前に連れていってくれ』というものだった。

3

東北自動車道を、西那須野塩原《にしなすのしおばら》インターチェンジで下りる。

一般道に出る信号を右折すると、いきなり左右は広々とした牧草地。都内ではまず出会えない光景だ。

「……明々後日《しあさって》だな」

窓の外の景色を眺めながら、馬春師匠がつぶやいた。マスコミはすでに『奇跡の復活』ともてはやしている。やはり出来が心配なのだろう。

「ああ、そうだ、馬八。口上は一番しめえにしてもらったからな」

「えっ？　それは存じませんでした。すると、最後に……」

「真打ちの披露目《ひろめ》じゃあるめえし、喋りにくくて、しょうがねえもの」

「ああ、なるほど」

口上の場で、さんざんもち上げられたあとでは、観客の期待がふくらむ分、演《や》りづらくなる。そう言いたいのだろう。その気持ちはわかる気がした。

亮子はバッグから茶封筒を取り出す。その中に、二枚の紙が折り畳まれて入っていた。まず、小さな方を開く。神田紅梅亭の借用書だった。

『日時　三月三十一日土曜日　午後五時から九時まで
使用目的　山桜亭馬春独演会
使用者　大山和雄』
『大山和雄』は師匠の本名だが、筆跡は本人ではなく、福の助のものだ。
無様な姿を世間にさらすことを嫌い、生涯高座には上がらないつもりでいた馬春師匠を、一番弟子がいわば罠にはめ、独演会開催を承知させた。その際に使用した小道具がこの書類だった。
続いて二枚めは、プログラムの見本刷りである。白地にピンクで梅鉢の紋が薄く入り、最初に寄席文字で大きく、『紅梅亭弥生余一会　山桜亭馬春独演会』。
それに続き、番組が載っていた。

『開口一番　万年亭亀吉
落語　寿々目家竹二郎
落語　寿笑亭福の助
漫才　そよ風ダリア・パンジー
落語　寿笑亭小福遊
仲入り
口上　松葉家常吉

寿笑亭福遊
万年亭亀蔵
山桜亭馬春
寿笑亭小福遊
万年亭亀蔵
桃の家とも歌
山桜亭馬春』

落語
音曲
落語

ただし、口上は最後に回すことが決まっている。

独演会と聞くと、出演者がたった一人と思われがちだが、それはむしろ珍しいケースで、落語や色物のゲストを招く方が一般的だ。今回の場合、病後の体で主任《トリ》を務めるのだから、一席のみはあたり前。その分、ほかに豪華な顔触れが揃っていた。

プログラムには記載されていないが、記者発表の折に、口頭で、馬春師匠の演目は『海の幸』と発表されていた。師匠自身が公表を改めて望んだからである。その際、何も質問が出なかったのは、落語に詳しい記者が皆無だったせいだろう。謎は解けていない。

「ところで、師匠、これから行く温泉ですが」

福の助が話題を変える。

「坊主《ほうず》温泉てえのは、考えてみると、ずいぶん変わった名前ですよね」

「坊主ったって、衣《ころも》を着けて、経を読むわけじゃねえもの」

馬春師匠が答える。すぐに乗ってきたところを見ると、機嫌は悪くないらしい。

「まあ、海坊主の類いだな」

「ウミボウズって……あの、妖怪ですか？」

「ダイタンボウの話を、知らねえかい」

また、耳慣れない単語が飛び出した。

（ダイタン、ボウって……大胆なお坊さん、のわけないよな。妖怪の仲間なんだから）

黙り込んでいると、師匠が解説してくれた。

『ダイタンボウ』は奥会津地方に古くから伝わる巨人伝説で、三重県などを中心とし、全国的にも有名な『ダイダラボッチ』の民話によく似ている。

伝承では、ダイタンボウという名の巨人が大きな岩を力任せに蹴り、岩の先の部分がポーンと飛んでしまった。そして、飛んだ岩の先端が地面へ突き刺さった場所を『逆《さか》さ岩』と呼んでいたのだが、それが詰まって『坂岩』という村の名前になった。

したがって、すぐ隣は『舘岩村《たていわ》』。これも以前は『立岩』と書いた。つまり、先を蹴り飛ばされた残りの岩が立っていた場所。ただし、歴史あるこの二つの村名は、近々行われる町村合併で、消滅してしまうらしい。

「……なるほど。昔話に出てくる巨人の名を採って、坊主温泉なんですか」

運転席で、福の助がうなずく。

「さすが、『クイズ荒らし』の異名をもつだけのことはありますねえ」

馬春師匠は若い頃、何度もテレビの番組で優勝した経験をもっていた。博覧強記なのだ。

「その温泉は師匠のおなじみだと伺いましたが、あたくしが入門して以降は、たぶん、いらしてませんよね」

「ああ。通ってたのは、もっと前だ。テレビに出るようになったら、忙しくてな。最初《はな》は、師匠が生きてる間に、お供で行ったんだ」

「あ、先代と……へえ、存じませんでした。すると、それは師匠がまだ馬七《うましち》の時代ですね」

「そうさ」

馬春師匠の前名は『山桜亭馬七《さんおうていうましち》』。これは先々代の馬春師匠の前名だそうだが、師匠は入門後、わずか一年ちょっとで、由緒あるこの名前をもらった。そして、自分を超える噺家になってほしいという願いを込め、一番弟子を馬八と命名したのだそうだ。

「なるほど。それで、アルミニウムを含んだ湯だということをご存じだったわけですか」

温泉の効能は実に多種多様だが、一般には硫酸アルミニウムを含む温泉が、師匠のような病気には効くと言われている。坊主温泉の泉質はまさにそれに該当した。

インターネットで調べたところ、山の中の一軒宿で、温泉好きの間では知る人ぞ知る秘湯だという。師匠の話によると、『鍋屋旅館』という屋号もあるそうだが、通称らしく、ネットではヒットしなかった。

師匠から電話があったのは、先週の土曜日の夜だった。

とにかく、いきなり、『南会津の温泉へ連れていけ』。『そこは俺みたいな病人にはうってつけで、浸かると舌の回りがよくなるそうだ』『毎日《まいんち》リハビリ、リハビリで、ぼろ雑巾じゃねえが、すり切れちまった。本番前に気を養わねえと、喋れやしねえ』などと言われると、仕向けた超本人としては逃げづらい。

だから、車を運転すること自体はかまわなかったのだが、おかみさんが来ないと知り、福の助はあわてふためいた。師匠が『たまには、女房のいねえとこで、羽根を伸ばしたい』と強く主張したためらしい。亮子まで同行することになったのは、ちょうど春休みで、休暇が取りやすかったためである。弟弟子二人はあいにく仕事が入っていたし、夫としては、師弟二人きりの湯治だけは、何としてでも避けたかったのだろう。

白いカローラはもちろんレンタカーだ。日程は、今日から二泊三日で、独演会前日の三十日の朝に宿を出て、館山《たてやま》ではなく、神田のホテルへ入る予定になっていた。

「ところで、師匠」

福の助は、ミラーで後部座席の様子を窺いながら、

「独演会のあと、あたくしども三人の名前はどうなるのでございましょう？　できれば、その、山桜亭に戻りたいのでございますが……」

亮子ははっとした。確かに、馬春師匠が現役に復帰すれば、何も一門がばらばらでいる必要はない。

けれども、師匠は軽く鼻でわらうと、

「そんなこた、無理に決まってる。たった一日《いちんち》、高座に上がったくらいで、何が変わるってんだ」

「それは、まあ、そのう……」

福の助は少しためらってから、

「もちろん、師匠の体調次第でしょうが……何とか、はる平だけは戻してやっていただけませんか。やつはいじらしいくらい、師匠のことを慕っております」

「亀蔵《かめぞう》さんに、悪いぜ」

「いえいえ、実は亀蔵師匠の方から、『ぜひそうさせてもらえ』と勧められているそうなのです」

さすが苦労人だけあって、弟子の気持ちを察し、こまやかな心遣いをしてくれている。

今度は、師匠が黙る番だった。

じっと眼を閉じて考え込み、しばらくしてから、

「名前なんざ、簡単に変えられるさ」

淡々とした口調だった。

「高座に上がって、『本日からこんな名前になりました。どうぞご贔屓《ひいき》に』と挨拶すりゃ、そいで済む。『くだらねえことを考える間に、小噺の一つも覚えろ』と言っとけ」

「……承知しました。はる平《へい》に伝えます」

ミラーに映った福の助の眼に落胆の色が浮かぶ。おそらく亀吉の名前を出したのは単なる口

実で、実際には自分自身が戻りたいのだろう。

道が次第に上り坂になってきた。

「……テープの続きを、聞かしてもらおうか。せっかく、苦労して、手に入れてもらったんだからな」

「いえ、苦労なぞしてはおりませんが……はい。ただいま」

プレイヤーにセットされているCDは、『車中で聞きたい』と師匠から言われ、福の助が用意したものだった。持参させた理由は、すでに明白になっている。

スタートボタンを押すと、先代馬春師匠の声が、またスピーカーから流れ出す。

『……そいで、何だよ。今は本当におもしろくねえことが多い時代だよ。毎日の新聞見てごらん。今ここんとこで、おもしろくねえのは湯銭《ゆせん》の値上げだ。ねえ、湯銭なんてものは、ありゃ、何だよ。「上げてくれ」って言われたら、上げてやりゃいいんだよ。その代わり、何だよ。長く入《へえ》ってりゃいいんだから。

そうだよ。何だ、もう、悔しいから、二十五円にしたら、二十五円分だけ入ってりゃいいんだもの。三十円にしたら、三十円分入りゃいいんだ。そら、もう、何だよ。そりゃ、うんと入ってりゃいいんだから。その代わり、多少血圧の気《け》のあるやつは……引っくる返《けえ》る恐れがあるかもしれねえよ。そりゃ、しょうがねえや』

4

国道一二一号線を北上し、峠にある短いトンネルを過ぎると、福島県だ。あたりの風景が一変し、前方に圧雪路が出現した。左右には高い雪の壁。スタッドレスタイヤは装着していたが、亮子は少し不安になってきた。

十五分ほど進んでから、国道三五二号線に入る。この道をどこまでも進むと、尾瀬《おぜ》沼の玄関口である檜枝岐《ひのえまた》村を通り、新潟県に出る。

事前に調べたところでは、坂岩村は人口二千人弱。有名な観光地はないものの、村の南西部にかなり大きなミズバショウの群生地があり、周囲の山々は高山植物の宝庫だ。豪雪地帯だけに、村営のスキー場ももちろんあり、関東圏のスキーヤーやスノーボーダーの間では穴場として知られているそうだ。

極端にスピードが落ちたせいもあって、村にたどり着いた時には、時刻は午後四時を過ぎていた。

馬春師匠に指示され、中心部のコンビニ脇の空き地にカローラを入れる。ここから先はさらに路面状態が悪くなるので、宿の車に迎えに来てもらうことになっていた。

携帯の電波状態表示の棒はたった一本。心配しながら福の助が電話してみると、何とか通じて、『十五分ほどお待ちください』との返事。

温かい缶コーヒーを買い、飲みながら待つうち、重々しいエンジン音と、チェーンが道路を嚙む音が聞こえてきた。

現れたのはランドクルーザーで、四つのタイヤすべてに太いチェーンを巻いていた。なるほど。これなら安心だ。

シルバーの車体がカローラの左隣に並んで停まり、運転席から女性が降りてくる。

年齢は、亮子より少し上だろうか。雪国だけあって、透けるように白い肌をしていた。

顔は面長。二重だが、やや吊り上がった眼、尖った顎。どちらかというと、男っぽい顔立ちだ。髪を明るい茶に染め、短めのボブカットに整えている。

小柄な体形で、服装は紺色の作務衣《さむえ》の上に黒のダウンジャケットを羽織り、黒い革のサイドゴアブーツ。さすが、足回りは厳重だ。

まず、福の助と亮子が車から降りる。女性は二人に会釈すると、助手席の窓ガラスを軽く叩いて、笑顔で手を振り、

「おじさん！　お久しぶりです」

師匠は自分で窓を開け、彼女を見上げ、

「……おう、きなこか。大きくなったなあ」

「ちょっと、その呼び方はやめて。安倍川《あべかわ》じゃあるまいし。それに私、今年、本厄《ほんやく》なのよ。『大きくなった』はないでしょう。あははは！」

大きな口を開け、豪快に笑う。

女性の自己紹介によると、名前は本間《ほんま》ひな子さん。今年が本厄なら、年齢は三十二。宿の従業員ではなく、経営者のお嬢さんだそうだ。

空き地は本間家の知り合いの土地で、何日車を駐めておいても問題ないらしい。早速トランクルームを開け、荷物を下ろし、ランドクルーザーへ積み替える。

続いて、馬春師匠の乗り換え。車高が高いため、難航が予想されたが、二人が手を出す前に、ひな子さんが「私に任せてください」と言う。あまりに自信たっぷりなので、見守っていると、彼女は師匠の両手を持って、車から降ろし、左半身を支えながら歩かせる。そして、難関と思われたステップも、自由の利く右足をうまく使い、危なげなく後部座席に座らせてしまった。

「へええ。見事なお手並みですねえ」

福の助が感嘆の声を上げる。

「まるで、本職の介護士さんみたいだ」

「一応、ヘルパー二級の資格はもっています」

ドアを閉めながら、ひな子さんが照れ笑いをする。

「三年前に亡くなった父が、師匠と同じ病気だったもので」

「なるほど。それで、慣れていらっしゃったわけですね」

「……ああ、そうだ。おじさん、お礼が遅れて、すみません。その節はお花やお香典をいただいて、本当にありがとうございました」

深々とお辞儀をすると、師匠は顔をしかめて、右手を振る。『他人行儀な挨拶はよせ』と言いたいのだろう。

福の助と亮子も乗り込むと、ひな子さんが車を発進させ、やってきた道を戻り始める。

地元の人だけあって、圧雪路でもスピードを出し、チェーンが雪を激しく弾き飛ばす。

「ここへ来る途中、『坊主温泉』の名前の由来を伺いましたよ」

福の助が言った。

「ダイタンボウの伝説がもとになっているんだそうですね」

「ええ、まあ。ひなびた場所ですから、それに相応《ふさわ》しい名前ということで……」

「さぞや歴史がおありなんでしょうねえ。今、何代めくらいですか？」

「いえいえ、宿を始めたのは私の父です」

「お父さんが……？」

「はい。今年で三十七年になります。それ以前は湯守《ゆもり》もいない田舎の湯治場だったのですが、父が四十歳の時にその権利を買い取り、身寄りもないこの土地で旅館を開業しました」

「えっ……？　あの、すると、お父さんは会津のお生まれではないのですか」

「出身は東京です。千代田区の一番町《いちばんちょう》」

「一番町、ですか。それはまた……地下鉄の半蔵門《はんぞうもん》駅のすぐ近くの、イギリス大使館などがあるあたりですね」

亮子は少し驚いた。都内でも、指折りの一等地ではないか。

「今、お父様が四十の時に開業されたとおっしゃいましたが、それまでは、どんなお仕事をそんな話は聞いていなかった。亮子はちらりと馬春師匠を見たが、知らん顔をして、窓の外を眺めている。

「ええっ？　では、あ、あたくしどもの大先輩だったのですか」

「父は噺家でした」

「……」

いつの間にか、村の外れまで戻ってきていた。両側は杉の林だ。

「あのう、すると、鍋屋旅館という屋号も……一番町のご出身だとすれば、ひょっとして、『番町鍋屋敷』からお採りになったのではありませんか？」

「お察しの通りですわ」

（バンチョウナベヤシキって……何のこと？　皿屋敷なら、落語の『お菊《きく》の皿』にも出てくるけど……）

考えているうちに、福の助が口を開く。

「存じませんで、失礼いたしました。で、芸名は何とおっしゃって……」

尋ねようとした時、ひな子さんがウィンカーを左へ出し、

「ここから少し揺れますから、気をつけてくださいね」

言い終わると同時に、ハンドルを大きく左へ切る。

杉林の間の急な坂道を、シルバーのランドクルーザーが勢いよく上り始めた。

5

脇道は幅も狭く、轍《わだち》が深い。両側は奥行きが知れない鬱蒼《うっそう》とした林だ。

上り勾配がますますきつくなり、ランドクルーザーのエンジンでさえ苦しげにあえいだが、やがて急に道が平らになり、前方の視界が開けた。

そこは杉林を切り開き、造成したわずかな平地で、奥に一軒、家があった。すぐ後ろに山の急斜面が迫っている。

鍋屋旅館は平屋で、雪国らしく、一段高いところに建てられていた。軒《のき》が深く、周囲は板壁という古風な造り。窓がアルミサッシなのは、元々ここにあった建物を旅館用に改築したために違いない。

建物の手前に、ランドクルーザーを駐める。玄関もサッシの引戸。これも、無理やりはめ込んだような印象だった。

玄関のすぐ左脇に、縦長の板に墨で黒々と『鍋屋』。この看板だけ真新しかったが、その書体は寄席文字に酷似していて、亡くなった宿の主人が以前落語家だったという話を思い起こさせた。

さっきは初耳だったので驚いたが、考えてみれば、当然かもしれない。東京からこんな遠方まで、何かの縁がなければ、わざわざ足を運んでくるはずがないからだ。

車から降りると、谷から吹き上げてくる風が頬を刺した。建物の周囲はすっかり除雪がなされている。

師匠を乗せるため、携帯用の車椅子を積んできたが、玄関の位置が高いので、そこまで上げるのに一苦労……かと思われたのだが、よく見ると、コンクリートの階段の脇に、ちゃんとスロープがあった。

ここでも、ヘルパーの資格をもつひな子さんの腕前が遺憾なく発揮され、滞りなく作業が進んだ。

車椅子を先頭に、宿の中に入る。

昔風の広い三和土《たたき》、黒光りする柱や床、前方に続く暗い廊下。玄関ロビーには、会津塗や絵《え》蠟燭《ろうそく》など、この地方の民芸品が飾られていた。

玄関先に、ハイバックの車椅子が置かれていた。先に上がったひな子さんは、いったんそれに手をかけたが、ふと思い出したように、すぐ左手の部屋のドアを開ける。

「お母さん、浅草のおじさんがいらっしゃったわよ！」

館山へ越す前、師匠の自宅は浅草にあった。

すると、数秒後、

「……だって、お前、この姿では、さ」

力のない、かすれた声だった。

「今は、とてもお目にかかれないから、そう申し上げておくれ」

「じゃあ、あとでご挨拶すると、お伝えするわね」

扉を閉めたひな子さんは、亮子たち三人の方を向き、

「実は一週間ほど前から、母は風邪を引き込んでまして、年のせいか、さっぱりよくならないんです」

かすれた声は風邪のせいだったのだ。

「おクマさん。いくつに、なったんだい？」

馬春師匠がきく。『おクマ』はたぶん、あだ名だろう。噺の中にはいくらも登場するが、『熊子』とか『熊代』なんて命名は、現代ではちょっと考えにくい。

「えっ？　忘れちゃったんですか。ずいぶん薄情なんですねえ、おじさん」

何となく、意味ありげな言い方だった。

「おじさんよりも三つ下。満で六十二ですよ」

「だったら、別に、大《てえ》した年でもねえさ」

「ふふふ。自分のことも年寄り扱いするなとおっしゃりたいんでしょう」

笑いながら手を貸し、車椅子の乗り換えをさせる。これも、あっという間に済んでしまった。

ひな子さんの押す車椅子を先頭に、薄暗い廊下を進む。

右側に客室が並んでいたが、静まり返っていて、人気《ひとけ》はまるでなかった。

時刻は、午後五時を過ぎている。

「もしかすると、あたくしたちで、本日は貸し切りなんでございましょうか？」

「ええ、まあ……」

福の助の質問に、ひな子さんは言葉を濁す。

だが、数メートル進んだところで、ふと立ち止まり、亮子たちの方を振り返ると、

「もともと、冬場はおなじみのお客様のご予約だけ、お受けしてたんです」

ひどく苦しげな表情だった。

「ご覧になった通り、急な坂の上にあって、四駆の車でないと上がれませんから。パートの従業員たちにも休んでもらっています。そろそろ再開の準備にかかる時期なのですが、ちょっと、うちもいろいろありまして……あ、すみません。こんなところに立っていたら、師匠が風邪を引いてしまいますよね。さあ、行きましょう」

6

案内された部屋は十畳ほどの広さ。それぞれ花の名前がついていたが、ここはスズラン。和室の畳にフローリング風のカーペットが敷かれ、車椅子での移動がしやすいようになっていた。中央に座卓と座布団、左手の壁にテレビ。右手のドアの先はトイレと浴室だろう。レースのカーテンがかけられた奥の窓際に、介助バーを備えたベッド。その脇にはキャスターつきの台とポータブル式のトイレが置かれていた。

「ここはもともと、うちの父が寝ていた部屋ですが、亡くなったあと、同じように体がご不自

由な方からご要望が出たので、客室に改装しました。浴室はバリアフリーで、もちろん温泉も来ています」

ひな子さんの説明を聞き、亮子は納得した。確かに、そういった需要はいくらでも存在するだろう。

「少しゆっくりしていただいて、入浴午後六時、夕食は七時ということでいかがですか？　入浴の際には、私がお世話いたします」

「何から何まで、本当にありがとうございます。ところで、私たちの部屋は？」

「ああ、失礼しました。ミズバショウといって、玄関から三つめの……しまった。そちらに先に荷物を置いていただけばよかったですね。気がつかなくて、申し訳ありません」

「えっ……？　玄関から三つめですか」

亮子は戸惑った。

「どうせなら、この隣のあたりの方が、いろいろと都合がいいように思うのですが……」

「だめだ、そんなの。冗談じゃねえ」

馬春師匠が乱暴な調子で否定する。

「隣なんぞにいられたら、声を聞かれちまう。何のために、こんなとこまで、来たと思うんだい」

「何のためって……あっ！　そ、そうだったのですか」

思わず大きな声が出てしまった。

ここへ来た本当の目的がやっと呑み込めた。マスコミやおかみさんの眼を逃れ、静かな環境の中で、心置きなく噺の稽古《けいこ》をしたい。そのためには、この温泉はまさに理想的だ。

亮子とは対照的に、福の助は平然とした顔をしている。そんな師匠の心中を薄々察していたらしい。

お茶をいれ、とりあえず一服する。

カーテンを開けると、外は絶景。山々が幾重にも連なり、雪を被った木々がどこまでも並ぶ光景は一種、神秘的な趣があった。

欠点といえば、携帯の電波が圏外だったことだが、宿には固定電話もあるし、特に大きな問題ではなかった。

お茶を飲みながら、福の助が馬春師匠に、三年前他界されたというひな子さんのお父さんについて質問した。

説明によると、本名は本間洋太《ようた》で、芸名が山桜亭馬三《うまぞう》。何と、師匠と同門だったのだ。

「入門当時、たった一人いた兄弟子さ。当時は二つ目。俺よりも十二年先輩で、年も一回り上。馬三兄《あに》さんには、ずいぶん世話になったよ」

昔を懐かしむ口調で、そう語る。

一回り年上とすると、もし健在であれば、今年七十七。つまり、七十四歳で亡くなったわけだ。奥様より、十五歳年上ということになる。

「芸はお世辞にもいいとは言えなくて、それもあって、結局は廃業したんだが……了見は本寸《ほんずん》法《ぼう》の噺家だった。粋でいなせで、立てっ引《ぴ》きが強くてな」

『立て引きが強い』とは、『義理堅い』『気前がいい』といい意味である。

「馬三というお名前だけは伺っていました。たしか、真をお打ちになっていらっしゃいますよね」

「ああ、三十二の時にな」

「それ以前のお名前は？」

「いや、兄さんは入門からずっと一つ名前さ。俺は二回変えたけどな」

「ああ、なるほど」

落語家の中には、頻繁《しょう》に改名をくり返す者がいる代わりに、生涯変えずに通す者もいる。前者の代表が古今亭志ん生《ここんていしんしょう》師匠や現在の快楽亭《かいらくてい》ブラック師匠であり、後者の代表が昭和の爆笑王と呼ばれた林家三平《はやしやさんぺい》師匠である。

落語家を廃業したあと、馬三師匠……というより、本間洋太さんはこの地へやってきて、ひなびた田舎の湯治場だった坊主温泉を買い取り、宿屋稼業を始めた。資金は奥様、つまり、ひな子さんのお母さんが出したらしい。

名前は『久万子《くまこ》』さん。あだ名ではなく、本名だった。元は何か水商売をしていたらしく、かなりの額の貯金があったのだ。馬春師匠の言葉を借りると、『山内一豊の妻《やまのうちかずとよ》』。自分の身を省みると、何だか耳の痛い話だった。

とにかく、そんないきさつがあったから、元弟子のことを心配して、先代の馬春師匠も時折、この宿を訪れていたのだろう。

「お久万さんは気っ風《きっぷ》がよくて、見た目も小股の切れ上がった、いい女だったが……六十二か。さすがに、年は取ったろうな」

『小股《こまた》の切れ上がる』は昔の美人の形容で、『すらりとした細身のいい女』。ひな子の美貌は母親譲りらしい。

午後六時から、入浴。ひな子さんが来てくれ、福の助と亮子も見学した。馬春師匠は大の風呂好きだから、明日はきっと一日に何度も入りたがる。その度にひな子さんを呼んだのでは迷惑をかけてしまうと思ったのだ。

介護対応の浴室と聞き、何か特別な設備を想像していたのだが、浴槽はごくありふれた和式の一・五人用。ただし、半埋め込み式になっているところが、一般の家庭とは少し違っていた。あとは、すぐ脇に同じ高さの『洗い台』があるだけ。浴室用の椅子をもっと大ぶりにして、背もたれをつけたものだ。

ひな子さんは浴槽を温泉で満たすと、服を脱がせた師匠を台に座らせ、あとは動く方の右足からお湯に入ってもらい、麻痺している左足と上体をうまく支えながら、何の問題もなく、浴槽に座らせてしまった。小さめだから、そのままの姿勢を楽に保っていられる。

自宅でも訪問入浴の介護サービスは受けているが、温泉の味は格別なのだろう。いかにも気持ちがよさそうだ。

入浴が終わると、次は夕食。亮子も料理を運ぶことくらいは手伝った。ひな子さんはしきりに恐縮していたが、お母さんが病気なのだから、当然だ。

準備している間、福の助は大浴場でひとっ風呂浴びた。浴槽は檜《ひのき》で、かけ流しが自慢だという温泉は湯量も豊富。すっかり堪能した様子だった。

夕食は師匠の部屋で三人一緒に摂ったが、お膳に並んでいるのは会津の郷土料理が中心で、サトイモ、ニンジン、タケノコを角切りにして、キクラゲや豆麩《まめふ》などと貝柱のだしで煮た『こづゆ』、身欠きニシンのサンショウ漬け、コイの洗い、山菜の天ぷら、それから馬刺しもあった。味はすべて申し分ない。

夕食が済み、片付けが終わると、もうすることがなかった。もちろんテレビはあるが、こういう時に限って、つまらない番組しかやっていない。

座布団に腰を下ろし、吹きすさぶ風の音を聞くともなしに聞いていると、

「……さすがに、退屈《てえくつ》だなあ」

馬春師匠がつぶやいた。

「ええ、まあ。実に閑静なところでございますから」

福の助が何気なく、そう受けると、

「よし。稽古をつけてやろう」

「はあ……?」

まったく予想外の展開だった。

「お稽古で、ございますか？　それは、大変ありがたいことで、ぜひお願い申し上げたいのですが……」

福の助も半信半疑の表情である。

「ただ、その、お稽古をつけていただけるというのは……一体、どの噺でなんでございましょう？」

「『鍋屋敷』だ。一時《いっとき》、俺がよく高座にかけてたから、お前だって演れるだろう」

7

（……そうか。噺の名前、だったんだ）

亮子は、ランドクルーザーの中での会話を思い出していた。

父親が千代田区一番町の出身と聞いた夫が『屋号は「番町鍋屋敷」からお採りになったのでは』と尋ねると、ひな子さんは『お察しの通りですわ』と答えた。

『番町皿屋敷』なら、亮子も知っていた。元は歌舞伎の演目で、旗本の青山播磨《あおやまはりま》が秘蔵していた皿十枚のうち、一枚を割ってしまったため、腰元のお菊が手討ちにされ、古井戸に投げ込まれる。その井戸から夜な夜な幽霊が出て、皿を数えるという怪談で、それを下敷きにした落語が『お菊の皿』だ。

（だけど……『鍋屋敷』とか、『番町鍋屋敷』なんて噺は聞いたことがないなあ）

ただし、まだまだ亮子が知らない落語は山ほどある。おそらく、そのうちの一つなのだろう。

「『鍋屋敷』で、ございますか」

福の助は明らかに戸惑っていた。

「まあ、聞き覚えで、できないことはありませんが……ええ、それでは、今晩一晩、お時間を頂戴いたしまして、自分なりに練りましてから——」

「往生際が、よくねえぞ」

思いがけないほど、険しい口調だった。

「ここで死んだ、馬三兄さんの十八番《おはこ》が、この噺なんだ。先輩に敬意を表して、さっさと演りな」

「……しょ、承知いたしました。では、しばらくお待ちください」

そうまで言われては、もう逃げられない。福の助は自分の部屋へ行き、高座扇と手ぬぐいを持ってくると、座布団の上に正座した。洋服のままでの稽古である。

(それにしても、『鍋屋敷』がひな子さんのお父さんの得意ネタだったなんて……ああ、だから、名前が『鍋屋旅館』なのか)

「では、よろしくお願い申し上げます」

まずは、丁寧にお辞儀。

「えー、江戸といった昔には、夜鷹《よたか》蕎麦というご商売がございました。夜に売り歩くところから、ついた呼び名だそうですが……。

『おい、与太郎、こっちへおいで。おとっつぁん、今晩、疝気《せんき》が起きちまってな。商売に出られそうもねえんだ』」

マクラはなしで、すぐ本題に入る。『疝気』は、冷えから来る男性の腰痛を指す言葉だ。

「『だから、今日はお前《めえ》が一人で蕎麦を売ってきな。こしらえ方は知ってるだろう。いつもおとっつぁんがするのを見てたから。まず湯を熱くしといて、蕎麦玉を入れ、よぉくほぐす。そいから、湯を切るんだが……』」

夜鷹蕎麦屋の父親がせがれの与太郎に、作り方を詳しく講釈する。

「『あと、歩く場所だがな、にぎやかなとこはだめだぞ。ほかに店があるから、お前の蕎麦なんぞ誰《だあれ》も食《くい》やしねえ。なるべく寂《さむ》しいとこの方がかえって売れるんだ』

『へえ。だったらいっそ、墓場ん中を売り歩こうか?』

『ばか野郎。幽太がしっぽくなんぞ食うもんかい』」

『しっぽく』は、『時そば』で落語ファンにはおなじみのメニュー。蕎麦の上に、マツタケやかまぼこ、野菜などを載せたものだ。

どうやら与太郎噺らしいが、やはり聞いた覚えはない。

作り方と売り声とを教えられた与太郎は、蕎麦の荷を担いで家を出る。途中、立ち小便をしている男の後ろで大声を出し、怒鳴られたりしながら、次第に売り声にも慣れてきて、

「『……おやぁ、ずいぶん寂しいとこに出たなあ。ずっと石垣と溝《どぶ》が続いてらあ。こんなとこの方が売れるかもしれねえな。そばぁぁうぅぅいぃうぃ……ネギ南蛮、しっぽくぅ……』

『おい、小林。珍しい晩だなあ。夜商人《よあきんど》が通るぞ。番町の鍋屋敷といったら、知らぬ者はないと思ったが……あ、そうか。どうやら新米と見える。鍋を出せ、鍋を。今、声をかけるから。おいおい、蕎麦屋、蕎麦屋ぁ！』」

と、ここで鍋屋敷が出てきた。登場人物は侍。どうやら、武家屋敷らしい。

「『……何だい、あんな高いとこに窓があるぞ。窓から顔を出してやがる。ええ、蕎麦ぁ、さし上げますか？』

『うむ。求めてつかわす。今、上から鍋を下ろすから、その中に蕎麦の玉を入れろ。どれくらいある？』

『ええと、五十、そっくりそのまんまありますけど……』

『総じまいだ。残らず入れろ』

『えっ？　みんな買ってくれるんですか。ありがてえなあ、こりゃ』」

喜んだ与太郎は、下りてきた巨大な鍋に蕎麦を、結びつけられていた徳利に汁を全部入れてしまう。

「『……もういいですよ、上げても。あら、紐をたぐって……鍋の宙乗りだ。スチャラカチャンチャン、スチャラカチャンチャン、スチャラカチャンチャン……何だい、窓を閉めちまったぞ。もしもしぃ！』

『……何だ。何か、用か？』

『蕎麦の代金《だい》をくださいな』

『おお、そうか。こんな暗がりで、上から銭を放って、溝に落ちてもいかん。この石垣に沿うてまいれ。御門があって、門番がおるから、そこで蕎麦の代金を受け取れ。相わかったか？』

『へえい。何でえ、あいわかりゃしねえけど、言われた通りにするより、しょうがねえ……ああ、門があった』」

居眠りをしていた門番を与太郎が起こし、蕎麦代を請求するのだが、年老いた門番は『あそこに人は住んでいない。きっとタヌキの仕業だ』などと言って、まるで相手にしてくれない。あげくの果てに、『まごまごすると、この六尺棒で向こう脛《ずね》をかっぱらうぞ！』と脅かされる始末だ。

蕎麦をだまし取られた与太郎は泣きながら、自分の家へ帰ってくる。父親に訳を話すと、

「『……あっ、しまった！　お前《めえ》に言っとくのを忘れちまった。番町の鍋屋敷に行ったんだな』

『おとっつぁん、番町は皿屋敷だろう？　うらめしやぁ……って』

『何を言ってやがるんだ。遊んでちゃいけねえ』」

事情をすべて聞き取った父親は激怒。そばにあった行灯に『しるこ』と書くと、火を入れ、嫌がる与太郎に行灯を持たせて、問題の場所へと戻ってきた。

覚えの悪い与太郎に代わり、父親が『おしるぅこぉ』と売り声をすると、またカモにしてやろうというわけで、最前の侍が窓から首を出した。

「『……鍋を下ろすから、そこに汁粉を入れろ。白玉は蓋の上にでも載せておけ』

『へえへえ、さようでございますか』」

両手で大きな鍋を受け取り、

「『これはまた、結構なご趣向でございますな』

『……お、おとっつぁん、それ、タヌキのキンだよ。握ってごらん』

『黙ってろ。へえ、ちょいとお待ちを願います。おい、与太郎。今、紐を外すから、この鍋を持って、先に家《うち》へ帰《けえ》れ』

『えっ？　いいのかい。そんなことして……』

『かまうもんか。行灯の火を消しちまえ。そいからな、溝の縁に大きな石があるだろう。そいつを持ってこい』

『おい、汁粉屋！　ずいぶん手間取るな』

『いえ、すぐでございますから、ほんの少々、お待ちを……与太、早くしろ！』」

にわかに事態は緊迫する。蕎麦屋の親父は鍋を息子に持ち逃げさせ、代わりに大きな石を紐の先に結びつける。

それが終わると、

「『へえ！　いっぱい入っておりますから、重うございますよ。どうぞ、しっかりお上げになって……』

『おお、さようか。ううっ……これは驚いた。重いぞ。よほどたくさん入っておるものと見える』」

紐をたぐり寄せながら、侍は顔をしかめる。

「『こ、小林、その方も手伝え。あと……なあ、汁粉屋。今、上から銭を放ると、溝に落ちかねんから、石垣に沿うてまいると、門番が……おおっ！　な、何だ』」

大きな石に気づいた武士は目を丸くする。

そして、地上にいる親父に向かい、

「『おい、汁粉屋！　こ、これは何だ？』」

『さっきの、石返しでございます』」

8

畳の上に両手をつき、福の助が深々とお辞儀をする。

亮子はきょとんとしてしまった。

（……な、何よ？　今のは）

そう言われてみれば、『石返し』という噺の名前はどこかで耳にした覚えがある。だが、まさか、それがそのままサゲになるとは思っていなかった。

拍手するのも忘れ、師弟の顔を代わる代わる眺めていると、

「やっぱり、サゲが呑み込めねえかい？」

福の助がそうきいてきた。

「えっ？　ええ、まあ。石を返して、石返しって……あたり前じゃないのかしら」

「違うよ。ちぇっ！　日本語が通じねえんだから、困っちまうなあ」

突然、いまいましげに、舌打ちをする。

「そんなこと言われたって、わからないんだもの」

「だから、意趣返しの地口落ちさ」

「イシュガエシ……？」

聞いたことのない言葉だった。

首を傾げていると、夫が顔をしかめながら解説してくれた。『意趣』は『恨み』『遺恨』。したがって『意趣返し』で、『恨みを晴らす』『仕返し』といった意味になる。

（……はは あ、なるほど。『イシュガエシ』と『イシガエシ』か）

それはわかったが、そのゴール目指して延々引っ張るとなると、演じ手は大変だ。いわゆる損な噺だが、こういった演目は実力がないと高座にかけられないため、その分、挑戦のしがいもあるのだろう。

「だけど、さっき、噺の名前は『番町鍋屋敷』だって……」

「だから、それは別名さ。『石返し』なんてネタ出しした日にゃ、お客にサゲを悟られちまう」

「ああ、なるほど。そういうことか」

一つの落語が複数の名前をもつ例は、まったく珍しくない。

「おおむね、できてるじゃねえか」

馬春師匠が口を開いた。

「与太郎と親父、乱暴な侍、横柄《おうへい》な門番。演じ分けは、まずまずだな」

「あ、さようでございますか。どうも、ありがとうございます」

「サゲの手前が、テンポよく、トントンと進むとこもいい。ただ、最初《はな》の方が……」

と言いかけた時だった。

廊下で足音がして、やがて、入口の引戸が小さくノックされた。

「……あのう、よろしいでしょうか？」

ひな子さんの声だった。

「はい、どうぞ。かまいませんよ」

亮子が答えると、戸が開き、ひな子さんが部屋に入ってきた。

畳に腰を下ろそうとして、福の助が師匠の前に正座しているのに気づいたらしく、

「あっ、これは、失礼しました。お稽古の最中でしたか？　でしたら、明日の朝にでも……」

「いや、いいんだ。どうせ、暇つぶし。遊び半分なんだから」

あわてて立ち去ろうとするのを、馬春師匠が押しとどめる。

「それより、何か用事かい？」

「いえ、あの、それが……」

困惑ぎみに視線を左右させ、微かにため息をつく。声も弱々しく、最初の印象とはまるで別人のようだった。

ひな子さんはその場に小さくなって座ると、

「母にご挨拶をさせようと思ったのですが、嫌がって、部屋から出ないのです」

「何だ、そんなことでしたか。お体の方が大切ですから、どうかお気遣いなく」

福の助が慰めると、ひな子さんはうつむいたまま首を振り、

「いいえ、風邪は半ば仮病で、本当は、おじさんと顔を合わせられないのだと思います。老いさらばえた姿を見られたくなくて……」

「年を取ったのなんて、お互い様じゃねえか」

馬春師匠が薄く笑う。

「お久万さんは、独りでちゃんと歩けるんだろう? だったら、俺に比べりゃ、ぴんぴん達者さ」

「いえ、それが、体よりもむしろ心の方が……どうも最近、被害妄想がひどくなってしまって」

「被害、妄想……?」

「はい。たぶん、認知症の初期なのだと思います。私のすることなすこと気に入らない様子で……私が母を邪魔にしていると、信じ込んでしまっています。三日前にも、母が裁縫をしている最中に部屋へ入ったら、ものすごい形相《ぎょうそう》で睨まれて、両手で糸切りばさみを構えられました。私はちっとも邪魔になどしていないのですが……」

亮子と福の助は顔を見合わせる。何だか、物騒な話になってきた。

「そんな事情ですから、来月いっぱいくらいで、ここを閉めようかと考えています」

眼を伏せたまま、暗い調子で、ひな子さんは続ける。

「せっかく父が始めた宿ですし、つい最近、古くなった看板を新調したばかりなのですが、この家に母と二人きりでいるのに耐えられなくなってきまして……何かあった時にも、町場にいた方が安心ですから」

9

ひな子さんが部屋を出ていってから、改めて、馬春師匠から『番町鍋屋敷』についてのダメ出しがあり、突然の稽古は終了。一応、上げてもらえたので、福の助は持ちネタが一つ増えた。

その後、しばらく雑談をしたが、話題はどうしてもこの宿のことになってしまう。鍋屋旅館の将来が心配になる話を聞かされたが、旅先だし、力になりようがない。それに師匠もあまり深入りしたがらない様子だった。自然と尻すぼみになり、午後十時過ぎに、師匠をパジャマに着替えさせてベッドに寝かせ、二人はミズバショウに戻った。

夜だけはおしめを使っていたため、その後は、夜中に一度、様子を見に行っただけ。ぐっすり眠っていたので、声はかけなかった。

翌日は、一日、何事もなく、過ぎた。

馬春師匠は、食事やお茶を除き、ほとんどの時間を稽古に費やしていた。宿に着いた直後の宣言は、決して嘘ではなかったのだ。風呂も朝と夕方の一度ずつしか入らない。

驚いたことに、師匠は事前にひな子さんと連絡を取り、ボイスレコーダーまで用意させていた。それを使って自分の声を録音し、ヘッドフォンでくり返し聞いている。なるほど。ちょっとこれは、自宅ではできないだろう。

(……何だかんだ言っても、やはり師匠は今度の独演会に賭けてくれていたんだ)

意気込みの強さを知って、亮子は喜び、また感動も覚えた。

福の助はしきりに稽古の様子を知りたがったが、うっかり部屋に近づくと、廊下の足音で感づかれる恐れがある。耳は人一倍達者なのだ。『海の幸』の謎の解明は、紅梅亭の高座を待つほかなかった。

用事のある時以外、師匠の部屋に近寄れないとなると、弟子とその妻はものの見事に暇だった。福の助はこんな機会に命の洗濯とばかり、一日中、温泉三昧。あとはひたすらゴロゴロしていた。

亮子も似たようなもの。外へ散歩に行きたいとは思ったが、急な坂をとても下れないし、それに天気が次第にあやしくなり、午後からはちらほら雪まで舞い出した。

配膳や片付け、師匠の介助など、必要に応じてひな子さんの手伝いはしたけれど、皿洗いをしようと申し出ると、やんわり断られた。確かに、そこまですると、正規の宿泊料金を受け取りにくくなるかもしれない。そう思い、あとはなるべく控えめにしていた。

ひな子さんは、昨夜とは打って変わって、終始明るかったし、福の助と亮子もあたり障りのありそうな話題は意識的に避けていた。

しかし、夕食後、何気なく久万子さんが寝ている部屋の前を通ると、中から母娘《おやこ》が言い争いをする声が聞こえ、亮子はぎょっとした。

「……ああ、嫌だ、嫌だ！　何の因果で、こんなひどいめに遭わなくちゃいけないんだい」

しわがれた、そして思いがけないほど大きな声だった。

「お母さん、いいかげんにしてよ。どうして、そんなに私を困らせるの？」

「悪いのはお前じゃないか。お父さんが苦労に苦労を重ねて続けてきたこの宿を、勝手に閉めるだなんて」

「だから、仕方ないのよ。借金もかさんでいるし、それに、お母さんのためにも、いつでもお医者さんにみてもらえる場所に引っ越した方が――」

「おためごかしはよしとくれ。ここを離れるくらいなら、雪の中にでも埋《うず》めてもらった方がずっとましだよ」

「また、そんなことを……」

亮子は足音を忍ばせ、その場を離れるしかなかった。

10

三月三十日、金曜日。紅梅亭余《よ》一会《いちかい》の前日である。

早朝、亮子が目を覚ますと、吹きすさぶ風の音が聞こえた。窓枠がガタガタ揺れている。携帯で時刻を確認すると、午前五時少し前。

布団から起き出し、カーテンを開けてみると、懸念した通り、外は激しい吹雪だった。さすがは、全国でも屈指の豪雪地帯として知られる奥会津。猛烈な勢いで、窓に吹きつけてくる。驚いて、すぐに福の助を起こしたが、寝ぼけも手伝っているのか、悠然たるもので、

「何ぃ、吹雪？　心配いらねえよ。今日は夕方までに東京に戻りゃいいんだ。しかも、明日の独演会は夜だからな」

まったく取り合おうとしない。ただ、無理やり夫を叩き起こしてみたところで、相手は天気だけに、打つ手などない。亮子は覚悟を決め、もう一度寝直すことにした。

再び目覚めたのは午前七時。昨日もこの時刻に師匠の部屋へ行き、朝のお茶を飲んだ。二人で起き出し、まずは洗面所で顔を洗う。この時、亮子は初めて違和感を覚えた。洗面所は台所のすぐ脇だが、何の音も聞こえないのだ。昨日は、朝食の支度で、包丁を使う音やぐつぐつと鍋が煮える音が響いていた。

けれど、本日の鍋屋旅館の客は自分たちだけだから、ひな子さんがつい油断して、寝過ごしている可能性だってある。亮子も深くは詮索せず、スズランへ行って師匠を起こし、着替えを済ませてから、三人でお茶を飲んだ。部屋ごとに湯沸かしポットが備えられているから、お湯については不自由がなかった。

ところが、午前九時を過ぎても、ひな子さんが動き出す気配がない。台所や玄関のあたりで声をかけてみたが、返事はなし。こうなると、さすがに落ち着いてはいられなかった。

「……どうしたってんだ？　何か、あったのかな」

福の助がさかんに首をひねる。

「とりあえず、おっかさんにきいてみようぜ。何か知っているかも――」

「そいつはよしな」

車椅子の上で、馬春師匠が言葉を遮る。

「そうでなくても、母娘《おやこ》仲が悪い。俺たちが騒げば、火に油だ」

「私もそう思うわ。久万子さんはそっとしておいてあげましょう」

昨夜、言い争う声を聞いた亮子も、もちろん師匠の意見に賛成だった。

「それよりも、ほら、車はあるのかしら？」

「ああ、そうか。まずはそこから確かめねえとな」

早速、福の助が確かめに行く。数分後、息急《いきせ》き切って戻ってくると、

「おい、車がねえぞ！　ひな子さんは出かけちまったらしい」

「えっ……？　ああ、そうなの」

驚いたけれど、ある意味、当然だとも思った。彼女が自宅にいて、客をほったらかしにしていたとしたら、むしろそちらの方が異常だ。

その後、亮子も一緒に玄関から出て、再度確認してみたが、ランドクルーザーが駐車していた場所には、タイヤ跡の上にすでに十センチ近く新雪が積もっていた。そこから推すと、ひな子さんは朝のかなり早い時刻にどこかへ出かけたらしい。

「……こいつはきっと、何かよほどの急用ができたんだな。そんなならそれで、書き置きの一枚くらい、残してけばいいのに」

吹きつけてくる粉雪に顔をしかめながら、福の助が言った。

「町の中心部のコンビニにでもちょっと買い物に出かけて、戻ってこれなくなっちゃったのかもしれないわね。杉林の間の急な上り坂で、タイヤがスタックしちゃったとか」

「ああ、アヒルか」

「アヒル……？」

「四駆のタイヤが四つとも空回りする状態を、そう呼ぶのさ。まあ、いいや。俺たちが助けに行ったって、役には立たねえ。とりあえず、もうしばらく待ってみるか」

二人は小走りに玄関に戻ったが、体についた雪を払い、家に上がろうとした時、三和土の隅に何か黒っぽい物体が落ちているのを、亮子が見つけた。

（……ん？　何だろう）

眼を凝らすと、それは糸切りばさみだった。

何気なく拾い上げた亮子の背中に電流が走り、思わず小さく「あっ！」と叫ぶ。

何と……そのはさみの先端には、べったりと赤黒い液体が付着していたのだ。

11

長方形の座卓の上に、糸切りばさみが置かれていた。

この用途のものとしてはやや大ぶりで、長さは十センチほど。かなりの年代物に見えたが、手入れが行き届いているらしく、錆《さび》はまったく浮いていない。蛍光灯の光を受け、刃の根元付近は鈍く光っていた。

だが、鋭く尖った先端部分には赤黒い血液がこびりついている。それが動物の血であることは、においでわかった。さすがに、人間のものかどうかは定かでないけれど……。

場所はスズランの室内。福の助と亮子が畳に座り、馬春師匠は車椅子の上だ。

「とんでもねえとこで、足止め食っちまいましたねえ」

重苦しい沈黙を破って、福の助が言った。

時計の針は午後九時半を回っていた。本来であれば、とっくの昔に神田《かんだ》のホテルに入り、明日に備え、体を休めている時分だ。

「それにしても、まさか……」

福の助が腕組みをして、ため息をつく。

「まさか、携帯はともかく、ＮＴＴの電話も通じないだなんて……一体、どうなってるんでしょうねえ」

亮子は、まるで悪い夢でも見ているような気分だった。今朝、福の助と二人で玄関に落ちているはさみを発見した時から、ずっとそうだ。

春の吹雪はやや勢いが衰えたものの、まだ続いている。

視線をぼんやりと天井へ向けて、彼女は今朝からの出来事を思い浮かべてみた。

はさみを拾い上げてから、最初にしたのは、近くに血の跡がないかどうか、調べてみることだった。

それはすぐに見つかった。血痕は三和土の上に点々と残り、そこから表へ出て、庇《ひさし》の途中で消えていた。それより先は、積もっている雪をどけてみたが、確認はできなかった。

仰天した二人はすぐさま家に入り、まずは馬春師匠に報告する。血痕のついた刃先を見て、さすがの師匠も顔色を変えた。

とにかく、宿の中をすべて調べてみる必要がある。他人の家だからといって、遠慮している場合ではなかった。

手分けをして回ったため、三十分もかからずに、捜査は終了。結果は以下の通りだ。

（一）台所には人影がなく、朝食の支度がしてあった。焼き魚や出し巻卵、小松菜のおひたしなどが三人分ずつ器に盛られていたが、鍋の味噌汁は冷えきっていた。

（二）台所の脇がひな子さんの居室のようだが、そこも無人の状態。ただし、荒らされた様子はなかった。

（三）驚いたことに、久万子さんの居室ももぬけの殻だった。六畳の部屋で、スズラン同様、奥にベッド、右手にテレビがあり、あとは洋服箪笥《だんす》とこけしなどの民芸品が収められたサイドボード。寝具はやや乱れていたが、手を差し入れても温もりはなし。ベッドの上には、裁縫箱と縫いかけのパッチワークのテーブルクロスが載っていた。
（四）その他の部屋も覗いてみたが、すべて無人。ほかに、特に異状はなかった。
（五）早急に外部と連絡を取る必要があったが、玄関ロビーの隅にあった公衆電話、さらには台所の固定電話も通じない。福の助が回線を確認してみたが、切断されている箇所はなく、原因は不明だった。

これらの事実を総合すると、二人が宿から出ていったのは遅くとも午前七時前。朝食の支度を終えているところを見ると、少なくともひな子さんは五時台には起き出していたと推測される。

昨夜のひな子さんの言葉で、母娘《おやこ》の仲がうまくいっていないことは明らかだったから、その時間帯に、何らかの理由で争いが起きたことは考えられる。ただし、言い争う声は誰も聞いていないし、二人揃って姿を消しているのも不可解だ。

福の助と亮子は最初、車を運転していたのはひな子さんに決まっていると思ったのだが、師匠にきいてみると、久万子さんの方も免許は持っているはずだという。それで、いよいよわからなくなった。

『腹が減っては戦《いくさ》はできない』と福の助が言い出し、とりあえず、朝食は済ませたものの、昼を過ぎて、夜になっても、二人は戻ってこない。電気釜にはご飯がたっぷり入っていたから、台所にあり合わせの材料で亮子が適当におかずをこしらえ、幸い、飢えることはなかったが……いつまでも、こんなところにはいられない。独演会に穴が開いてしまう。

重苦しい雰囲気が漂うのは当然だった。

亮子が全員分のお茶をいれ換える。自分たち夫婦は旅館の湯飲み、馬春師匠は持参したコーヒーカップだ。

福の助がそのお茶を一口すすり、

「まあ、今朝、あたくしたちが寝入っている間に、何かあったんだろうとは思います。ただの思いつきですが……例えば、ひな子さんに何か急に入り用なものができて、コンビニまで買いに行くことになった、とします」

亮子は目を見張った。具体的な推理が提示されるのはこれが初めてだったからだ。

「往復の所要時間は四十分程度。六時過ぎに出れば、あたくしたちの朝食までに悠々戻ってこられます。ひな子さんは身支度をして、車に乗り込み、アイドリング状態にしたあとで、母親の部屋へ行った。一言ことわろうと思ったんでしょうね。その時、お年のせいで、未明から目覚めていた久万子さんは、趣味のパッチワークをしていました。

そこで、言い争いが始まった。理由は見当もつきませんが、普段から仲がよくなかったとすれば、些細なことで、久万子さんが逆上した可能性はあり得ます。

時間的余裕があまりないため、くどくどと言い立てる久万子さんを無視して、ひな子さんは部屋のドアを閉めてしまう。その態度に逆上した久万子さんは、とっさに裁縫箱の中から糸切りばさみを取り出し、娘を追って玄関へ……」

と、調子よく推理を進めていた福の助が、急に押し黙る。

「で……それからどうなったの？」

亮子が尋ねると、力なく首を振り、

「わからねえさ、そんなこと。ひな子さんがけがをして、驚いた久万子さんがあわてて病院へ連れていったかもしれないし……あるいは、もみ合っているうちに、その逆になっちまったのかも。そもそも、今のは全部、俺の勝手な想像だからな」

「あ……ああ、そうよね」

「ねえ、師匠。今日はこんな天気でしたし、待っていれば戻ってくるのではという淡い期待もあったもので、行動を起こすのがつい遅れてしまいました。ですが、もう待ちきれません。明日の朝、日の出を待って、あたくしが町まで行き、四駆の車を呼んできます。

今頃、紅梅亭は大騒ぎですよ。夜になっても師匠はホテルに姿を見せないし、連絡もつかない。だから、そのうち迎えの車が来る可能性はありますが、それを待ってはいられません。自分の足で行動した方が確実です」

その通りだと、亮子は思った。夕方の天気予報は『明日の朝には晴れ間が出るでしょう』。それを見た時、心底ほっとした。

ただし、歩けば、町まで相当時間がかかるだろう。車で片道十五分といっても、かなりスピードが出ていたし、深い雪に足を取られる。二時間、いや、下手をすると三時間くらいかかってしまうかもしれない。

幸いなことに、紅梅亭の独演会は午後五時半の開演だ。馬春師匠の主任《トリ》の上がりは早く見積もっても七時半。鍋屋旅館から神田まで、高速を使い、途中トイレ休憩を入れても五時間あれば着く。何とか午前中にここから脱出できれば、問題はなかった。

「……そうかい。行ってくれるか」

苦しげな表情で、馬春師匠が言った。それから、いきなり深く頭《こうべ》を垂れて、

「すまねえ。俺のせいで、お前《めえ》に、そんなつらい思いをさせちまって……」

「ちょ、ちょいと待ってくださいよ、師匠」

あまりにも殊勝な態度に、弟子の方がうろたえてしまう。

「この吹雪さえやめば、多少時間はかかるでしょうが、町まで行くのはそれほどの苦労じゃありません。ただ……師匠、今、『俺のせいで』とおっしゃいましたよね。それって、どういう意味なんでしょう?」

この問いに対して、馬春師匠は顔を背けながら、しばらく考えていたが、やがて、正面から福の助を見て、

「早《はえ》え話が……俺は『宿屋の仇討《あだう》ち』の源兵衛《げんべえ》なのさ」

そう、つぶやいたのだった。

12

（『宿屋の仇討ち』はわかるけど……ええと、源兵衛って、誰だっけ？）

亮子の夫の持ちネタの一つだから、落語会などで何度か聞いていた。ストーリーを思い出してみる。

『宿屋の仇討ち』の舞台は神奈川宿だ。一軒の宿屋の前に立った一人の武士が伊八《いはち》という名前の若い衆に心づけを渡し、『昨夜の小田原《おだわら》の宿は相部屋だったため、うるさくて眠れなかった。今宵は静かな部屋に案内《あない》してくれ』と申し入れ、引き受けてもらう。

ところが、この武士の隣の部屋に泊まり合わせたのが、上方見物帰りの江戸っ子三人連れ。飲めや唄えのドンチャン騒ぎを始めてしまう。

（それで、お侍……ええと、たしか、万事世話九郎《ばんじせわくろう》とかいう名前だったわ。その人が怒って伊八を呼び、『部屋を替えろ』と要求するけど、満室で、それは無理。そこで、仕方なく、隣の部屋の騒ぎを鎮めに行く。相手が侍と聞き、三人は渋々承知して、寝ることにするんだけど……ああ、そうか。源兵衛はそのうちの一人よ）

そう思いあたった時、福の助が口を開く。

「源兵衛と申しますと、ええ、川越《かわごえ》の叔父の家に居候をしていた時、藩で一番の美女である小《こ》柳彦九郎《やなぎひこくろう》の妻といい仲になって、密通の現場を目撃した彦九郎の弟、さらには不義の相手である奥方までをも殺害し、百両の金を奪って逃げた……って、あの源兵衛でございますか？」

さすが、本職は違う。立て板に水だ。説明を聞いて、亮子も問題の場面を思い出した。

寝床の中で、最初は声を潜めて会話していたのだが、思いがけない色懺悔《いろざんげ》を聞き、興奮した残りの二人が『源兵衛は色事師だ、色事師は源兵衛！』と大声ではやし立て、隣の侍を起こしてしまう。件《くだん》の武士が伊八を呼びつけ、何と、『自分こそが川越藩士・小柳彦九郎だ』と言い出したため、宿は上へ下への大騒ぎに……。

「まあ、そういうことだ」

馬春師匠が小さくうなずき、唇の端で薄く笑う。

「いいじゃねえか。ここにいる人数も、ちょうど、三人だしな」

「では、そのう、つまり、師匠がこれから、何か懺悔をなさると……」

「だから、『俺は源兵衛だ』と言ったじゃねえか。色懺悔だよ」

福の助と亮子は思わず顔を見合わせた。何ともおかしな雲行きである。

どうしていいかわからず、二人揃って黙り込んでいると、

「俺が源兵衛だとしたら、小柳彦九郎は誰だと思う？」

いきなり核心部分について、質問される。

「で、ですから、それは、そのう……」

「ふふふ。考えるまでもねえ。決まってるだろう。馬三兄さんさ」

「ええっ!? ま、まさかぁ……」

福の助はまるで幽霊にでも会ったような顔をした。

それも当然である。上下関係が非常に厳しい落語界で、しかも、同じ一門内。常識ではあり得ないケースだ。亮子もあ然としてしまった。

「変に弁解したって、始まらねえ。そのまんまを喋らせてもらうぜ」

開き直ったように師匠が言った。

「当時の久万子ってな、いい女だったんだよ。目元の涼しい、鼻筋の通った……今はどうだか知らねえけどな。そいで、憎からず思ってるところへ、何と向こうからお誘いが……と、そんなところだ。ついつい深い仲になっちまった。ところが、悪《わり》いことはできねえもんだなあ。馬三兄さんに感づかれちまった」

「ば、ばれたのですか？」

福の助がさらに大きく眼を見開く。

「それで、どうしました？」

「殴られたさ。いきなり、俺の住んでいた安アパートに乗り込んできてな」

「殴られた……だけですか？　だって、先《せん》の馬春師匠に告げ口されれば、即座に破門でしょう」

「それが、そうは、ならなかったんだよ」

言葉の最後にため息が混じった。師匠はやや肩を落として、

「怒り狂い、気が済むまで、俺をぶちのめしてから……馬三兄さんは俺を畳の上に正座させ、急に静かな声になって、こう言ったんだ。

『俺は、自他ともに認める下手な芸人。それに引き換え、お前の才能は、悔しいが、本物だ。手前《てめえ》と一緒にゃいられねえ。だから、俺の方が噺家を辞める』ってな」

「えっ？　では、馬三師匠自ら、廃業を選ばれたのですか」

「もちろん、俺は止めた。話があべこべだってな。だけど、言い出したら、聞く人じゃねえ。もともと売れてなかったこともあって、結局兄さんは、自分を裏切った久万子を許し、ここへ引っ込んだってわけだ。

まあ、そいつは少しあとのことで……話は戻るが、アパートから出ていく時、兄さんは俺にこう言ったんだ。『いいか。死ぬまで噺家を辞めるんじゃねえぞ。それだけは約束しろ』って」

「そんな事情が、おありだったのですか」

「だから、俺は、どうしても独演会の前に、ここに来なくちゃならねえと思ったのさ。『兄さん、約束は守りますから、見ていてください』って言いにな」

師匠の口調がしんみりとしたものになる。普段の威勢よさは完全に影を潜めていた。

「その後、事情を知らない馬春師匠のお供で、ここへは度々足を運んだが、兄さんと腹を割って、話をしたことは一度もなかった。だからこそとも思ったんだが……何の弾みか、こんなことになっちまった」

「ああ。それでさっき、『俺のせいで』とおっしゃったのですね」

つまり、『俺のつまらない思いつきのせいで、苦労をかけて申し訳ない』という意味だったのだ。

「事情はよくわかりましたが、師匠には責任など一切ございませんから、どうかお気に病まず。それにしても……ひな子さんと久万子さんの間に何があったんですかねえ。明日、町へ下りたら、一応警察にも電話しておきますよ。あとは全部任せればいいわけですから。ああ、そうだ」

福の助は腕時計を見て、

「おい、亮子。もう十時だ。そろそろ、師匠はおやすみにならないといけねえぞ」

「あ……はい。そうでした」

亮子ははっとなった。想像を絶する話の展開に、半ば我を忘れてしまっていたのだ。

師匠をパジャマに着替えさせるわけだが、その前に、おしめをしてもらう必要がある。

ベッドの脇に置いたバッグの中に、紙おむつが入っていた。滞在が一日延びたが、枚数にはまだ充分余裕がある。

亮子はバッグに手を入れ、一番上の一枚を取り出した。

そして、折り畳んであるそれを広げようとした時……その中から、はらりと畳に落ちたものがある。

見ると、それは封筒だった。

縦長で、色は水色。表に『大山和雄様』と女文字で書かれている。

「えっ、何かしら？」

拾い上げ、裏返すと、

「あっ……！　た、大変。これ、ひな子さんからだわ」

封はされていなかった。中の便箋をつまみ出し、馬春師匠に渡す。

戸惑い顔で受け取った師匠は、自由の利く右手で振るようにして広げ、視線を落とす。

その表情が見る見る険しくなっていった……。

13

「……まったく、シャレにならねえよなあ、こいつはさ」

ハンドルを右手で軽く叩きながら、福の助がぼやいた。

『シャレにならない』という言い回しも、最近、妙に一般的になってしまったが、もともとは噺家特有のもの。『冗談じゃない』『困ったもんだ』という意味である。

「まだ四時だってのに、まさかこんなとこで渋滞に巻き込まれるなんて、思ってもみなかった」

三月三十一日、土曜日。紅梅亭余一会の当日だ。

時刻は午後四時九分。三人が今いるのは、首都高速中央環状線の途中で、右手に見えるのが隅田川《すみだ》、左手には浄水場が広がっていた。

これから、王子《おうじ》で首都高を降り、明治通りを進んで、田端《たばた》。交差点を右へ折れて、JR田端駅の北側を抜け、本郷《ほんごう》通りに入って、真っ直《つ》ぐに……『黄金餅《こがねもち》』の道中づけではないが、あとは神田まですぐだ。

ところが、車列がピクリとも動かない。時間帯からいって、自然渋滞とは思えないから、おそらく前方に事故車でもあるのだろう。

「気ばかり焦ってみても、始まらねえよ。運転手さん」

亮子の脇で、じっと眼を閉じていた馬春師匠が言った。

「先様《さきさま》は、事情を先刻承知なんだ。多少の渋滞なんぞは計算済み。別に、何とも思っちゃいねえさ」

紅梅のお席亭には、昼過ぎに電話で連絡を入れた。思っていた通り、関係者一同大あわてで、救援隊出発の直前だったという。福の助の話では、普段冷静なお席亭が別人のように取り乱していたというから、混乱のほどが窺える。

「俺の上がりに、間に合いさえすりゃいいんだ。まだまだ余裕があるぜ」

「まあ、それは、そうなんですけど……」

独演会の開演は約二時間後。中入り後に予定されていた口上が最後に回された分、馬春師匠の出番が早まっているとはいえ、確かにそれだけを考えれば、まだ心配するには及ばない。

しかし、福の助自身の出番は三本め。六時半頃である。自分の師匠の独演会だから、駆け上がりというわけにもいかないし、楽屋には大先輩がひしめいている。まだ二つ目の夫が気をもむのは当然だった。

馬春師匠は眼を閉じたまま、微かに口を動かしている。今日の演目をさらっているらしい。

その姿を横目で見ながら、亮子は胸の奥から、かつて感じたこともない嫌悪感が沸き上がってくるのを、どうすることもできないでいた。

真相を暴露したのは、紙おむつに挟まれていた例の手紙だった。福の助と亮子も見たが、そこには、綺麗な女文字で、しかし、とんでもないことが書かれていた。

『大山和雄様
この度はおいでいただき、まことにありがとうございます。心よりお礼申し上げます。

さて、私が急に姿を消し、さぞ驚かれたことでしょう。実はこれは石返し……では噺の演目になってしまいますね。そうではなく、意趣返しです。

そして、その意趣を返したい相手は、言うまでもなく、大山のおじさん……ただし、正確には、私自身ではなく、母の遺恨です。

詳しい事情をご説明するつもりはありません。釈迦《しやか》に説法です。母が本当に好きだったのはおじさんでした。そのことは、そちらもよくご存じだったはずです。だからこそ、父は母を失いたくない一心で、噺家を辞め、こんな山奥に引きこもりました。芸はまずかったそうですが、落語に対する情熱は人一倍だったはずなのに……。

母は、私などとは違い、自己主張の弱い、昔ながらの気性でしたから、自分さえ我慢すれば事は収まると思い、父に従ったのでしょう。しかし、心の中は違っていました。

大山のおじさんには連絡しませんでしたが、母は去年の暮れ、心臓病で亡くなりました。一昨日から、母がいるように装ったのは、おじさんを驚かせ、せめてもの意趣返しがしたいという気持ちで、私が演じた一人芝居。もちろん、糸切りばさみの刃先や血痕もすべて偽の小細工です。

ご一緒においでくださったお二人には、ご迷惑とご心配をおかけして、本当に申し訳ないことをしてしまったと思っています。心よりお詫び申し上げます。

おじさんの現役復帰の独演会を邪魔するつもりは毛頭ありません。そんなことをしても、母も、そして父も決して喜ばないでしょう。明日の午前中に、迎えの車を差し向けます。運転手は私の知人ですが、事情は何も知りません。どうかよけいなことは何もおっしゃらず、愛想よく接していただければ幸いです。

独演会の成功をお祈りします。

本間ひな子』

読み終わった二人は、まさに眼が点の状態だった。

最大の驚きは、何といっても、本間久万子さんがすでに亡くなっていたという事実だ。ただし、改めて振り返ってみれば、姿は一度も見ていない。声を聞いただけだ。

宿に到着した時、ひな子さんが玄関のすぐ左手の部屋のドアを開け、『お母さん、浅草のおじさんがいらっしゃったわよ』と声をかけた。すると、その数秒後、『だって、お前、この姿では、さ』と返事があり、短い会話があったのだが……あれは、全部狂言だったわけだ。

確かにやろうとすれば、簡単にできる。あらかじめ声を吹き込んだテープかCDを用意して、それをプレイヤーにセットし、あの部屋の入口に用意しておく。あとは、ドアを開けた時、何気なく手を突っ込んで、スイッチを入れればいい。

二晩めに亮子が聞いた母娘《おやこ》の口喧嘩も、亮子の足音を聞きつけ、ひな子さんが打った一人芝居だったわけだ。あまりに真に迫っていたから、もしかすると、久万子さんの台詞は前もって録音を用意していたのかもしれない。

昨夜は、馬春師匠自身もショックを隠しきれない様子だったので、福の助が『これであたくしも、雪まみれになって、坂を下らなくてもよくなりました』などとその場を取り繕い、寝てしまった。

今朝も昨日と同様、台所に有り合わせの材料で亮子が支度をして、三人で朝食を摂り、あとはひたすら迎えを待っていたのだが、いつまで経っても車が来ない。

じりじりしながら待ち続け、やっとエンジン音が聞こえたのは十一時五十七分だった。

なるほど、『午前中』ではある。

迎えの車は紺色のパジェロで、運転していたのは五十絡みの作業着姿の男性。とても『愛想よく』は迎えられなかったが、事情を何も知らない人に向かって、怒りをぶつけてみても始まらない。恐ろしく無口な人で、一切会話のないまま、コンビニに到着。そこで、カローラに乗り換えた。

途中、トイレ休憩はしたものの、昼食も車内で済ませ、順調に距離を稼いできたのだが、目的地まであと一息というところで、予想外の渋滞につかまってしまった。

（……今回は、正直、がっかりさせられちゃったわ）

馬春師匠から視線を逸らし、窓の外の景色を眺めながら、亮子は心の中でつぶやいた。

予報が的中し、今日は快晴。春の陽光が川面で遊んでいる。

(今とは違い、『色は芸の肥やし』だなんて言われてた時代のことだし……それに、兄弟子と久万子さんを奪い合っていた頃には、まだ師匠は独身だったはず。だけど、いくら芸人は一般人と基準が違うといっても、やっていいことと悪いことの区別はあるわよね。こんなふしだらな人だとは思わなかった)

自然と、口からため息が漏れてしまう。

(もちろん、今日の独演会は成功してほしいけど、何だか少し、気が抜けちゃったわ。もしかすると、八ちゃんも、陰では浮気とかしてるのかしら? みんな、『堅い、堅い』と言ってくれるけど、師匠と弟子は似るというから……)

視線を前へ向けると、福の助は苛立たしげにハンドルを叩き続けている。

前の車が動き出す気配は、まだなかった。

14

福の助はさんざん気をもんでいたけれど、その後しばらくして、事故処理が終わり、車が動き出す。首都高を降りて、明治通り、それから……と、カローラは順調に走り、午後五時少し過ぎに、神田に入った。

本郷通りから左へ折れ、紅梅亭前の通りに出る。そして、ほんの少し進んだところで、

「お、おい！　だめだ。止めろ」

びっくりするような大声で、馬春師匠が叫んだ。

「ええっ？　あ、はい。あの、少々、お待ちください」

福の助が大あわてでウィンカーを出し、路肩へ寄って停まる。

「あ、あの、どうかされましたか？」

「どうもこうも、あるもんかい。あすこを見てみろ」

師匠が右手で前方を指差す。

「えっ、前……あっ！　あれは……」

福の助がはっと息を呑む。そして、同時に亮子も。

車の停止位置から、百メートル以上先。交差点を挟んで、さらに向こうに黒山の人だかりができていた。ちょうど、紅梅亭のあるあたりである。

しかも、よく見ると、そこから人の列が手前へ長く延びていた。

「……はははあ、すごいもんですねえ。あの人だかりはテケツ、行列はモギリに並んでるんだ。まさかここまでとは思いませんでした」

うれしそうに、福の助が笑う。『テケツ』は入場券発売所、『モギリ』は入口だ。

「何を気楽なこと、言ってやがんだい」

馬春師匠が舌打ちをする。

「あんなになっちまって、一体どこから、楽屋入りするんだ？　太神楽《だいかぐら》もどきに、車椅子の乗り換えでも、見せようってのか」

「あ……なるほど。そうでした。あんまり喜んでばかりもいられませんねえ」

要するに馬春師匠は、自分が不自由な体で車椅子に乗り降りする姿を、お客様に見られたくないのだ。

しかし、この状態では、楽屋口のある路地の方まで人があふれているに違いない。こっそり楽屋入りするのは不可能だった。

まずはとにかく、人垣を解消する必要がある。福の助が携帯を取り出し、楽屋に電話を入れてみたが、取り込んでいるらしく、つながらない。そこで、路上駐車を続けたまま、亮子が木戸口まで走り、入場の時刻を早めてもらうよう頼んでみることになった。

後部座席から降りた時、ちょうど前方の信号が青に変わった。亮子は走り出し、大急ぎで外《そと》堀《ほり》通りを渡る。

交差点を過ぎたところが、行列の最後尾だった。二列に整然と並んだ人の列が延々と続いている。それを見た時、さすがに亮子の胸に熱いものが込み上げてきた。

（これほどたくさんの人たちが、馬春師匠の復帰を待ち焦がれて、お祝いに駆けつけてくれたんだ！）

若い世代も混じっているが、やはり師匠の俳優時代をリアルタイムで経験した年輩の人たちが多い。通り過ぎながら横目で観察すると、どの顔も今日の高座に対する期待で満ち満ちていた。亮子は彼ら全員、一人一人に向かってお礼を言いたくなった。

息を切らしながら、ようやく紅梅亭の前まで来る。

木戸の左脇には大きな立て看板。寄席文字で、『七代目山桜亭馬春独演会』。

「りょ、亮ちゃん！　亮ちゃんじゃないか。着いたんだね？」

木戸口の前にお席亭の勝子さんが立ち、到着を今か今かと待ってくれていた。

「え、ええ。はい。やっと、間に合いました。すみません」

「お前さんが謝ることないよ。で、どこにいるんだい？」

「あの、向こうに車を停めているのですが、師匠が楽屋入りするところを、お客様に見られたくないとおっしゃって……」

「あ、そうかい。見栄坊《みえぼう》だものねえ。わかったよ。じゃあ、今すぐ入っていただくから」

事情を呑み込んだお席亭が指示を出し、すぐに入場が開始された。

木戸口で入場券の右半分を切り取り、代わりに番組表を手渡す。見慣れた光景が始まった。

「あっ、姐《ねえ》さん！」

楽屋口のある路地から、高座着姿の寿々目《すずめ》家竹二郎と万年亭《まんねんてい》亀吉が現れた。彼らも心配でたまらず表で待っていたのだろう。

「よかった。お着きになられたのですね」

「そうなのよ。ごめんなさいね、二人とも。心配かけちゃって」

「それよりも、本日はおめでとうございます」

「本当ねえ。今日みたいにめでたい日はないと思うわ。あっ！　ところで、はるちゃん、馬春師匠の衣装は大丈夫なの？」

「えっ……？」

問いかけられた亀吉は眉を寄せ、困ったような表情になる。

「何、変な顔をしてるのよ。だから、師匠のおかみさんはいらしてないの？」

「あっ……それはもちろん。あの、楽屋でお待ちになっています」

「あら、そう。だったら、よかった。万事、心得ていらっしゃるはずだから」

そんな会話の間にも、入場はどんどん進み、あれほど長かった路上の列がずいぶん短くなった。ただ、どうもこれが限界らしい。消防法の関係だろうか。事前の予想通り、札止めだ。

そろそろ呼びに行こうかと思った時、福の助が運転する車がゆっくり近づいてくるのが見えた。

場内では、開演十分前を告げる一番太鼓が鳴り出した。

15

カローラが路地を曲がり、停まると、すぐに亀吉が後部座席のドアを開ける。

竹二郎はトランクルームを開け、車椅子を取り出した。

「師匠、お待ちしておりました。さあ、どうぞ」

亀吉が肩を貸して車から降ろし、座らせようとした時、楽屋口から由喜枝《ゆきえ》さんが走り出てきた。

クリーム色のセーターに明るい茶のカーディガン、黒と白、千鳥格子《ちどりごうし》のスカート。晴れがましい日にしては地味なこしらえだ。

「お前さん、よかったね。紅梅亭に戻ってこれてさ」

おかみさんが笑顔で声をかける。

「……足かけ、六年ぶりだな」

馬春師匠は感無量そうに、狭い路地を眺め回してから、車椅子に腰を下ろした。

前座さんがあわてて飛び出してきて、手伝おうとするが、亀吉はそれを制して自分で車椅子を押し、楽屋口から通路へと進む。

『はる平』という名で、前座修業を始めた時から、馬春師匠に一番かわいがられていただけに、今日の日を迎えた感慨もひとしおなのだろう。

男性一同が室内に入ったあと、路地に残されたのは由喜枝さんと亮子の二人。

「じゃあ、私たちも……あれ？　あの、おかみさん、少しやせられたんじゃありませんか？」

「えっ……ええ。まあ、そうなのよ。ここ一カ月で、四、五キロくらいね」

「どこか、お体でも……」

亮子が心配して、言いかけると、

「違う、違う！　心配いらないわよ」

おかみさんは首を大きく振った。

「早い話が、その、ダイエットしたわけ」

「ダイエット?」

「お蕎麦ばっかり食べてたから」

「へえ。そういうダイエットがあるのは聞いたことがあります。確かに、栄養はあるそうですけど、じゃあ、もり蕎麦か何かで……」

「ううん、違う。蕎麦切りじゃないのよ。あっ、そんなことより、私たちも早く楽屋に行きましょう。始まっちまうわよ」

「あ、そうでした！　すみません」

あわてて楽屋口から入り、後ろ手でドアを閉める。

通路を進み、楽屋へ足を踏み入れてみると、おめでたい会だけに、あちこちから届けられた花が壁際にずらりと飾られていた。テーブルの上には寿司桶や菓子折り、果物、缶ビールに一升瓶までが並んでいる。

狭い室内は人であふれていた。常吉師匠や福遊《ふくゆう》師匠の姿はまだなかったが、亀蔵師匠はすでにいて、おかみさんと亮子の顔を見るなり、「よっ！　本日の主役のご登場だ。さあさ、まずはおめでとうございます」。高座と同じ調子で、お祝いを述べてくれる。

小《こ》福遊《ふくゆう》師匠と朋代《ともよ》姐さんのご夫婦、最近ますます人気が高まってきた女流漫才師のダリア・パンジー、さらに、楽屋の隅には、今日出番がないはずの桃家《ももや》福神漬《ふくじんづけ》の顔もあった。彼も前座時代、さんざん馬春師匠の世話になったのだ。

そして芸人以外でも、席亭はもちろんのこと、紅梅亭の常連の『ヒシデンさん』こと、田村《たむら》栄吉《えいきち》さん、由喜枝さんの実のお兄さんである浅草の足袋屋《たびや》の主・鳥居《とりい》政男《まさお》さんなどなど。

そういったおなじみの方々に、亮子が頭を下げている最中に、早くも二番太鼓がテテンガスッテンテンと鳴る。

福の助は挨拶もそこそこに、着替えのため、二階への階段を駆け上がっていった。

太鼓に続き、下座さんの三味線が『せり』の出囃子《でばやし》を奏で始める。

そして、開口一番の亀吉が高座に上がっていったのだが、それを迎える拍手の量に、亮子は驚かされた。

「今日は立ち見まできっしりで、外にまでお客様があふれてるよ。客席がせめて三倍はほしかったね」

お席亭が贅沢な苦情を口にする。本当に、ものすごい入りと熱気だ。

長い拍手が、ようやく鳴りやんだところで、

「えー、本日はお遊びどころの多い中、ご来場賜りまして、まことにありがとうございます。万年亭亀吉と申します。弱輩者ですが、どうぞよろしくお願いいたします。

おなじみのお笑いを申し上げますが……落語の中には、どうかするてえと、世の中をついでに生きてるような連中が出てまいりますものでして……。

『こんちは、ご隠居さん』

『おや、熊さんじゃないか。今日は休みかい？』

『いやあ、仕事が半ちくになったんで、休んじまいました。で、八公に会ったら、隠居のところにただの酒があるって聞いたもんで、一杯《いっぺえ》飲ましてもらおうかと思いましてね』

『何だって？　そりゃ、違う。お前さんの聞き違いだな。ただの酒じゃない。灘《なだ》の酒だ』

『ああ、灘の酒か。まあ、いいや。それでもいいから飲ませろよ、ケチ』

『何を言ってるんだ』」


　前座噺《ばなし》の代表格、『子ほめ』である。普段は『勘定板《かんじょういた》』『転失気《てんしき》』『こい瓶《がめ》』など、下ネタが十八番の亀吉だが、今日に限っては、まさかそんな噺は演れない。

　無類に反応のいいお客様方で、最初口《サラクチ》にもかかわらず、客席は沸いた。

　続いての高座はやはり直弟子の竹二郎。『まんじゅうこわい』でご機嫌を伺う。このところ、自作の新作落語で売れ出した彼だが、今日はあとから上がる出演者の邪魔にならないよう、手堅い演目を選んだ。


「『……おい、松《ま》っちゃん。何か怖《こえ》えものはねえかい？』

『何を？　さっきから聞いてりゃ、いい若《わけ》え者《もん》が情けねえことをぬかしやがって。ヘビのどこが怖えんだ？　俺なんざ、頭が痛《いて》え時に鉢巻き代わりに頭に巻いてらあ。クモが怖えなんてバカがいたが、納豆食う時、鉢に一匹投げ込んでみろい。うんと糸を引いて、うめえの何のって……』

『本当《ほんと》かよ、そいつは！』

畳に座り、耳を傾けているうち、楽屋に福遊師匠が入ってきた。口上に並ぶため、黒紋付きの着物に仙台平《せんだいひら》の袴という正装だ。

面長で鼻筋が通った、若い頃にはさぞや美男子だったろうなと思わせる風貌。真っ白な髪をオールバックに整えている。

「亮ちゃん、本日はおめでとう」

ほかの方たちと同様、馬春師匠の復帰を祝ってくれる。

「ありがとうございます。私たちも、今日を待ちわびていましたから、本当に喜んでおります」

「そうだろうね。よかった、よかった」

ちょうどその時、二階からあたふたと福の助が下りてきた。そして、自分の師匠を見つけ、

「あっ、師匠！　ご苦労様です」

「おう。大変だったなあ。大雪だったんだって」

「ええ。もう、一時はどうなることかと思いました」

「とにかく、無事に着いて何よりだ。それはそうと、あたしもせっかく来たんだから、お祝いに一席演ろうかと思うんだが……まずいかな」

「えっ……？」

一瞬、福の助はきょとんとした。

「あの、すると、師匠にも一席お願いできるのですか」

「うん。もし邪魔にならなければ、だがね」

「め、滅相もない！　師匠でしたら、お客様はもちろん大喜びですが、ただ……」

福の助が顔をしかめた理由は、すぐにわかった。出演順の問題である。協会の重鎮だから、中主任《ナカトリ》か、せめてひざ前にしないと失礼にあたるが、その場合、プログラム全体に歪みが生じてしまう。

迷っていると、福遊師匠の方で事情を察し、福の助の出番と交代でいいと申し出てくれた。厚意に甘え、「ここらで一杯、熱いお茶が怖い」とおなじみのサゲがついたところで、高座に上がってもらう。

思いがけない大物の飛び入りに、客席からどよめきが起こった。けれども、今日の主役は別にいるわけだから、あくまでも引き立て役として、福遊師匠は季節ネタの『長屋の花見』をあっさりと演じる。

そして、ダリア・パンジーの漫才のあと、小福遊師匠がお得意の音曲噺『稽古屋』で場内をうならせ、前半は終了。

十分間の休憩のあと、食いつきが亀蔵師匠。この師匠、赤だの黄色だの、ド派手な色の着物がいわばトレードマークなため、たまに黒紋付きで登場すると、それだけで笑いが起きる。おもしろいものだ。

軽くマクラを振って、十八番の『馬の田楽』に入る。何度聞いても、これは絶品で、客席は爆笑の渦だ。

その間に、協会会長の常吉師匠も楽屋入りしてきた。白髪頭を短く刈り込み、三角おむすびの形の顔に、八の字眉毛、細い眼。愛嬌のある風貌が滑稽噺を演じる際の大きな武器になっていた。

そして、高座はいよいよ、ひざ替わり。桃《もも》の家《や》とも歌《か》こと、朋代姐さんの登場だ。簡単な自己紹介をすると、まずは挨拶代わりに『かえるとへびとなめくじの唄』。

ちょうど、その一番が終わったところで、

「あれ。あのう、うちの師匠は、どこに……?」

楽屋の隅で、福の助がふとつぶやく。亮子も夫のすぐ隣に控えていた。

「何だい、この人は。どこに眼をつけてるんだろうね」

前座さんに着替えを手伝わせながら、常吉師匠が言った。

「お前さんの師匠なら、そこに座ってるよ」

「えっ……?」

このやり取りを聞き、火鉢の脇に座っていた福遊師匠が苦笑する。確かに、今は間違いなく、寿笑亭《じゅしょうてい》一門だ。

「い、いえ、あの、申し訳ございませんでした。そういう意味ではなくて……その、次が主任《トリ》だというのに、馬春師匠の姿が見えないと思ったものですから」

「馬春さんなら、ちゃんといるじゃないか」

と、またしても、常吉師匠。

「えっ?」

楽屋内を隅から隅まで見渡してみたが……やはり、いない。まさか、透明人間にでもなったと言うのだろうか？

「あの、申し訳ございません。馬春師匠は、一体、どちらに……」

福の助が困惑しきって、問いかけると、

「だからさ、お前さんの女房のすぐ目の前にいるよ」

福遊師匠が真顔でそう答える。

（め、目の前って……私のすぐそばにいるのは八ちゃんだけだし……どういうことなの？）

「何だねえ、二人とも。ハトが豆鉄砲食らったような顔してさ」

と、今度はお席亭だ。

「今、まさかと思ったんだけど……お前さんたち、ひょっとして、山桜亭から何も聞いてないのかい？」

「……な、何のことをおっしゃってるんですか」

福の助が面食らいながら、そう尋ねると、

「おや、まあ。どうやら図星だったらしいよ。困ったもんだねえ」

そう言って、落語界の大物三人は笑い合い、

「お前さんたち、うちの表の立て看板を見なかったのかい」

「立て看板……？」

「ちゃんと、『七代目馬春独演会』と書いてあっただろう。今日からはね、福の助、お前さん

が馬春を継いで、これはその襲名披露の会なんだ」

16

(は、八ちゃんが、馬春を継ぐ……?)

まさに、青天の霹靂《へきれき》だった。

(今日は、その襲名披露ですって。まさか、そんなこと……)

山桜亭馬春が歴代何人もいるという事実は知っていたが、亮子にとって、『馬春師匠』はあくまでも当代のこと。自分の亭主が突然今日から馬春になるなどという事態は想像すらできなかった。

(だけど……そうだ。た、確かに、『七代目』と書いてあったわ! 馬春師匠は六代目よね。どうして気がつかなかったのかしら?)

「あたくしはハンドルを握っていたもので、立て看板を見てはおりませんが……おい、お前は見たのか」

睨みつけられたが、これはうなずくほかない。

「よせよ! だったら、なぜ俺にすぐ言わねえんだ」

福の助は顔をしかめると、

「あ、あのですね、ご冗談はほどほどでお願いいたします」

立ち上がったが、動揺しているのか、やや足元がふらついた。

「皆様は、馬春師匠に頼まれて、芝居を打ってらっしゃるんでしょうけど、こんなの、シャレになりません。あたくしが、そんな話を信じるとでもお思いですか？」

「それがあいにく、シャレじゃあ、ないんだよ」

福遊師匠が静かに言った。

「十日ばかり前に、常吉さんとあたし、そして紅梅のお席亭が、浅草のホテルに呼び出されたんだ。山桜亭があの体で、わざわざ千葉から出てくるというから、一体何だろうと思ったら、あたしたち三人の顔を見るなり、何と泣き出してね、『懸命に稽古をしてみたが、どうしても思うように口が回らない』と嘆くんだ」

福の助が何か言いかけ、そのまま絶句してしまう。

確かに、それはそうなのだ。日常会話に不自由しない程度には回復したものの、舌の回転もパワーも、全盛期には遠く及ばない。

「『このまま高座に上がれば、生き恥をさらした上、馬春の名を汚すことになる。それだけはどうぞご勘弁ください』と、こうだもの。あたしも常吉さんも困っちまったよ。山桜亭がいったん言い出したら、てこでも動かないってのを知ってるからね。

お前はよかれと思ってやったことだから、叱るわけにもいかないが、結局、荒療治が過ぎて、山桜亭を追いつめちまったわけだな」

「あ、荒療治……」

力なく、福の助がつぶやく。

その言葉の意味することは、すぐにわかった。諦めがよく、悪あがきが大嫌いな江戸っ子気質《かたぎ》の師匠を高座に復帰させるため、福の助は三カ月先に独演会の予定を無断で入れるなどという非常手段に出た。その作戦が功を奏したように見えたのだが……どうやら、とんでもない弊害を生んでしまったらしい。

朋代姐さんの高座は都々逸《どどいつ》に変わっていた。粋な文句が次々にくり出され、その度に拍手が湧く。

「あたしはもちろん説得したよ。商売っ気《け》なんか抜きでね」

お席亭が、福遊師匠のあとを引き取る。

「『独演会は日延べするから、リハビリに精を出しとくれ』と言ってみたんだけど、聞きゃしないよ。とにかく、頑固なんだ。

『これを一つの機会だと思って、看板を総領弟子に譲って引退いたします。ついては、晦日《みそか》の会はぜひ襲名披露に』と言い張られてさ、とどのつまりが、押し切られ――」

「ちょ、ちょいとお待ちくださいまし。あの、途中なのに、申し訳ございません」

福の助が立ったまま、両手を上げ、お席亭の言葉を遮る。

「お話の途中で、申し訳ありませんが……あたくしはまだそんな体じゃございません。こんな大名跡を継ぐなんて、そもそも、前例が――」

「『前例がなけりゃ、作ればいい』。先代がそう言ってたよ」

「ああ。『名前なんざ、簡単に変えられる。本当は襲名披露だっていらねえくらいだ』とさ」

奥会津への往路の車内で、たしか、馬春師匠はこう言っていた。

『名前なんざ、簡単に変えられるさ。高座に上がって、「本日からこんな名前になりました。どうぞご贔屓に」と挨拶すりゃ、そいで済む』

耳元にその声音が蘇った時、亮子はこの襲名話は真実だと直感し、同時に体が震え出した。本来なら、夫の出世として、喜ぶべきなのかもしれないが、そんな心の余裕はまったくない。感じるのは戸惑いと恐怖ばかりだった。

「で、ですが、あの、もしも、それが本当だとしたら……馬春師匠は、なぜあたくしにその話を一切なさらなかったのですか？」

「だから、するつもりだったのさ。ゆっくり話をするために、わざわざお前さんを山奥の温泉まで連れていったんだから」

まだ納得できない福の助の質問に対し、常吉師匠が答える。ややきつい口調だった。

「そのために、温泉へ……？」

「そうだよ。ところが、そこで、何だかおかしな事件がもち上がって、言う機会を逸した。そう聞いているけど、違うのかい？」

「あの、それは……」

福の助が言葉に詰まる。

ひな子さんから馬春師匠への『石返し』のせいで、当初の予定が狂ってしまった。そう考えれば、確かに筋は通る。

聞いた直後のパニック状態から脱却し、多少頭が回転するようになると、亮子もいくつか思いあたることが出てきた。

今日の出演者は、誰もがあまりマクラを振らず、せいぜい挨拶と自己紹介くらいで本題に入っていたが、考えてみると、これはおかしな話だ。久々に高座復帰するめでたい会なのだから、何か、それにまつわるコメントが入ってしかるべき。だが、その類いの発言は一切なかった。

(そう。確かに、何となく変だった。みんな、私の顔を見ると、お祝いを言ってくれたけど……あれは、師匠の復帰じゃなくて、八ちゃんの襲名の『おめでとう』だったのか)

由喜枝さんと亮子が楽屋に入っていった時、亀蔵師匠が『本日の主役のご登場だ』と言った。あの時、亮子は、『主役』とはてっきりおかみさんのことだと思ったのだが……考えてみると、おかしい。由喜枝さんはそれ以前に、すでに楽屋に顔を出していたはずだからだ。

(あと、坊ちゃんとはるちゃんに、『馬春師匠の衣装は?』と尋ねたら、変な顔をして……そうか。師匠が高座に上がる気がないのを知っていたから、あんな態度を取ったのね。あっ!　それはそうと、馬春師匠とおかみさんはどこに行かれたのかしら?)

あわてて楽屋内を見回していると、

「あの……馬春師匠は、どうされたのですか?　先ほどから、姿が見えませんけど」

福の助がそう質問してくれた。

「先の馬春さんなら、もう帰ったよ」

ことも無げに、お席亭が答える。

「お前さんの弟子二人が送っていったはずだ。そもそも、口上に並ぶ気なんかなかったのさ。口が回らないのをお客様に見せたくないからこそ、正式に引退するわけだものね」

「じゃあ……どうして、ここへ？」

「最後にもう一度、紅梅亭を目に焼きつけておきたかったんだろうよ。あたしたちにとっちゃ、故郷《ふるさと》みたいな場所だからね」

常吉師匠の言葉を聞きながら、亮子は二時間前に聞いた師匠夫妻の会話を思い出していた。

『お前さん、よかったね。紅梅亭に戻ってこれてさ』

『足かけ、六年ぶりだな』

（じゃあ、やっぱり、馬春師匠は……）

福の助もついに反論を諦めた。楽屋が静かになった途端、高座の声が戻ってくる。

「……ええ、それでは終《しま》いに一つ、大津絵《おおつえ》を。皆様、最もお耳になじんでいらっしゃるのは、『両国《りょうごく》風景』ではないでしょうかねえ。夏の夕涼みのにぎわいを題材にしておりますが、ちょいと季節が違いますので、本日は江戸から京まで、五十三次の宿場町の名前を読み込みました大津絵を聞いていただきます。はあ……」

三味線で、冴えた音色の前弾きが入り、

「『東海道、五十三次振り出しや、日本橋《にほんばし》、品川《しながわ》、川崎《かわさき》、神奈川……』」

うたい始めた時、

「う、嘘です。そんなこと……嘘に決まってます」

その場に立ち尽くしていた福の助が首を振りながら言った。

「誰が何とおっしゃろうと、そんなこと、あるはずがありません。荒唐無稽《こうとうむけい》じゃございませんか」

「荒唐無稽かどうかは、お前さんが上がってみりゃわかるよ」

お席亭の口調はあくまでも落ち着いていた。

「お客様は正直だからね」

「お客様……？　あ、そうだ。お客様はなぜ事情をご存じなのですか。誰も、高座で説明なんかしてないのに……」

「する必要がないから、触れないんだよ。昨日の夕方発表したら、今朝からワイドショーのトップは全部この話題が独占さ。だからこその人気なんだけどね」

「ワイドショー……？」

福の助が亮子の顔をちらりと見たが、これは見ているはずがない。朝からずっと迎えを待ち続けていて、テレビなど見るどころではなかった。

「どこの局のコメンテーターも『引き際が綺麗だ。さすが江戸っ子』と言って、大絶賛だった。自分の地位にしがみつく政治家の醜い争いを見慣れていると、確かに、そう思うんだろうね」

福の助はついに万策尽きたらしく、相槌さえ打てずに、無言で立ちすくむ。

見上げると、その顔からは完全に血の気が引いていた。

しかし、それから間もなく、

「『……水口《みなくち》、石部《いしべ》、草津《くさつ》に大津、京』。はい、どうも。五十三次、何とか抜かさずに読み込めましたところで、いよいよ、お目当てと交替させていただきます」

朋代姐さんの高座が終わる。

拍手が湧き、それと同時に、福の助……いや、今日からは七代目馬春の出囃子である『あやめ浴衣』が鳴り出した。

17

自分自身の出囃子を聞いても、しばらくの間、福の助は身動《みじろ》ぎもしなかった。

足袋の裏が畳に貼りついて、動けない。亮子の眼にはそう映った。

楽屋へ戻ってきた朋代姐さんが、心配そうにそんな福の助を見る。

「おい、どうする気だい。高座に穴が開いちまうぞ」

福遊師匠がたまらず、声をかける。

「で、ですが……このままでは……」

なおも、ためらっていると、

「とにかく上がって、一席お演り。特別な挨拶なんかしなくていいよ。それにお前は、あたしたちの話が嘘だと思ってるんだろう。だったらそのつもりで、何も考えず、高座に上がってみればいいじゃないか。さあ、早く」

「……は、はい。あの、承知いたしました」

自分の師匠から命令されては、否も応もない。懐から扇子を取り出すと、それを手ぬぐいで巻き、右手に持って、おぼつかない足取りで歩き出す。

亮子はその後ろ姿をはらはらしながら見守っていたが、上手《かみて》袖から高座に上がった途端、信じられないほど大きな拍手が起こった。

「よお！　七代目」

「いいぞぉ！」

「待ってました！」

客席のあちこちから声がかかる。

福の助の両肩がビクッと跳ね上がるのが、はっきりとわかった。

(……や、やっぱり、本当だったんだ！)

亮子の体までもが硬直した。

(開口一番からずっと、聞いていたけど、誰一人、襲名の件には触れなかった。それなのに、お客様のこの反応……。事前に知っていたとしか考えられないわ)

一瞬、福の助の歩みが止まったけれど、途中で引き返すことなど許されない。

亮子はその場にへなへなと座り込んでしまった。もう高座の様子などわからない。

やがて、客席からさらに盛大な拍手が起きる。たぶん福の助が座布団に腰を下ろし、お辞儀をしたのだろう。

そして、いよいよ七代目馬春としての第一声……と思ったのだが、一向に話し出す気配がない。

五秒、十秒、十五秒……。だんだん場内がざわめき出す。

亮子まで、針のむしろの上にいるような心境だった。

(……と、とんでもないことになっちゃったわ。どうする気なのよ、八ちゃん!)

もうだめだ。そう思った次の瞬間、「パン!」という音がして、突然、大きな笑いが弾ける。

(えっ? な、何よ、今のは……)

ぱっと立ち上がって、夢中で袖まで走る。

そして、高座に視線を送り、

(あっ、あれは……!)

何と、演者の背後に並ぶ板戸のうちの一枚が開いていた。その奥は通路になっているが、通常はほとんど使用されない。

きっと、そこから出てきたのだろう。黒紋付き姿の亀蔵師匠が、夫のすぐ後ろに立っていた。右手に高座扇を持っている。

福の助はというと、もう、完全に茫然自失の状態。口を半開きにして、ただぼんやりと唐突な侵入者を見上げていた。

亀蔵師匠は口元をゆるませ、扇子を振り上げると、

「おい、福の助。七代目襲名は二十、いや、三十年早《はえ》えぜ」

そう言って、また頭をパンと叩く。

「……し、師匠。こいつは、一体、どういうことなんですか？」

顔をしかめ、頭を抱える仕種をするのを見て、お客がまた笑った。

「だからな、お前さんの出番はもう終わりなんだ。お客様は何もかもお見通し。七月の槍じゃあるめえし、ぼんやりしてねえで、早く下りな！」

ほうほうの体《てい》で、福の助が楽屋へ戻ってくる。それと同時に、高座では緞帳が下りてきた。

「あっ、し、師匠」

夫の声で振り返ると、いつの間にか、亮子の背後に、黒紋付き姿の馬春師匠が立っていた。不自由な左半身を亀吉が支え、右側は竹二郎が手を添えている。

「馬春師匠、あ、あの、これは、どういう……」

「お前《めえ》も、おめでてえな。座興だよ」

「ザキョウ……？」

楽屋では、下座さんがいわゆる地囃子を弾き続けている。

「源兵衛の色懺悔を、そのまんま信用するばかが、どこにいるんだ」

「えっ？　ということは……ええええっ！　じゃあ、あれは、みんな嘘だったんですか。最初《はな》っから、みんなぐるになって……そ、そんなぁ……」

今にも泣き出しそうな表情で、福の助が楽屋中を見回すと、それを見て、一同がわっと沸いた。常吉師匠や福遊師匠も笑っている。

『宿屋の仇討ち』で、三人の江戸っ子のうちの一人が言い出した色懺悔は他人から聞きかじったものだった。しかし、すぐ隣の部屋に泊まり合わせた侍が『万事世話九郎とは世を忍ぶ仮の名。まこと本名は川越藩士・小柳彦九郎。妻と弟の仇《かたき》が知れたから、今すぐ討ち取る』と言い出し、若い衆の伊八は右往左往。結局、みんなで三人の男を縛り上げ、町外れで仇討ちをさせようとするが、翌朝、目を覚ました武士は『ああ、あれは座興じゃ』とあっさり言う。

『お、お侍様。どうしてそのようなお戯れを……』

『いや、あれくらい申しておかぬとな、拙者が夜《よ》っぴて寝られない』

これがサゲである。

(それは一応知っていたけど、まさか、何もかもが嘘だったなんて……)

二人の弟子に両側から支えられながら、六代目馬春師匠が四年半ぶりの寄席の高座へと向かう。その後ろから、前座さんが釈台《しゃくだい》を持って続いた。

すぐ脇を通り過ぎる時、はる平と竹二郎が福の助に、「兄さん、悪く思わないでくださいよ」と小さく声をかけた。

「悪く思わないでって……あいつら、何を……」

福の助も亮子も、まだ完全には事態を把握できていなかった。

やがて、そんな二人のもとへ福遊師匠がやってきた。

「福の助、ご苦労だった。実はな、あたしたち三人がホテルに呼び出されたのは本当なんだ。そこで、山桜亭が考えた計画を打ち明けられてね。最初《はな》は『まさかそんなことまで』と思ったんだが、お席亭が乗り気になったもので、協力しないわけにはいかなくなった。お前には謝らなくちゃならない。嘘をついて、申し訳なかった」

「そ、そんな、師匠、頭なんか下げないでくださいまし。で、ですが……」

福の助はまだ困惑しきっている。

「あの、そもそもなぜお客様方が、何もかも座興だってご存じだったのですか？　あの、ひょっとしたら、テレビで告知でも……」

「まさか。そんなことできっこないだろう。今日、モギリのとこで、番組表に挟んで、これをお渡ししたのさ」

それは、B5判の白い紙だった。手書きの原稿を印刷したらしいが、その筆跡に見覚えがあった。間違いなく、馬春師匠のものだ。

「ほら、読んでごらん」

渡されたものを手に持って、二人は急いで視線を走らせ始めた。

18

『お客様各位

本日はおいでいただき、まことにありがとうございます。心よりお礼申し上げます。

番組表の間にこのようなものが挟まっていて、さぞ驚かれたことでしょう。実はこれは石返し……では、噺の演目になってしまいます。そうではなく、意趣返しです。

そして、その意趣を返したい相手は、あたくしの総領弟子である寿笑亭福の助です。

詳しい事情をここでご説明するつもりはございませんが、福の助は師匠であるあたくしに無断で会場の予約をし、こちらが嫌と言えないよう計略を巡らせて、強引に本日の会を企画いたしました。

もちろんそれは、あたくしを思ってのことで、ありがたいとは感じていますが、このまま簡単にやつの術中にはまっては、師匠としての沽券《こけん》に関わります。何とか、きついシャレを返してやりたいと考えました。

そこで、本日、トリの出番にはあたくしの代わりに、まず福の助を高座に上がらせます。福の助は事情を何も知りません。どうか、よけいなことは何もおっしゃらず、「待ってました！」「七代目！」などと声をかけ、愛想よく接していただければ幸いです。

福の助があわてふためく顔を見物したら、そのあと、あたくしが上がって、ちゃんと一席相勤めますので、ご安心ください。以上、どうかご協力のほど、よろしくお願い申し上げます。

六代目　山桜亭馬春』

（な、何なのよ。これえ？）

亮子は軽いめまいを覚えた。

(これじゃ、ひな子さんの書き置きと同じ……あ、そうか。あの文章も、馬春師匠が書いていたのか。だったら、似ていてあたり前だわ)

「……いくら何だって、シャレがきつすぎるぜ」

すぐ隣で、福の助がため息をつく。

そして、亮子を畳に座らせると、周囲をはばかりながら、小声になって、

「こいつをお客様に渡しておけば、そりゃ確かに、協力はしてくれるだろうけど……そこまでやるかよ、普通。

俺が七代目を襲名するって情報がワイドショーで流れて、あっという間に広まった……そんなヨタに信憑性をもたせるためには、俺たちをあんな山奥の温泉に釘づけにしておく必要があった。そして、それを不自然に思わせないために、ひな子さん……て名前かどうかも、もうわかんねえけど、とにかく、あの女が自分に石返しを企んだという筋書きをでっち上げたわけだ」

「そうか。つまり二重、三重のトリックが仕掛けられていたわけね」

「うん。真打ちになってから廃業した馬三という名前の師匠がいたのは紛れもない事実だが、馬春師匠から聞いた感動話は全部出任せだろうし、その人があの宿を始めたかどうかもあやしいもん……あっ、違う。絶対に嘘だ。ほら、あの看板!」

「看板……?」

「宿の表の看板さ。ほら、あれだけ新しかったじゃねえか」

「あっ、そうか」

指摘されて、亮子も思い出した。『鍋屋』の二文字を墨で書いた看板。建物に比べて、確かにあれだけが真新しかった。

「どうりで、インターネットで検索かけても『坊主温泉』だけがヒットして、『鍋屋旅館』が引っかからねえはずだ。そっちの名前は、『番町鍋屋敷』から思いついた偽物の屋号だもの。

今思い出したけど、夜になって、部屋へ挨拶に来たあの女が、『つい最近、古くなった看板を新調したばかりだ』なんて言ってただろう。あんなことを言ったのも、つまりは、俺達に真相を見抜かせないための煙幕だったわけさ。しかも、わざわざ寄席文字まで使って……いや、本当にシャレがきついなあ」

「それにしても紅梅亭の表の看板まで……。だって、本当に『七代目』と書いてあったのよ」

「噺家の何代目ってやつは、そもそもいいかげんなところがあるし、よほどの通《つう》以外は、そこまでは知らねえ。万一、間違いだと指摘されたとしても、『あ、すみません。すぐに直します』で済んじまう。

馬春師匠を高座に上げるためなら、常吉師匠だって福遊師匠だって、そりゃ、一時《いっとき》は言いなりになるだろうけど……だけどさ、考えてもみろよ。相手は自分の弟子なんだぜ。どうして、わざわざこんなことまで――」

「ううん。違うんだよ」

「えっ……？　あ、おかみさん！」

話に夢中になっていたため、気がつかなかったが、いつの間にか、由喜枝さんが二人のすぐそばに座っていた。

「あの、申し訳ありません。別に、師匠の悪口を言ってたわけでは……」

「いや、いいんだよ。八ちゃんと亮ちゃんには大迷惑をかけたんだから、腹を立て、あたり前。だけどね、自分じゃ絶対口に出さないけど……うちの人は、こうでもしないと、高座に上がれなかったんだよ」

「えっ？　それはどういう……」

「結局、見栄っ張りなんだねえ。お前さんたちに石返しをするついでに、仕方なく、高座に上がって一度喋る。そんな形にしないと、恥ずかしくて、復帰の独演会なんかできやしなかったのさ。まだ、口がちゃんと回らない状態では、特にね」

「ああっ……！　そ、そうだったのですか」

福の助と亮子はやっと、今回の不可解な事件を引き起こした犯人の意図を理解することができた。

なるほど。師匠のシャイな性格からして、動機の必然性は充分だ。

「どうやら、準備ができたようだね」

高座を覗き込んで、おかみさんが言った。

座布団に座り、前に講釈の時に使う台を置いて、お辞儀をした状態で幕を開ける。いわゆる『板つき』での口演だった。

「さて、今日、うちの人は一体何の噺を演るつもりなのかしら。『海の幸』なんて落語はないはずだし。それだけは、あたしにもまるで見当が……ああ、そうだ。ねえ、雅《まさ》ちゃん」

おかみさんが、下座を担当している雅美《まさみ》姐さんを呼ぶ。

下平《しもひら》雅美さんは協会所属の下座さんで、年齢は五十二、三。すでに十五年のキャリアがある。今日の会を開くにあたり、『どうしても復帰の高座の出囃子が弾きたい』という本人のたっての希望もあって、鳴り物を担当してもらうことになったのだ。

雅美姐さんはちょうど一つのお囃子を弾き終えたところだったので、おかみさんに急に声をかけられ、ぎょっとしたように眼を見開く。

「久しぶりだからね。腕の確かさは先刻承知だけど、どうか、よりをかけてお願いしますよ」

「……あ、はい。わかりました」

姐さんは深くうなずき、ばちを構え直す。

三味線に太鼓、そして、鉦。『さつまさ』の小粋な旋律が流れただけで、亮子は目頭が熱くなった。

緞帳が上がり始めると、客席からは、万雷の拍手。

「待ってました。本物ぉ！」

前の方でそう叫んだのは、師匠と飲み仲間だったヒシデンさんだ。場内がどっと沸く。

「六代目！」

「お帰りなさい！」

「おめでとう！」

「たっぷり頼むよぉ！」

さまざまな声がかかる。

福の助が立ち上がり、高座の袖に張りつく。復帰の高座を見届けるつもりなのだ。

やがて、出囃子が止まり、拍手がようやく鳴りやんだところで、

「……いやあ、ご協力、ありがとう。おかげでさ、胸がすっとしたぜ」

挨拶も抜きで、いきなりこうだ。

「本当《ほんと》、とんでもねえ弟子なんだ。俺を無理やり、こんなとこに、引っ張り出しやがって。じゃあ、こいで目的は達したから、そろそろお帰りよ……って、まだ帰しちゃ、まずいかなあ、やっぱり」

快調な滑り出しに、客席は大喜びだ。

「長い間、留守にして悪かったけど……まさか俺のことを、忘れやしねえだろうな。近頃の客は薄情だからねえ。ちょいと寄席に出ねえと、すぐに忘れちまう。困ったもんだ」

（これは、先代の馬風師匠の……そうか。それで、八ちゃんに録音を用意しろとおっしゃったんだ）

本来の芸風とは少し違うが、確かにこの口調だと、病気の後遺症の露呈を最小限に食い止められる。まだ少し舌がもつれる感じはあるものの、息継ぎの不自然さが気にならなかった。

（……これなら、行ける。大丈夫だわ）

亮子はほっとした。それにしても、さすがと言うほかないしたたかさだ。

「せっかく来てもらったけど、まだ、舌がうまく回らねえんだ。息も、まだ続かない。だから本当は、出たくなかったんだけど……まあ、だまされついでに、高座に上がってさ、そいで、いくらか銭を稼ぎながら、ついでにリハビリもしてやろうかと……あははは。ばれちまった。考えてみると、今日のお客は、しみじみ気の毒だねえ」

脇を見ると、由喜枝さんは膝の上で両手を組み、じっと頭《こうべ》を垂れていた。

「おかみさん、よかったですね。お客様方、喜んでいらっしゃいますよ」

「……う、うん。ありがとう、亮ちゃん。みんなのおかげで、また高座に……何だか、夢でも見てるようだよ」

ハンカチを取り出し、涙を拭う。

「いいんだよ、あたしは。たとえ苦労したって。あの人が、死ぬまで噺家でいてさえくれりゃあ……もう、それだけで……」

あとはもう、言葉にならない。

亮子はいつの間にか、ひどくやせてしまった横顔をじっと見つめながら、

(ダイエットなんて、絶対嘘よ。私たちには言えない苦労が、何かきっとあったんだわ)

心の中で、そうつぶやく。

(でも、そのご苦労がちゃんと報われた。近い将来、馬春師匠は本格的に現役復帰される。そうに違いないもの)

高座では、自らの入院生活やリハビリを題材にした漫談が披露され、場内は爆笑に継ぐ爆笑だ。

「……ちょいと、亮ちゃん」

お席亭がそっと歩み寄ってきた。

「お前さんたちには、とんだ思いをさせちまったけど、おかげさまで、うちの高座に山桜亭が帰ってきてくれた。本当にありがとう。お礼を言うよ」

「い、いえ、そんな……」

落語界の重鎮に次々に頭を下げられ、亮子はすっかり恐縮してしまった。

「ただ、さ、ついさっきだけど、福の助にもほんの少しだけ、よくないところがあったねえ」

お席亭は、少しいたずらっぽい眼になっていた。

「よくないって、何か失礼なことでも……？」

「そうじゃないんだよ。あんまりマジに聞かないでおくれ」

笑いながら首を振る。

「『七代目を襲名しろ』と迫られた時、嫌がって、いろいろ言い訳してたけど、一番肝心なことを言わなかったじゃないか」

「一番肝心て……あの、何でしょう？」

「『まだ二つ目の分際で、そんな大きな名前は継げません』と、きっと言うだろうと思ってたんだ」

「ああ、なるほど。確かに、それは申しませんでしたね」

「福の助がそう言った時の返事を会長がちゃんと用意して、待ち構えてたのにさ。『せっかく台詞の稽古までしたのに』って、常吉さんがだれてたよ」

「はあ……?」

お席亭の言葉の意味が、亮子にはわからなかった。火鉢のところを見ると、常吉師匠は福遊師匠と並び、澄ました顔で煙草を吸っている。

「決まったんだよ。一昨日《おとつい》の理事会で」

「えっ？　何が、決まったのですか」

「鈍いねえ、まったく」

お席亭は舌打ちをして、亮子の耳に口を近づけ、

「お宅のご亭主の真打ち昇進！　来年の五月だよ」

「ええっ……?」

一瞬、自分の耳を疑ったが、すぐに体の奥から歓喜が衝き上げてきた。

「ほ、本当ですか?」

いわずもがなの問いかけに、お席亭は大きくうなずく。

「あ、ありがとうございます！」

畳に手をついてお礼を言う。再び火鉢の方を見ると、福遊師匠と常吉師匠が満面の笑みで亮子に手を振っていた。

「おめでとう。本当に、よかったね」

由喜枝さんが脇から手を握ってくれる。

さまざまな感情が一度に湧いてきて、とうとう亮子は泣き出してしまった。

高座では、馬春師匠。客席を完全に温めたところで、おもむろに、

「……だけど、何だな。今日はもう、木戸銭分だけは、笑わせたみたいだから、これでお終いに……ったって、自分の力じゃ、下りることもできねえのか。情けないね。こいつは。じゃあ、諦めて、短い噺でも一席演るか」

拍手と歓声。もう一度、「待ってました!」と声がかかる。

「だけど、本当に、短《みじ》っけえよ。怒らねえでくれ。

ええ、『草の名も　所によりて　変わるなり　浪花《なにわ》の葦《あし》も　伊勢《いせ》で浜荻《はまおぎ》』。その『葦』が、東京では『よし』。まるで同《おんな》しものを、『悪し』とも『良し』とも呼ぶんだから、ややこしい話で……」

特別編（過去）

「『ところ変われば品変わる』などと申しますが、品物は同《おんな》しなのに、名前だけが変わるなんてことがございます。大阪で、『マグロの刺身』なんて言ったって、昔は通じなかったそうで。あちらでは『はつのおつくり』。東京で言う『しらすぼし』が大阪では『ちりめんじゃこ』、京都では『ややとと』。また、フグなんて魚は全国どこにでもございますが、それぞれ名前が違います。九州へまいりますと、濁らずに『フク』と申しますし、大阪では『てつ』。これは鉄砲という意味だそうでして、当たったら死ぬてんですから、物騒な名前で……。


「お願いいたします」

「何じゃ」

「村外れに住まいおります、たど屋茂兵衛《やもへえ》と申します者で。お貼り出しになりました魚の名前を存じおりますので、まかりこしました」

「おう。かの珍魚の名をな。では、何と申す」

「はい。ただ、絵を見ただけでは、間違う憂いがございます。念のため、品物を拝見したいと存じますが……」

「なるほど。念の入ったことである。見せて取らせる。珍魚を持参せよ。うむ……これじゃ。どうじゃな？」

「はい。これでしたら、確かに存じております」

「ほほう。しからば、何と申す魚じゃ？」

「お願いいたします」

「何じゃ」

「村外れに住まいおります、たど屋茂兵衛でございますが、お貼り出しになりました魚の名前を存じておりますので、まかりこしました」

「うむ。先日、沖合で捕れた珍魚の名を申しあてた、たど屋茂兵衛であるな」

「御意にございます」

「ちと尋ねたいが、その方はなぜ珍しき魚の名を存じおるのだ」

「代々海産物問屋を営みおりますれば、いかなる珍魚の名でも知らぬということはございません」

「なるほど。して、この度の魚の名は何じゃな」

「絵を見ただけでは、間違う憂いがございますので、念のため、品物を拝見したいと存じますが……」

「わかった。しかと見よ」

「はい。存じております」

「何と申す魚じゃ？」

1

山桜亭《さんおうてい》はる平《へい》は困っていた。

以前から、噺の稽古《けいこ》をつけてもらい、飯をおごってもらい、時にはこっそり仕事まで紹介してもらっている先輩と、自分の師匠が、紅梅亭《こうばいてい》の楽屋で言い争いを始めてしまったのだ。

原因は、芸にまつわること……などではなく、何と、昨日の巨人・阪神戦。最終回に、審判が下した判定について。

(まったく、困ったもんだなあ。いい大人が二人して……たかが、野球じゃねえか)

そうは思うが、しかし、このところ、落語界において野球熱が高まっているのは事実だった。二つ目や若手真打ちをメンバーとする野球チームがいくつもできているし、年輩の師匠にもそれぞれご贔屓《ひいき》のプロのチームがあるようだ。

ほかのこととは違い、野球となると、むきになる例が少なくない。

(だからって、何も、昼席の中入りの最中に……ああ、だめだ。終わりかと思ったら、また始まっちまった)

せめて少しでも離れていようと思い、楽屋の隅にいたはる平は、思わず眼をつぶった。

「……違いますよ、師匠。だからねえ、何度も申しますが、ありゃ、絶対にファールです。ホームランだなんて、とんでもありません」

太く、張りのある声の主は浅草亭東橋《せんそうていとうきょう》師匠。年はまだ三十五と若いが、バリバリの売れっ子で、名前の通り、浅草《あさくさ》に居を構えている。

「お前さんも強情だねえ。どうして、あたしの言うことが素直に聞けないんだい」

こちらは、やや高く、少しかすれた声音。はる平の師匠である山桜亭馬春《ばしゅん》だ。

「よくお聞き。長いこと経験を積んだ審判が見て、そう判断したんだ。一番確かじゃないか。審判を信用しないで、誰を信用するってんだ」

「ですがね、何度も申しましたように、あたくしは昨夜、球場にいたんですよ。しかも、レフトのポール際の外野席に。打球がどこを通ってどこに落ちたかが、全部この眼に焼きついてるんです。しかも、師匠はテレビでご覧になったわけでもないんでしょう。新聞を読みかじっただけの知識でおっしゃられましても、こちらとしては、譲るわけにはまいりません」

会話がとぎれ、気まずい沈黙が流れる。

そっと眼を開いてみると、彼の師匠・山桜亭馬春は火鉢に向かい、苦虫を嚙みつぶしたような表情で煙草《たばこ》を吸っていた。

今日は六月二十六日、金曜日。梅雨の最中で、妙に冷え込むので、昨日、今日と、火鉢に炭火を入れた。明治、大正の時代には、高座に一年中火鉢が置いてあり、噺家は鉄瓶の湯を自分で茶碗に注いで飲んでいたそうだが、そんな習慣もとっくの昔になくなってしまった。

上下の秩序の厳しい社会だから、通常は、下の者が上の者に逆らうなどということはあり得ない。だが、東橋師匠は学生時代、外野手として甲子園に出場したというのが何よりの自慢で、いわば芸界一の野球通なのだ。しかも、問題の試合を実際に野球場で観戦していたというのだから、成り行き上、引くに引けなくなってしまったのだろう。

もちろん二人とも、ご贔屓チームの肩をもっているのは言うまでもない。馬春師匠は巨人、東橋師匠は阪神の熱烈なファンなのだ。

昨日の試合は、最終回の裏にサヨナラホームランが出て、五対四で、巨人が勝っている。そのホームランがポールのぎりぎりを通過したため、東橋師匠が『あれはファールですよ』と言い出したのが発端だった。

「まあ、考えてみれば、こんなことで何も目くじら立ててるこたないんだ。人気も実力もこっちの方がずっと上なんだからね」

相手が目撃者では、どうも分が悪いと思ったらしく、馬春師匠が議論の矛先を変える。

「そもそも、お前さんは去年のことを忘れちまったのかい。確かに、最後まで食らいついてきたところは、阪神も立派だったがね。とどのつまりは一ゲーム差でちゃんと巨人が優勝したじゃないか。それに加えて、去年、今年と、将来のチームを担う猛打の新人が入団して、大活躍。しばらくはお家安泰さ」

「ちょいと待ってくださいよ、師匠。それだったら、阪神だって、今後の日本球界を背負って立つ投手の逸材が――」

「おい！　二人とも、いいかげんにしとくれよ」

ちょうど楽屋に入ってきたのはお席亭。はる平はほっとした。今の落語界で、この人に逆らえる者は誰もいないというほどの大物だ。そのため、噺家同士のもめごとがあると、必ずといってもいいほど、神田《かんだ》紅梅亭のお席亭が仲裁に駆り出されるらしい。

梅鉢《うめばち》の定紋《じょうもん》の入った法被《はっぴ》を着たお席亭は、ちょうど二人の間に立つようにして、

「そろそろ中入りはお終《しま》いだよ。東橋さんは食いつきだろう。支度《したく》しとくれ」

「いいえ、あの、支度はとうにできておりますが……」

「そりゃ、服装《なり》はそいでいいだろうさ。だけどね、そんなお客に嚙みつきそうな眼じゃ困るんだよ。営業用の顔ってもんがあるんじゃないのかい」

「……なるほど。ごもっともさまで」

東橋師匠もお席亭が相手だと素直だ。

立ち上がり、懐から扇子、手ぬぐいを取り出す。

「ほら、ぼやぼやするなよ、はる平。鳴り物の用意だ」

「あ、はい！　ただいま」

自分の方にも火の粉が降ってきた。あわてて太鼓のところに走り、ばちを手にする。

入門から一年三カ月。鳴り物については、かなり自信をもっていた。現に、芸にうるさいある師匠から『「反魂香《はんごんこう》」の最後の大太鼓のドロは、はる平に限る』と言われていた。

太鼓を入れ、それに続き、『猫じゃ猫じゃ』の底抜けに陽気な出囃子《でばやし》。

『東橋』という名札を出し、師匠が高座に登場すると、客席からどよめきが起きた。

さすがは売れっ子。若くていい男だし、その上、芸も本格で、『愛宕山《あたごやま》』『品川心中《しながわしんじゅう》』『寝床《ねどこ》』

などという噺をさせたら、同年代では右に出る者がいない。はる平にとっては、憧れの存在だった。

「ええ、ご来場、まことにありがとう存じます。おなじみのお噂で、お時間をちょうだいいたします。

ご酒《しゅ》というのはまことに結構なものですが、やはり度を越しますと、いけませんようで……。

『酒飲みは　やっこ豆腐に　さも似たり　初め四角で　あとがぐずぐず』

『親方、どちらへいらっしゃいます？』

『な、何だ、てめえは』

『だいぶお酔いになってらっしゃるようですから、車をさし上げましょうか』

『車をさし上げる？　てえそうな力だな。やってみつくれ』

『何も、持ち上げるわけじゃありませんよ！』」

（……うわっ、か、替り目だ！）

はる平は仰天し、右手で顔を覆った。

『替り目』は『親子酒』『ずっこけ』などと並び、酔っ払いが活躍する噺の一つだ。

大酒飲みの亭主が深夜、へべれけになって帰宅し、女房が寝かせようとするが、言うことを聞かない。『もう一杯飲まなければ寝ないぞ』と言い張るため、仕方なく、女房は夜明かしのおでんを買いに行くのだが、その間に、亭主は流しのうどん屋を呼び込み、酒の燗《かん》をつけさせて飲み始める。けれど、注文は何もしない。

困ったうどん屋が『何か食べてくださいよ』と頼むと、逆に脅かして、追い出してしまう。そこへ女房が帰ってきて、話を聞き、『うどん屋さんが気の毒じゃないか』と言って、あとを追いかける。『うどん屋さーん』と呼ぶ声がするが、当のうどん屋はしらんぷり。通りがかりの人が『おい、あの角の家で呼んでるぜ』と教えてやると、『いえ、あの家はいけません。今頃行くと、お銚子の替り目』と、これがサゲになる。

普通の時ならかまわないのだが、実はこれは、あとから上がる馬春師匠が売り物にしている噺なのだ。それを知りながら、前に演《や》ってしまうのは、主任《トリ》に対して喧嘩を売るに等しい。

(東橋師匠も気が強いなあ。うちの師匠みたいな大看板に対して、正面からこんなまねを……)

つい高座の方へ気を取られていると、

「おい、はる平!」

ぎょっとして振り返ると、馬春師匠が怖い眼で自分を睨《にら》んでいた。

「……は、はい。何か?」

「何かじゃないよ。あたしは主任なんだから、そろそろ着替えなきゃならない。それくらい、言われなくとも、お前が気を回すもんだ」

「あ、あの、申し訳ございません。ただいますぐに……」

もともと口うるさい人だが、今日は特に機嫌が悪い。要注意だ。

はる平は大急ぎで風呂敷包みを開け、師匠の高座着を取り出した。

2

はる平が噺家になったのは、高校卒業直後のことだ。

幼い頃から落語が好きだったので、ほかの進路はまったく考えなかった。当然のこととして、両親は反対し、結構もめはしたが、熱意で強引に押し切ってしまった。

山桜亭馬春師匠のもとに入門した理由は、芸にほれたからだ。特に『黄金餅《こがねもち》』を聞いた時には、こんな落語があったのかと思い、全身に震えが来た。人間の欲望をそのまま浮き彫りにしている。

何とかこの師匠のところに入門したいと思い、高校二年生の時、『東京落語協会気付』で手紙を出したが、何度送っても梨のつぶて。これでは埒《らち》が明かないと思い、卒業を目前に控えた初席に行き、紅梅亭の楽屋口で出待ちをして、何とか話を聞いてもらうことができた。

もちろん、弟子入りがすんなり決まったわけではない。『噺家になんぞなっても、食ってはいけない。あたしが生きた見本だ』『面倒だから、もう弟子は取らないことにした』などと、さまざまな理由をつけて断られるのにもめげず、寄席や自宅に通いつめ、最後は師匠の方がついに根負けしてしまった。

卒業式を終えたその足で、入門。自宅が狭いため、通いの弟子だったが、三カ月の見習い期間を終え『はる平』と名前をもらい、正式に前座修業を始めることになった。

初高座が、さんざん出待ちをして迷惑をかけた神田紅梅亭になったのも、何かの縁だと思っている。

日付までちゃんと覚えていて、七月八日。夜席だったが、やたらと蒸し暑い日で、まだ五、六人しかいない客が全員うちわか扇子を動かすのを見ながら、当時唯一のもちネタだった『金《きん》明竹《めいちく》』を一生懸命に喋り、サゲまで辿《たど》り着いた時には心底ほっとした。

師匠の自宅には毎朝通い、家の中の用事をいろいろとしたが、そんなことはつらくも何ともなかった。

口が悪く、皮肉屋なため、寄席の楽屋では怖がられていたが、懐へ飛び込んでみると、実にやさしい師匠で、よほどのしくじりでもしない限り、大声を出したりしない。行儀作法にはやかましいが、改めようとする努力をすれば、ちゃんと認めてくれる。ほかの一門の苦労話などをいろいろと聞くうち、『どうやら自分はいい師匠にあたったらしい』と思うようになっていた。

もちろん、やさしいのは普段の日常だけで、芸については厳しかった。『三遍稽古』といって、師匠が弟子の前で、三回演じてくれる間にすべて覚え、そのあとで、ちゃんと一席喋らなければならない。幸い、はる平は記憶力には自信があったが、細かいところまでダメが出るため、なかなか上げてはもらえなかった。

最近わかってきたことだが、弟子の教育の方針は二種類あるらしく、とりあえず稽古をつけておいて、あとは『自由にお演り』と言う師匠もいれば、自分が教えた通り、一言一句違わずに演れない限り、許可を出さず、さらに、少なくとも前座のうちは勝手に変えることも許さない。そういう師匠もいた。馬春師匠は典型的な後者である。

ただ、仕事が忙しいこともあって、稽古はめったにつけてもらえなかった。それではもちネタが増えないので、師匠は、はる平の面倒をみてくれるよう、自分の後輩たちに頼んでくれた。不思議なもので、外で覚えてきた演目については、あまりうるさく言わないのだ。こだわりがあるのは、自分が教えた噺だけらしい。

積極的に出稽古に通ったおかげで、入門後、まだ一年ちょっとだというのに、師匠方からの評価は悪くなかった。名の通った大真打ちから、『将来有望だね』とほめられたこともある。ただ、馬春師匠だけは常に辛口で、『うぬぼれるなよ』と言われ続けていたけれど。

このように、師匠のもとでの前座修業は至極順調だったのだが、寄席の楽屋となると、こちらはさまざまな問題があった。

まず、途方もなく忙しい。そして、覚えなければならないことが山ほどあった。

前座の仕事は、まず楽屋入りして、最初にやかんを火にかける。湯が沸く間に、出演順にめくりや見出しを揃える。上野や浅草の寄席は、細長い紙に出演者の名前を書いて高座に出す。これが『めくり』。新宿や神田は上手に枠があり、そこに名札をはめ込む方式になっていて、こちらは『見出し』だ。

それから、楽屋や高座の掃除と点検。そのうちに、出演者が楽屋入りしてくるから、その度に履物をしまい、コートを脱がせ、衣紋《えもん》掛《か》けに掛ける。そして、お茶を出すわけだが、それにも相手によって、濃い、薄い、温い、熱いなど、いわゆるお茶癖がある。

開演すれば、鳴り物、高座返し……出演者ごとに座布団を引っくり返す、例のあれだ。出番が終われば、着物を脱がせて畳むが、その畳み方も、人によって、いろいろ好みがある。コートを着せ、履物を出し、送り出す。

それで終わりかというと、まだまだで、お使いを頼まれれば行かなくてはいけないし、楽屋への来客も多い。伝言に電話。文字通り、八面六臂《はちめんろっぴ》の働きをしないと、とても務まらないのだ。まあ、それもいい。忙しいのは覚悟の上だったし、さまざまな知識や技術を一つ一つ覚えていくのも楽しかった。

ただし、どうしてもなじめないことが一つあった。楽屋内のいじめである。

面と向かって口答えなど、一度もした覚えがないのだが、いつの間にか、『あいつは生意気だ』という評判が立っていた。口に出して、そう小言を言われたことも、二度や三度ではない。その理由が、はる平にはいまだに呑み込めなかった。

『生意気だ』と言われる最大の原因は、やはり芸の筋がいいことに対するやっかみだろう。また、もしかすると、父親譲りのギョロ眼の影響も多少はあったかもしれない。本人にその気がなくとも、睨みつけているように思われるのだ。

ほんの小さな失敗にねちねちと嫌みを言われる、他人のしくじりを自分のせいにされる。さらには、あることないこと、告げ口される。

くだらない例では、こんなこともあった。昼席と夜席の間に、立前座《たてぜんざ》の兄《あに》さんから『おい、はる平。おいなり三十個買ってきてくれ』と言われた。『立前座』は前座の中の責任者で、最も古株が務めるのが習わしだ。前座の定給は安いので、師匠方からもらう心づけやら謝金やらをためておき、いろいろなものを買ってくれる。

『はい、承知しました』と言って、金を手に出かけたが、指定された店が遠く、早足でも十五分以上かかった。ところが、着いてみると、稲荷寿司は二十七個しかない。

それだけ買って戻るか、あと三個、別な何かを買うかで、はる平は迷った。往復三十分かけて、引き返す余裕などもちろんない。やるべき仕事が山積みなのだ。紅梅亭には電話があるが、近くに公衆電話はなかった。結局、自分が腹ぺこで我慢すれば済むと思い、前者を選んだのだが……帰った時の先輩の言い草がいい。

『ばかだなあ。「おいなりさん、十個買ってこい」と言いつけたんだよ。こんなに買い込んできて、どうする気だ？』

新米の前座をからかうための、よくあるいたずらしいが、することがあまりにも子供っぽい。

そういう面に関しては、どうしても、なじむことができなかった。

3

翌日の土曜日の昼席。

立前座からの指示で、その日、はる平は開口一番を務めることになっていた。これは、プログラムには記載されていない最初の出番のことで、楽屋にいる前座のうちの誰かが一席喋る。

次に二つ目が一本入り、そこから先は真打ちばかりだ。

開演十分前。ドンドンドントコイという一番太鼓を打ち終わり、

(……さて、今日は、何を演ろうか?)

扇子片手に思案していると、

「張り切って、いいとこ見せとくれよ」

お席亭から声をかけられた。

「短くていいんだ。お客さまがわっと沸く、気の利いた噺がいいな」

「あ、はい。承知いたしました」

こんな言葉をかけられるのは期待されている証拠だろう。そう思い、はる平は喜んだ。

(短い噺で、気が利いているとなると……まあ、あれだろうな)

必然的に、演目が決まってしまった。

とりあえず、口の中でそのネタをさらう。

すると、

「おう、はる平」

名前を呼んだのは、ちょうど楽屋入りしてきた、二つ目の鶴《つる》の家《や》琴吾《きんご》だった。

協会理事の鶴の家琴羽《きんう》師匠の弟子で、年はもう三十五、六だろう。入門も二十二と遅かった

が、芸がまずいために、出世が遅れている。

実際、琴吾の落語は、まだ半分素人であるはる平が聞いても、からっ下手《ぺた》なのだ。ただ、馬春師匠と琴羽師匠が仲がいいため、馬春師匠が主任《トリ》の興行に、お義理で、時々呼んでもらっている。

「あ、どうも、お疲れ様でございます」

とりあえず、挨拶だけは丁寧にしたが、はる平はこの先輩が大嫌いだった。出世が遅れたせいで、了見が歪んでしまっている。何度、煮え湯を飲まされたかわからない。

「一昨日《おとつい》のお前のしくじり、うちの師匠に話をしておいたからな。いずれ、山桜亭の耳にも入《へえ》るぜ」

「えっ、一昨日の……?」

そう言われても、急には思いあたらなかった。

「何のことで、ございましょう?」

「とぼけるんじゃないよ。前座の分際で、客いじりなんかしやがって」

「客いじり……?　ああ、あれか」

やっと浮かんだが、ただしそれは、もうとっくに済んだ話だと思っていた。

自分にとっては、ごくごく些細なことだ。一昨日も、はる平は開口一番を務めたのだが、『子ほめ』を演じている最中に、奥の扉が開き、年輩のご夫婦が入ってきた。寄席見物には慣れていないようで、二人とも、列の最後尾をうろちょろしながら、どこかの空いている席に腰を下ろしていいのか、一席終わり、演者が交替するまで待っているべきなのか、迷っている様子だった。

しばらくは、無視して、喋っていたのだが……そのうちに、夫婦で意見が対立したらしく、軽い言い争いが始まってしまった。

こうなると、放ってはおけない。やむをえず、噺を中断して、

『あのう、一番後ろにいらっしゃるご夫婦……はい。あなた方です。遠慮はいりませんから、どうぞお座りください』

そう呼びかけると、驚いたらしく、奥様の方が『キャッ!』と小さく声を上げ、場内が大笑いになった。

そこでやめておけば、まだよかったのだが、ウケたのがうれしかったもので、つい、そのあとを続けてしまった。

『あの、あたくしはまだ番組表の外《ほか》で、あたくしが引っ込んでから、昼の部が始まります。まだ新米の前座でございますから……あの、将来は名人になるかもしれませんけど』

これがいけなかったのだ。楽屋に戻ると、すれ違いざま、琴吾に『いい度胸してるな』と皮肉られ、さらに立前座からもみっちり叱られた。楽屋のしきたりに反していると言うのだ。

確かに軽率だったと反省し、それで終わりだと思っていたのだが、琴吾は琴羽師匠に告げ口をしたらしい。どうせ、さんざん尾ひれをつけたのだろう。

もしもこれが馬春師匠の耳に入れば、間違いなく、大小言だ。

（芸と行儀作法については、誰よりも厳しいのを知ってるくせに……そうか。だからこいつ、自分では何も言わず、自分の師匠のところへご注進に及んだんだな。卑怯者め！）

はらわたが煮えくりかえる思いだったが、ここで喧嘩すれば、立場がより悪くなるのはわかりきっていた。馬春師匠に、とにかく謝るしか方法はないのだ。

開演となり、出囃子の『前座の上がり』が鳴り始める。

ほくそ笑みながら自分を見ている琴吾から顔を逸らし、はる平は先輩の前座たちに「お先に勉強させていただきます」と頭を下げ、高座に上がった。

4

客の入りはよくなかった。二十数人……三十人まではいない。ほとんどが年輩客だ。

座布団に座り、扇子を前に置いて、深々と頭を下げると、パラパラと、ほんの申し訳程度の拍手が来た。

「ええ、山桜亭馬春の弟子で、はる平と申します。一生懸命お喋りをいたしますので、どうかおつき合いくださいますよう、お願い申し上げます。

ええ、『草の名も　所によりて　変わるなり　浪花《なにわ》の葦《あし》も　伊勢《いせ》で浜荻《はまおぎ》』。『葦』を、東京では縁起をを担いで、『よし』と申します。本来は同じものを、『悪し』とも『良し』とも言うわけですから、ややこしい話でございます」

マクラは決まっていて、ところによって、物の呼び名が違うという話をしてから、いよいよ本題に入る。

「……これは昔のお噺で、ある浜で、名前のわからない魚が一匹捕れました。漁師が大勢集まりましたが、誰もが首をひねるばかり。名なしでは、これから網にでもかかった時に困ってしまう。奉行所へ行って尋ねれば、わかるだろうというので、手に提げ、やってまいりまして……。

『お願い申します』

『何だな』

『この村の漁師でごぜえますが、本日、漁に出ますと、こげえな魚が捕れやして、何《あん》ちゃう名前の魚か、誰にもわからねえで、困っておりやす。お役人様にきいたらわかるべえと、皆が申しますものですから、ぶるさげてまいりやした。ちょっくら、見てもれえてえもんでごぜえやすが』

『ほほう。しからば、この沖合にて、珍魚が捕れたのだな』

『いいえ、金魚じゃねえです。赤くねえから』

『金魚ではない。珍魚じゃ！』」

そう言うと、前の方でコロコロという若い女性の笑い声がした。

はっとして見ると、最前列の下手《しもて》側に、どう見ても自分と同年輩と思える娘が二人並んで座っていた。

色違いだが、お揃いのようなデザインのブラウスにスカート。髪は黒く、一人は長く、もう一人は短い。そして、最も肝心な点だが、両者とも、寄席の客席ではなかなかお目にかかれない美形だ。

（珍しいな。いつもは婆さんばっかりなのに。どうした風の吹き回しだろう）

めったにないことだから、はる平は張り切った。声にも自然に力が入る。

「『珍魚と申すは、珍しき……まあ、お前に言ってもわからん。早く、こちらに見せろ』

お役人が手に取って見ましたが、わかりません。そうでしょう。それを生業《なりわい》にしている漁師が見ても名が知れないいんですから。

書物を調べてみたが、やはりわからない。そのまま帰したのでは武士の威厳が保てませんから、『追って調べおく』と言って、漁師たちを引き取らせます。

さあ、困った。思案したあげく、奉行の決断によりまして、この魚の姿をそっくり紙に写し取り、辻々に貼り出しました。

『この度、当地の沖にて、かようなる珍魚が捕れた。名前を存じておる者あらば、奉行所まで申し出よ。ほうびとして百両をつかわす』

もう、辻々は黒山の人です」

若い娘二人に聞かせるつもりで、はる平は噺を進める。

貼紙をすると、その日のうちに、村外れに住むたど屋茂兵衛という男がやってくる。そして、その男に魚を見せると、

「『……へえ。これでしたら、確かに存じております』

『ほほう。しからば、何と申す魚じゃ？』

『テレスコでございます』

『な、何じゃ？　テレスコォ……？』」

少しオーバーに声を出すと、若い娘の二人連れがまた笑う。なかなかいい気分だった。

「役人は怒ったが、『ふざけるな！　さような名はない』とは言えません。何しろ、役人も知らないんですから。これは、うまく考えたもので。仕方なく百両を渡し、引き下がらせます。

何日か経ちますと、また辻々にお触れが出ます。ただし、今度は魚の形が少し違う。長さは同しくらいですが、ずっとやせていて、少しねじ曲がったような格好をしている。

すると、またその日のうちに、たど屋茂兵衛が奉行所に現れます。また、前と同じようなやり取りがありまして……。

『何と申す魚じゃ？』

『……はい。存じております』

『これは、ステレンキョーと申します』

『ス、ステレンキョー？　これ、たど屋茂兵衛。よく承れ』」

二人の娘は『ステレンキョー』で、またまた笑う。どうやら音に対する反応が敏感らしい。

「『これは先日、そちがテレスコと申した魚を、ただ干しただけのものである。お上《かみ》を偽り、金百両を騙った不届き者め！　吟味中、入牢《じゅろう》申しつける』

大変なことになってしまいました。

これから、お奉行様直々の裁判が行われ、茂兵衛は打ち首と決まります。ただし、お上にも慈悲があり、処刑の前に一度だけ女房に会わしてやろうということになりました。

やがて、茂兵衛の女房が乳飲み子を抱いて、お白洲《しらす》にやってまいりまして……。

『おう、お前、大層、やつれたな』

『はい。あなたがお牢に入ってから、一日も早く潔白が明らかになりますよう、あたくしは干物断ちをいたしまして、それがためにやつれました』

まさに、貞女の鑑《かがみ》ですな。亭主の命を助けたい一心で、断ち物をする。断ち物にもいろいろありまして、茶断ち、塩断ち、干物断ち……。アジだのサバだの、浜辺だから干物はうまいですよ。それを食べないんですから、つらいですな。

女房の言葉を聞いて、たど屋茂兵衛ははらはらと涙をこぼしまして、

『迷惑をかけて、すまない。因果な亭主をもった不運と諦めてくれ』」

これは茂兵衛の台詞だから、ちょうど顔が二人連れの方を向く。だから、彼女たちに聞かせるよう、情感を込めて言った。

「『私はもうすぐ打ち首になるが、言い残すことがたった一つある。お前が抱いている、その子が大きくなっても、イカを干したものをスルメと呼ばせるな』

この言葉が奉行のお耳に入る。

『おお。生でイカ、干してスルメか。してみれば、生でテレスコ、干してステレンキョーで差

支えはないな。なるほど！』

お奉行様、ポンと小膝を打ちまして、

『たど屋茂兵衛、言い訳相わかった。無実を言い渡すぞ』

『あ、ありがとうございます！』

思わぬことに、大喜びをいたしましたが、これは命が助かるわけで……何しろ、女房が干物断ちをしたんだから、アタリメエの話でございます」

サゲを言って、お辞儀をする。頭を上げてから、そっと件《くだん》の二人連れを見ると、自分の方を見て、拍手を続けている。髪の長い娘の方は、軽く手まで振ってくれた。

（おっ！　こりゃ、いいぞ。楽屋に届け物くらいはあるかな。もしかすると、それがきっかけになって……）

まるで、『湯屋番《ゆやばん》』の若旦那だ。妄想がどこまでも広がっていく。

自分で座布団を返し、意気揚々と楽屋に引き上げてくると、すでにいないと思っていた鶴の家の琴吾がまだ残っていた。

しかも、これ以上はないというほど、相好《そうごう》を崩している。

（こ、こいつ、どうしてこんなに大喜びしてるんだ？）

不気味に思っていると、近寄ってきて、

「おい、はる平。お前、今の『てれすこ』、一体誰に習ったんだ？」

「え……それは、うちの師匠ですけど」

「ふふん。だとしたら、お前の耳が節穴なんだな」

「な、何がですか？」

問いかけると、琴吾はさらに顔を下品に笑み崩して、

「いいか、よく聞け。『ひもの断ち』ってのは、アジやサンマの干物を食わないことじゃなくて、火を使って調理したものを一切口にしないことなんだぜ。知らなかったのかい」

「ええっ？　そ、それは……」

まるで初耳だった。師匠からこの噺を習った時も、そこまで解説はしてもらっていない。それが本当なら、とんでもない勘違いだ。

しかも、習った通りに演ればいいのに、『アジやサバの干物がうまい』などと言ったのは、はる平が勝手に入れた解説だ。そのせいで、自分の無知が露見してしまった。

はる平は戦慄した。いくら寛大な馬春師匠でも、弟子のこのしくじりには激怒するに違いない。

「もうすぐお前の師匠が楽屋入りしてくるから、直接、このしくじりを話してやるよ」

舌なめずりでもしそうな口調だった。

「こりゃ、間違いなく、破門だな。何しろ、芸については人一倍厳格な方だ。いやあ、気の毒になあ！」

5

「……本当《ほんと》に困ったやつだねえ」

はる平の前で、馬春師匠が顔をしかめながら腕組みをした。

「こんなことが続くと、『はる平』の名前も早晩《そうばん》、返してもらうことになるだろうよ」

「ええっ？　そ、それだけは、ご勘弁を……」

あわてて頭を下げようとして、危うく座卓の天板に頭をぶつけそうになる。

さっと後ろへ下がり、畳に額をこすりつけた。

「心を入れ替えまして、芸道に精進いたしますので、今回ばかりはどうかお許しくださいますよう」

「また、それかい。何度も入れ替えが利く、重宝な心だねえ」

師匠に呆れられてしまったが、とにかく、謝るほかない。芸名を取り上げられてしまえば、噺家を辞めるしかないからだ。まれには、名を変え、他の一門に移る例もあるらしいが、自分のような評判の悪い前座を拾ってくれる奇特な師匠がいるとはとても思えなかった。

昼席が終演《はね》たあと。時刻は午後六時少し前。

場所は、紅梅亭と同じ並びにある老舗《しにせ》蕎麦屋の二階だ。

馬春師匠は無類のそば好きで、神田で主任《トリ》を取ると、必ずといっていいほどこの店に寄るのだが、いつもは小上がり。今日に限って、主人に頼み、二階座敷へ案内させた。

その時すでに、はる平は嫌な予感がしていたのだ。

「お前みたいなのを、『天狗様の干し物』ってんだ」

「は、はい……?」

訳がわからず、顔を上げると、

「師匠方から『筋がいい』なんぞと言われてるのを、鼻にかけてるってわけさ」

「あ……わかりました。申し訳ございません」

いわゆる『見立て言葉』だ。『北国《ほっこく》の雷』で『着たなり（北鳴り）』、『樵《きこり》の弁当』で『気にかかる（木に掛かる）』など、落語だけではなく、噺家の日常会話の中にも登場する場合があった。

ただ、今の言葉を聞き、はる平は少しほっとしていた。本気で怒り、弟子を破門にするのであれば、そんな表現は使わないと思ったのだ。何とか、執行猶予程度はもらえそうだ。

すると、案の定、

「あたしも、もう十年若かったら、とうの昔にお前を叩き出してたと思うよ。ずいぶん気が長くなったなと、自分でも感心してるくらいさ」

内心、はる平は『やったー』と叫んだ。あとはひたすら、頭を下げ続けていればいい。

「まず、『名人』とは何事だい。まだ半人前のくせに、たとえ将来だろうと何だろうと、口にすべき言葉じゃないぞ」

「おっしゃる通りでございます。以後、必ず口を慎みます」

「あと、琴吾から聞いたが、『てれすこ』で『火もの断ち』を『アジやサンマの開きを食わないこと』と言ったんだって」

本当はサンマではなくサバだが、説明しても何の弁解にもならない。

「も、申し訳ございません。あたくしが勘違いしておりました」

「まあ、忙しいのにかまけて、ぞんざいな稽古をしたあたしも悪いんだろうが……『火もの断ち』ってのはね、下手をすりゃ、命にも関わる荒行なんだよ。だからこそ、女房はやつれちまったんだ。干物を食わないからって、やせやしないだろう。それくらい、説明しなくたって、わかりそうなもんだ」

「面目次第もございません。今後は充分注意いたします」

馬春師匠はお茶を飲みながらの小言だった。普通なら、蕎麦味噌か何かをなめながら、一献傾けるところだろうが、この師匠、奈良漬け一枚でも赤い顔をするという根っからの下戸なのだ。それでいて、酔っ払いが登場する噺が十八番《おはこ》なのだから、この世界は実に不思議だ。

「ところで、お前、次の芝居はどこなんだ」

「えっ？　あ、はい。ええと……来月の上席《かみせき》は人形町《にんぎょうちょう》の夜です」

「そうか。もしもまた何かしくじったら、今度こそ名前を返してもらうからな」

「……は、はい。承知いたしました。誠心誠意、相勤めさせていただきます」

どうやら、首がつながったらしい。路頭に迷わなくて済んだことに、はる平は心の底から安堵を感じていた。

「話は変わるが……あの東橋って男も、まあ、実に頑固だなあ」

馬春師匠が顔をしかめて、お茶をすする。

「はあ。そのよう、ですね」

「野球の話になると、いつもああだ。何しろ向こうはたった一本だけとはいえ、甲子園でホームランを打ってるそうだからな。うっかりしたことを言うと、逆にやり込められちまう。あたしは巨人贔屓とはいっても、バットを握ったことさえないんだからね」

「ごもっともです」

「『東橋』の名跡を継ぐ時だって、生意気だからって、実はずいぶん反対があったんだ。それを押さえてやったのは、実はあたしなんだが、あいつはそんなこと知りゃしない。ああ、お前、今聞いた話は誰にも言うんじゃないよ。恩の押し売りは大嫌いだから」

怒ったように、口止めをする。いかにも江戸っ子らしい師匠のこんなところが、はる平は好きだった。

ちなみに、浅草亭東橋の『東橋』は『吾妻橋《あづま》』のことで、江戸時代から続く由緒ある名跡である。

「それにしても、一昨日の試合は……」

言いかけた時、店のおかみさんが蕎麦がきと、大もり蕎麦を持ってきた。

下戸の馬春師匠だが、やはり蕎麦屋に来て一品だけというのは寂しいらしく、いつもまずは蕎麦がきを注文する。それから、かけか花巻、そして、もりと続く。

はる平には『好きなものをお食べ』と言ってくれるのだが、まさか師匠より高い種物《たねもの》など頼めない。自分が食べ終わったあと、間をもたせるのが一苦労だった。

塗りの器に入った湯に浮かせた小判形の蕎麦がきを、馬春師匠は箸でちぎり、先の方だけ汁《つゆ》に浸して口へ入れる。それを見届けてから、はる平も箸を取った。

辛めと評判の蕎麦汁にネギを放り込み、さて食べようとすると、

「ああ、そうだ。やっぱり名前は返してもらうことにするよ」

「ええっ……!?」

思わず箸を取り落としそうになった。

「そ、そんな、師匠、だって、さっきは――」

「情けない顔をしなさんな。確かにその名前は返してもらうが、代わりに『馬七』という名をやるよ」

「……ウマシチ、ですか。すると、『はる平』って名前は?」

「それはお前が、何十年後かに、六代目馬春を継いだ時にでも、弟子につけてやればいい」

「六代目? そんなこと……」

考えてみたこともなかった。自分は何とか一人前の噺家になれるだろうか。それさえ不安で仕方なかったのだから。

「こんなことを言うと、またのぼせちまうだろうが、お前は深川の生まれだし、口跡《こうせき》も本寸法《ほんずんぽう》

だ。精進次第でいい噺家になれる。馬七はあたしの師匠の前名で、いわば出世名前だ。その名を汚さねえよう、身を慎みな」

「あ、ありがとうございます！」

師匠の深い思いやりを知り、胸がいっぱいになった。

また、後ろへ下がって、深々とお辞儀をすると、

「もうそれはいいから、蕎麦をお食べ。ぐずぐずしてると、のびちまうぞ。で……話は戻るが、一昨日の巨人・阪神戦だよ」

「え……あ、はい」

箸を取りながら相槌を打つ。

「何しろ、我が国開闢《かいびゃく》以来の天覧試合だってんだから、あたしまで興奮したよ。まあ、東橋がいくら野球通だからって、とどのつまりは負け犬の遠吠えさ。試合は、最終回の裏、長嶋茂《ながしましげ》雄《お》のホームランで、我が巨人軍がサヨナラ勝ちしたんだからな」

6

「ああいう大舞台で本領を発揮できるんだから、長嶋って選手はいい度胸をしてる。入団わずか二年めとは思えない。将来は大物さ。東橋が言う通り、打たれた阪神の投手……ええと、何てったっけ?」

「村山実《むらやまみのる》ですか」

「ああ、そうそう。あいつも新人にしちゃ、なかなかだけど、王《おう》・長嶋にはかなわないよ。しばらくは、本当にお家安泰さ。よし。ちょうどいい機会だから、うちもちょいと無理をして、テレビとやらを買うかな」

(……ははあ、そういうわけか)

やっと事態が呑み込めた気がした。

要するに、天覧試合の勝利のせいで、大の巨人ファンである馬春師匠はこの上なくご機嫌なのだ。だから、しくじりに対する小言もほんの少しで済んだし、新しい名前まで気前よくくれた。

(ということは、もしも一昨日負けていたら……考えただけでも、ぞっとするぜ。こりゃ、長嶋選手に足を向けて、寝られねえな)

「それはそうと……十日ばかり前に、林家《はやしや》と話をしたんだがね」

「あ、はい」

『林家』というのは、林家正蔵《しょうぞう》師匠のことだ。住まいの場所から『稲荷町《いなり》』とも呼ばれる。八年前、蝶花楼馬楽《ちょうかろうばらく》から改名して、八代目正蔵を襲名した。年がほぼ同じせいもあって、馬春師匠とはとりわけ仲がよかった。

「『てれすこ』って外題《げだい》は変えた方がいいんじゃないかと、林家は言ってた」

「えっ？　それはなぜですか」

「考えてもみなよ。あの噺は、たど屋茂兵衛が役人のところへやってきて、いきなり、もっともらしい顔で『これはテレスコでございます』と言うからおもしろいんだろう。普段の寄席ならいいが、特別な会でネタ出しなんぞすると、肝心のところが割れてしまう」

「……ははあ、なるほど。考えてみれば、その通りですね」

今日の二人連れの娘……結局、楽屋になど来なかったが、彼女たちも、そこに反応して笑っていた。『てれすこ』という外題で肝心な魚の名を明かしては、おもしろさが減じてしまう。『こい瓶《がめ》』を『家見舞い』、『石返し』を『番町鍋屋敷』などと呼ぶことがあるのも、ほぼ同じ理由だ。

「ですが、師匠、『てれすこ』で悪ければ……何と呼べばよろしいのですか」

「何だってかまやしないよ。いわば符牒なんだから。稲荷町は……ああ、そうだ」

馬春師匠は口元をほころばせ、

「林家は『「海の幸」でいいじゃないか』だとさ。ごもっともだと思ったね。とどのつまり、魚の本当の名前はわからずじまいなんだから。あの人が演ったのは聞いたことがないが、『短いから、年を取ったから高座にかけようかな』なんて言ってたよ。

ああ、そうそう。『てれすこ』といえば、まだ話があった。昨夜、お前はいなかったが、落語会で古今亭《ここんてい》と一緒になってね」

『古今亭』とは、言うまでもなく、五代目の志ん生師匠《ししょう》のことだ。年は向こうのほうが六つ上だが、馬春師匠とは気が合うらしく、親しくつき合っていた。

「上がりまで時間があったんで、しばらく二人でよもやま話をしてた。すると、やはり天覧試合の話題が出てね、そこから、もし自分たちが陛下の前で一席申し上げるとしたら……まあ、御前寄席なんてありっこないけど、もしもあれば、何の演目を選ぶかという話になったんだ」

「ははあ。そりゃおもしろいですね。で、志ん生師匠は何とおっしゃったんですか」

「『郭《くるわばなし》噺がいい』だってさ。そんなことしたら、不敬罪でつかまるぞと脅かしたがね。そのうちに、どこでどうなったのかは忘れちまったが、もしも病気で長いこと臥《ふ》せっていて、高座に復帰するとしたら、何の噺を……てことになったんだ。そうしたら、古今亭が珍しくじっと考え込んでね、しばらく経ってから、ぽつりと『「元帳」だろうな』と言った」

「ははあ、『元帳』ですか」

一般的な演目名としては『替り目』。昨日、東橋師匠が演っていたあれだが、この噺をサゲまで行かず、途中で切る場合、『元帳』と呼ぶことがあるのだ。

女房がおでんを買いに家を出たと思った亭主の独り言になり、『こんな飲んだくれの世話をしてくれるのは、女房なればこそだ。いつも怒鳴りつけてばかりいるが、「どうか勘弁してください」と心の中では手を合わせて……何だ、まだいたのかよ、お前！　しまった。元帳見られちまった』と、ここで切るのである。

「……なるほど。高座の上から、苦労をかけたおかみさんにお礼を言おうってわけですか。だとしたら、確かにそれ以上の噺はありませんね」

感心して、そう言うと、馬春師匠はなぜか首を横に振る。

「いいや、違う。もっといい噺があるよ」

「えっ？　それは何ですか」

「だから、『海の幸』さ」

「海の……なぜ『てれすこ』が？」

すぐには意味が汲み取れなかった。

「考えてもごらん。高座に上がれなくなった噺家は、牢屋に閉じ込められているのと同《おんな》じだ」

「ああ、なるほど。確かに、その通りですね」

「それに……そうだ。お前、火もの断ちをしている間というのは、一体何を食べて命をつないでいるか、わかるかい？」

「えっ？　ええと、それは……」

改めて考えてみると、こいつは難題だった。

生の野菜や魚の刺身……そこまではいいが、主食がない。米も麦も炊かなくては食べられない。うどんやパンもだめ。

「わからないかい？　実はこれなのさ」

首をひねっている弟子をうれしそうに眺めながら、馬春師匠は箸で蕎麦がきをつまんで示す。

「蕎麦粉を、お湯ではなくて、水で練ったものが主食だそうだよ。蕎麦は滋養になるといっても、とてもではないが、食が進まないだろうね。だから、茂兵衛の女房はやつれちまったのさ」

師匠は、こちらは熱湯で練り上げた蕎麦がきを口に入れ、いかにも美味しそうに食べる。

「まあ、万々一の話だが、お前がもしそんなことになったら、もう一度、高座に上がれるよう、自ら進んで火もの断ちしてくれる……そんなかみさんをおもらいよ。ほら、林家がよく高座で言う都々逸《どどいつ》があるじゃないか。『夢でもいいから　もちたいものは　金のなる木と　いい女房』ってね」

文庫のためのあとがき

今年（平成二十六年）一月二十四日の夜、私は上野の寄席の客席にいた。我らが柳家小せん師匠が、東京の落語家にとって檜舞台である鈴本《すずもと》演芸場で主任《トリ》を務めると知り、これは聞き逃せないと思い、出かけることにしたのだ。

一座は六人だったが、その中に漫画家・作家のすがやみつるさんもいらした。かつて、『ゲームセンターあらし』で一世を風靡《ふうび》し、現在は京都精華《せいか》大学マンガ学部で教壇に立つすがやさんは、私にとっていわば雲の上の存在なのだが、二人とも小せん師匠の大ファンという共通点があり、試しにお誘いしてみたところ、快く応じてくださった上に、何と、缶ビールとつまみまでご馳走になってしまった。

小せん師匠の絶品の『崇徳院《すとくいん》』を聞きながら、そのビールを口に含み、「これ以上の贅沢はないなあ」と考えていたのだが……人間の欲には限りがない。それから数時間後の打ち上げの席で、私はまたまたとんでもない贅沢を思いついてしまった。それは、当代一の人気落語家である柳家喬太郎師匠に、文庫の解説をお願いすることだった。

喬太郎師匠を最初に聞いたのは、平成十二年の真打ち昇進披露興行の時、場所はやはり上野で、演目は『午後の保健室』。「こんなすごい人がいたのか！」というのが第一印象だった。

地方在住のため、生の高座に接した機会はそれほど多くないが、一昨年の十月には、国立劇場小劇場で行われた落語研究会で、三遊亭圓朝作『錦《にしき》の舞衣《まいごろも》』という人情噺の大物を初めて聞き、その卓越した話芸と緻密な構成力に眼を見張った。

悔しいことに、本棚をいくら捜しても現物が出てこないのだが、そんな喬太郎師匠が落語雑誌に寄せた日記の中で、仕事で偶然一緒になった小せん師匠の『夜鷹の野ざらし』（『芝浜謎噺』の中で福の助が演じている）を聞き、「うまく作るものだと感心した」とお書きになっているのを読んだ時には、心の底から感動し、「いつか、この方に解説をお願いしたい」と思ったのだが、落語家の系譜では従弟《いとこ》にあたる小せん師匠のお骨折りで、それがついに今回実現した。私にとって、夢のような出来事である。

喬太郎師匠の解説はこのあとに掲載されているが、何とも身に余るお言葉を頂戴してしまった。特にうれしかったのは、作中の『示現流幽霊』をほめていただいたことで……何しろ、相手は新作落語創作の達人。まさに、感無量と言うほかない。

ちなみに、東京創元社では小せん師匠がその噺を演じた高座を無料配信するそうなので、この本の解説だけ立ち読みする予定の方もぜひお聞きください！

喬太郎師匠、小せん師匠に心より感謝申し上げ、作者の言葉に代えさせていただきます。

平成二十六年五月

愛川　晶

おあとにもう一席

柳家喬太郎

柳家一門の後輩、当代の小せんさんから電話をもらった。兄《あに》さん金貸してくれってんなら即座に断ってやろうと思ったら、そうではなかった。

愛川晶先生の御作で創元推理文庫に入るのがあるから、そこに何か書いて下さいと。兄さんが良ければ創元の人から連絡がいくようにしますが、どうでしょう、と。

つまりは愛川先生と親交の深い小せんさんが、仲介の労をとってくれたのだ。

えっでもマジですか俺ですか⁉　愛川先生に失礼にはならんのですか？　それに創元推理でしょ、若い頃にディクスン・カーとかエラリー・クイーンとか何冊か読みましたけど、その創元推理でしょ？　本当に俺なんかでいいんスか……？

ええ、ここはひとつ是非兄さんに……と小せんさんがそう言うので、それじゃあ喜んで、ありがとうございます小せんさん……と、お引き受けをした。本当に俺でいいんだな、もし何かトラブルが起きたら、テメエ小せんさん責任とれよ、とは言わなかった。

そんな訳で拝読した本書『三題噺 示現流幽霊』。なるほどなぁ、自分が住んでる落語界が、こんな風にミステリになるんだなぁ……と、生意気なようだが感嘆しきり、楽しく読み終えたのでした。

物語の舞台は架空の落語界ではあるけれど、福の助にしても馬春師匠にしても、人物達が、活き活きとリアルだ。かといって、この師匠は実在のあの師匠、この人は現実のあの兄さん……と、即座にモデルが思い当たる訳ではないのが、ありがたい。素直に物語に没頭できる。ただ、ふと「へぇ、落語界ってこうなんだ……！」と思いかけて、「馬鹿お前本職じゃねぇか」と、ハッと我に返った瞬間があったのは、情けなかった。

いやそれにしても、馬春師匠も福の助も、博識だ。大看板の馬春師匠はともかくも、まだ二ツ目の福の助も、よく物を識《し》っている。現実で現役の真打の、不肖柳家喬太郎、「えっ、あ、そうなんだ」「あ、そうなの？　知らなかった！」「う〜ん、勉強になるなぁ……！」と、感心しっぱなしでありました。具体的にどのへんが？　って質問にはお答えしませんが、いやもう、お恥ずかしいかぎりです。

それに福の助は、勉強熱心だ。『多賀谷』でもそれは遺憾なく発揮される。クライマックスの船上での一席、その演出の才にも感服するが、よくぞ調べてきちんと覚えた。そしてそれをただ喋るだけでなく、自分の芸として昇華させているのが、さすがである。その芸の描写を目で追いながら、実際、耳に聞こえてくるようだった。

現実に、船の仕事というのはあって、屋形船でのお供とか、客船のクルーズで一席とか。今は以前ほど聞かないが、乗っている仲間はいるだろう。世間の景気がもう少し良い頃、僕も二ツ目時分には何度か乗った。

客船は大きいからメインのイベント会場があって、何畳だったか忘れたが和室もあり、乗っている間の毎日ではないが、その両方で数回の高座があった。少しばかり揺れる日もあり、あぁ『船徳』が持ちネタにあればリアルなのになぁ……と、喋りながら思ったものだった。

屋形船の場合は概ね余興で、ハンドマイクを持っての立ち高座で、漫談のようにして小噺を三つ四つ御披露したり、お題を頂戴して謎かけをやったりだった。お客様方は目の前の酒やビールや天ぷらに夢中で、楽屋がないから演《や》り終えた後はお客様と同じテーブルに着くのだが、ウケなかった面目なさから、生ぬるいビールが苦かった。

もっとも、高座を拵えてもらって、一席喋った事もある。うろ覚えだが、たしかどこかの企業の貸切で、その時はお客様方から三つお題を頂戴して、考えるお時間を頂いた後、三題噺の一席として申し上げた。即席の噺で出来はよくなかったが、その場にいらした課長さんだか部長さんだかの名前を入れ込んで、なんとかウケた記憶がある。今考えれば、綱渡りの仕事であった。

三題噺といえば、表題作の『三題噺　示現流幽霊』だ。僕自身、新作落語を演っているし、三題噺も何席か創っているから、殊の外興味深く拝読した。

作品自体が面白いのはもちろんだが、作中で演じられる『示現流幽霊』には唸った。こう申し上げると愛川先生には失礼だが、いや、よく出来ている。三題噺として上出来だし、落《さ》げがまた、うまく決まっている。演じる側の生理に合わせての工夫や演出は必要だろうが、ほぼこのまま、現実の高座にかけられそうだ。

この噺、当代の小せんさんで聞いてみたいと思った。仕事を紹介してくれたからというヨイショではなく、もともと愛川先生と御縁があるから……という理由でもない。

飄々としながら本格で、老成した風でいながら若々しく、軽みを持った彼の芸で、聞いてみたいと思ったのだ。小せんさんにそう伝えたら、既に何度か、演じた事があるという。

なんだよー小せん、いいネタ持ってんじゃねーかよー。自分の会でばっか演んないで、俺と一緒んときに演ってくれよー。

よし、それならいっそ僕は僕で、同じ三つの題で別の噺を創ってみようかと思ったのだが……示現流からの発想で、時限爆弾とか、次元大介とか、駄洒落しか思い浮かばない。

我ながら弱ったものである。文吉師匠や福の助を見習って、もっと勉強しなけりゃならない。

もっとも新作を創る勉強ばかりでなく、古典落語の勉強もしなければならない。演った事のない演目は山ほどあるし、一度演じただけでお蔵入りになっている噺が、何席もある。

そういえば『石返し』なんて噺を、勉強会で演った事がある。今では演じ手の少ない、珍しい部類に入る演目だろう。それもその筈、骨が折れる割にウケが少ない、地味なネタなのだ。

その『石返し』に、『鍋屋敷の怪』で出会えるとは思わなかった。いささかマニアックなこのネタを題材に、こんな物語が出来上がるとは……。それにこの作品、閉鎖された空間での事件、が登場するじゃありませんか！

うわっ、探偵小説だ探偵小説！　もうそれだけでウキウキしてしまう。ワクワクしながら読み進めているうち、神田紅梅亭は、運命の三月余一会を迎える。読み応え十分のこの物語には、もう一席別の古典落語も、重要な役割を担って登場する。普段接している演目が、こういう風に使われるとは……。落語ファンにとっては、そういう点もお楽しみである。

今回、本書を拝読して、各作品を通じて思いを馳せたのは、架空の寄席、神田紅梅亭である。物語の世界に飛び込んで、その高座で一席喋りたくなった。もっとも紅梅のお席亭は、気っぷは良いが芸には厳しそうだ。喬太郎なんざ、うちの高座はまだ早いよ！……と、お灸を据えられそうである。

ところが、不思議な御縁があった。

本書を読ませて頂いたのは、平成二十六年の三月中旬から下旬にかけてだが、ちょうどその頃、西の方の仕事が重なって、僕は数日間の旅に出かけた。本書を持参しての旅だったが、その仕事のうちの一つが、大阪のテレビ局の演芸番組の収録で、その番組名が『平成紅梅亭』であったのだ。

単なる偶然には違いないのだが、なんとも不思議なタイミングだった。面白い偶然もあるもんだなぁ……と、『特別編（過去）』を読みながらぼんやり考えているうちに、もう一つの偶然に思い当たった。

その月の三十一日、つまり三月の余一会、僕自身も、池袋演芸場で独演会だったのだ。

よし、ここまで偶然が重なったなら、いっそ『石返し』でも稽古して、池袋の余一会にかけてやろう!……なんて思わないのが、柳家喬太郎なのでありまして。本書とは何の関係もない噺を二席喋って、無事お開きとなったのでした。

この原稿を書きながら、そういえばその池袋の余一会、俺は何を演ったんだっけ?……と、手帳の記録を見てみたら、古典の『錦の袈裟』と、自作の『宴会屋以前』という噺だった。

そこでまたもう一つの偶然に、たった今、ハタと気付いた。

『宴会屋以前』という噺、はるか昔に拵えた、三題噺であったのだ。

参考文献

『落語大百科』（川戸貞吉　冬青社）
『増補落語事典』（東大落語会編　青蛙房）
『落語論』（堀井憲一郎　講談社現代新書）
『現代落語家論』上下巻（川戸貞吉　弘文出版）
『立川談志独り会　第一巻』（立川談志　三一書房）
『古典落語大系　第二巻』（江國滋ほか編　三一書房）
『笑伝　林家三平』（神津友好　新潮文庫）

著者紹介　1957年福島県生まれ。筑波大学卒。94年、『化身』で第五回鮎川哲也賞を受賞しデビュー。「美少女代理探偵」シリーズをはじめ、大仕掛けのトリックを駆使した作品に定評がある。〈神田紅梅亭寄席物帳〉シリーズに『道具屋殺人事件』『芝浜謎噺』『うまや怪談』が、他の著書に『六月六日生まれの天使』『ヘルたん』『十一月に死んだ悪魔』などがある。

検印
廃止

神田紅梅亭寄席物帳
三題噺 示現流幽霊

2014年5月16日　初版

著者　愛《あい》　川《かわ》　晶《あきら》

発行所　（株）東京創元社
代表者　長谷川晋一

162-0814/東京都新宿区新小川町1-5
電話　03·3268·8231-営業部
　　　03·3268·8204-編集部
URL　http://www.tsogen.co.jp
振替　00160—9—1565
暁印刷・本間製本

乱丁・落丁本は，ご面倒ですが小社までご送付ください。送料小社負担にてお取替えいたします。

ISBN978-4-488-41015-5　C0193